HEYNE BÜCHER

SCIENCE FICTION

Herausgegeben
von Wolfgang Jeschke

Von John Brunner erschienen in der Reihe
HEYNE SCIENCE FICTION & FANTASY:

Spion aus der Zukunft (06/3137)
Bürger der Galaxis (06/3203)
Die Zeitsonde (06/3234)
Die Pioniere von Sigma Draconis (06/3238)
Im Zeichen des Mars (06/3268)
Geheimagentin der Erde (06/3286)
Ein Stern kehrt zurück (06/3293)
Durchstieg ins Irgendwann (06/3427)
Die dunklen Jahre (06/3565)
Der ganze Mensch (06/3609)
Schafe blicken auf (06/3617)
Der Schockwellenreiter (06/3667)
Die Plätze der Stadt (06/3688)
Morgenwelt (06/3750)
Doppelgänger (06/3850)
Reisender in Schwarz (06/3884)
Treibsand (06/3902)
Der Infinitiv von GO (06/3964)
Mehr Dinge zwischen Himmel und Erde (06/3982)
Warnung an die Welt (06/4007)
Das Menschenspiel (06/4056)
Von diesem Tag an (06/4125)
Fremde Konstellationen (in Vorb.)
Träumende Erde (in Vorb.)

Im Zeichen des Mars
erschien zusätzlich in einer Sonderausgabe:
Science Fiction Sammelband (06/3930)

Die Pioniere von Sigma Draconis
erschien zusätzlich in einer Sonderausgabe:
Chroniken der Zukunft Bd. 1 (06/1001)

Bürger der Galaxis
erschien zusätzlich in einer Sonderausgabe:
Chroniken der Zukunft Bd. 4 (06/1004)

Die Zeitsonde
erschien zusätzlich in einer Sonderausgabe:
Chroniken der Zukunft Bd. 6 (06/1006)

JOHN BRUNNER

VON DIESEM TAGE AN

Science Fiction Erzählungen

Deutsche Erstveröffentlichung

WILHELM HEYNE VERLAG
MÜNCHEN

HEYNE-BUCH Nr. 06/4125
Wilhelm Heyne Verlag, München

Titel der englischen Originalausgabe
FROM THIS DAY FORWARD
Deutsche Übersetzung von Hans Maeter
Das Umschlagbild schuf Hans-Peter Fischer

Redaktion: Rainer Michael Rahn

Printed in Germany 1984
Umschlaggestaltung: Atelier Ingrid Schütz, München
Satz: Schaber, Wels
Druck und Bindung: Elsnerdruck GmbH, Berlin

ISBN 3-453-31095-0

INHALT

Das größte Wild

Royston bemerkte einen der Männer in Schwarz zum ersten Mal, als er vor Betreten des Fitneßraums stehen blieb. Die Tür des Fitneßraums war ein großer Spiegel; über seine Mitte verlief in Goldschrift die Frage: ZUFRIEDEN? und einen Fuß tiefer stand: TRETEN SIE EIN!

Royston trat ein. Er war einer der Kunden, die herkamen, weil er mit sich zufrieden war und entschlossen, es zu bleiben. Er benutzte den Spiegel mehr, um sich wohlgefällig zu betrachten, als um sich kritisch zu mustern. Er hatte gelernt, das beste aus seinem wunderbar gewachsenen Körper und seiner blonden Mähne zu machen, seit er fünfzehn Jahre alt war. Jetzt, mit vierzig, sah er so aus, wie er sich fühlte: großartig.

Er lächelte. Perfekte, gleichmäßige Zähne zeigten sich in seinem Gesicht. Er legte den Kopf schief, um die Wirkung zu überprüfen, und in diesem Augenblick sah er das Spiegelbild des Mannes in Schwarz in der linken Ecke des Spiegels.

Royston erstarrte.

Der Mann stand nur dort und beobachtete ihn – er tat nichts. Sein Gesicht war so ausdruckslos wie das einer Wachspuppe. Trotzdem fühlte Royston sich verlegen, weil man ihn dabei erwischt hatte, sich offen zu bewundern. Hastig stieß er die Tür auf und trat in den Fitneßraum.

Lange bevor er sein einstündiges Training absolviert hatte, war der Mann in Schwarz vergessen. Royston mochte die Atmosphäre dieses Raums so sehr, daß nichts ihn hätte ablenken können. Er wußte – die Masseure und Trainer hatten es ihm oft genug gesagt –, daß fast jeder zweite Kunde seines Alters nur herkam, um einen Schmerbauch abzuschwitzen oder seinen vom Sitzen auf Schreibtischstühlen angeschwollenen Hintern zu reduzieren. Royston kam her, um die Figur und den Muskeltonus zu erhalten, die er mit zwanzig Jahren gehabt hatte; und das tat er mit bemerkenswertem Erfolg.

Heute waren ein paar Homos da, von einem Theater, das ein Stück weiter an derselben Straße lag, wo sie gerade ein neues, großes Musical einstudierten, und zwei von ihnen machten sich an ihn heran. Ein Wort von einem der Trainer schickte sie jedoch enttäuscht zu ihren Kollegen zurück. Royston grinste. Es war zwei Jahre her, daß einer von denen ihn wirklich belästigt hatte. Damals war er so angewidert gewesen, daß er den Jungen allein im Umkleideraum erwischt und ihm die Nase eingeschlagen hatte.

Seit damals pfiffen die Trainer sie immer zurück.

Nicht, daß es ihn gestört hätte, von ihnen bewundernd angestarrt zu werden; selbst Neid aus dieser Quelle tat ihm wohl. Als er ging – gesund entspannt, frisch geduscht und mit erneuertem Deodorant –, summte er leise vor sich hin.

Doch als die Spiegeltür hinter ihm zuschwang, blieb er reglos stehen. Der Mann in Schwarz war noch immer da und beobachtete ihn.

Korrektur: nicht *ihn* beobachtete er, sondern er blickte jeden der Vorübergehenden prüfend an, als ob er auf jemanden wartete, an dessen Gesicht er sich nicht genau erinnern konnte. Sein Gesicht war wie zuvor völlig ausdruckslos.

Royston zuckte die Schultern. Wenn der Knabe Freunde hatte, die ihn eine volle Stunde warten ließen, war das seine Angelegenheit. Er entdeckte ein herankommendes Taxi und stoppte es mit einem lauten Pfiff. Er hatte wichtigere Dinge zu erledigen.

Er dachte über sie nach, als er einen angenehmen Nachmittag in seiner Wohnung verbrachte. Er kam zu einem Entschluß, als er den Lauf einer 22er Mannlicher reinigte und arbeitete die Details dessen, was zu tun war, aus, während er den neu brünierten Lauf einer älteren Elefantenbüchse mit farblosem Lack versiegelte. Nichts lag seinen Gedanken ferner als Männer in Schwarz, während er das Haus zu der entscheidenden Verabredung dieses Abends verließ.

Bis er einen Mann in Schwarz sah, der mit ausdruckslosem Gesicht nicht weit von ihm entfernt die Straße entlangschlenderte.

Sofort war er hellwach. Bei dem von ihm gewählten Lebensstil hatte er längst gelernt, solche Ereignisse nicht als Zufälle abzutun. Er hatte so bald wie möglich ein Taxi nehmen wollen, statt dessen stieg er jetzt in die überfüllte U-Bahn und fuhr vier Stationen in die entgegengesetzte Richtung, bevor er wieder ausstieg und sich nach einem Taxi umsah. Durch das Rückfenster beobachtete er aufmerksam die Straße, um zu sehen, ob irgendein anderer Wagen seinem Taxi folgte, und um ganz sicher zu gehen – stieg er zwei Häuserblocks vor Lulabelles Wohnung aus.

Er konnte niemand entdecken, der irgendwie verdächtig wirkte. Vielleicht war es doch nur ein Zufall gewesen.

Natürlich bedeutete der Umweg, den er gemacht hatte, daß er verspätet eintraf – doch im Hinblick auf die Entscheidung, zu der er vorhin gekommen war, lag darin eher ein Vorteil als ein Nachteil.

Lulabelle war vierundzwanzig Jahre alt und auffallend hübsch. Sie war mit einem Mann verheiratet, der nur um ein paar Jahre älter war und offensichtlich keine Ahnung von Frauen hatte. Seine Familie hatte ihm ein kleines Vermögen überlassen, als er heiratete, und seitdem gab er sich offenbar der Illusion hin, daß er seiner Frau nur genügend Geld geben mußte, um keine anderen Wünsche aufkommen zu lassen. Royston, dessen Vermögen sein Gesicht war, wußte das jedoch besser und hatte dieses Wissen nach Kräften ausgenutzt.

In der Tat, das einzige, was mit Lulabelle nicht in Ordnung war, lag in dem bedauerlichen Umstand, daß ihr Mann in einer Woche von einer Geschäftsreise aus Japan zurückkehren würde, und Roystons übliches Limit, sich aus einer kompromittierenden Situation zurückzuziehen, war sieben Tage.

Er war versucht gewesen, diesen entscheidenden Termin ein wenig hinauszuschieben. Lulabelle hatte seit ihrem Hochzeitstag eine Menge frustrierter Leidenschaft gespeichert, und außerdem war sie sehr großzügig veranlagt. Aber dennoch, es gab eine Unzahl von Frauen in der Welt, und seine Gewohnheit, sich eine Frist von mehreren Tagen zu setzen, um eine Liaison zu beenden, hatte ihn stets vor unnötigen Komplikationen bewahrt.

Mit einem kleinen Gefühl des Bedauerns ließ er seinen Plan anlaufen. Während des Dinners langweilte er sie mit einer Geschichte über einen menschenfressenden Leoparden. Er erzählte sie sehr gut, wenn man bedenkt, daß sie erlogen war, aber sie hatte sie schon einmal fast wortwörtlich gehört. Später gab er sich kühler als sonst und tat, als ob er ihr nicht zuhörte, als sie ihm den letzten Klatsch berichtete – in Wirklichkeit aber nahm er natürlich jedes Wort genau auf, weil Skandalgeschichten immer nützlich waren, doch er achtete darauf, daß sein Blick umherschweifte und seine Bemerkungen desinteressiert wirkten: höflich, aber leer.

Es klappte. Es klappte immer. Verletzt und verwirrt schützte Lulabelle Müdigkeit vor, als er sie von dem Restaurant, in dem sie gegessen hatten, nach Hause brachte, und weigerte sich, ihn in ihre Wohnung zu lassen. Auch das war genau nach Plan – es war eine Reflex-Reaktion, das Verweigern sexueller Privilegien auf der Basis: ›Nun siehst du, um was du dich gebracht hast!‹

Er stand auf den Stufen des Mietshauses, in dem ihre Wohnung lag, und versuchte, sich einzureden, daß der Verkaufswert eines goldenen Feuerzeugs, der goldenen Manschettenknöpfe, einer Jade-Statue und einer Kollektion anderer Geschenke eine ausreichende Belohnung seiner Selbstüberwindung wäre, als er einen Mann in Schwarz auf der gegenüberliegenden Straßenseite stehen sah, sein Gesicht so starr und emotionslos wie eine Mauer.

Ein Frösteln kroch über seinen Rücken, und er entschied, daß es ein guter Gedanke gewesen war, den Abend so früh zu beenden.

Der nächste Morgen war klar und sonnig, doch er erwachte in düsterer Stimmung. Lulabelle mußte seit gestern nacht aus seinem Leben gestrichen werden, ohne jedes Wenn und Aber. Das würde ihn lehren, seine eigenen, stets eingehaltenen Gesetze bezüglich lebender Ehemänner zu brechen. Japan lag zwar ziemlich weit entfernt, doch Gerüchte über Untreue schienen Ehemänner überall zu erreichen, ganz egal, wo sie sich befanden, so sicher, als ob sie per Satellit übermittelt würden.

Es wurde Zeit, wieder auf die Jagd zu gehen, und diesmal auf eine Beute, die weniger riskant war als Lulabelle.

Er dachte voller Sehnsucht an Moira Parmenter, die Witwe, die vor zehn Jahren seinen Standard festgelegt hatte. Er schüttelte den Kopf, als er sich an ihren Selbstmord erinnerte. Schade um sie! Es hätte sich vermeiden lassen, wenn er seine Technik, Frauen sanfter fallen zu lassen, ein oder zwei Jahre früher perfektioniert haben würde. Jetzt hatte er nichts, was ihn an sie erinnerte; das Mercedes-Cabriolet, die beiden Purdey-Jagdgewehre und die übrigen Geschenke waren den Weg alles Irdischen gegangen.

Und die verdammte Sau hat nicht einmal vorher ihr Testament zu meinen Gunsten verändert!

Trotzdem, selbst wenn Moira Parmenter außergewöhnlich war, die Spezies, die sie darstellte, war sehr verbreitet.

Beim Frühstück las er in einem Buch über die Tigerjagd, das aufgeschlagen neben seinem Teller lag. Seine afrikanischen Erfahrungen waren ihm bisher sehr zustatten gekommen, und er hatte es verstanden, seine Geschichten über Abenteuer im Busch mit haarsträubenden Beispielen zu spicken, wie die dummen Schwarzen ihre Länder verkommen ließen, aber kürzlich hatte er ein prachtvolles Tigerfell auftreiben können, das zu schade war, um es verkommen zu lassen, und es gab keine Tiger in Afrika.

Ein- oder zweimal hatte er sich überlegt, ob er nicht wirklich auf Safari gehen sollte. Vor einiger Zeit hatte er sogar ernsthafte Pläne für einen solchen Trip gemacht. Aber dann hatte er jemand kennengelernt und es aufgeschoben; und als er wieder imstande war, die Kosten aufbringen zu können, kam ihm die Vorstellung nicht mehr so reizvoll vor: brennende Sonne, Insektenstiche, eine Diät aus Biltong und Bohnenkonserven ... Also blieben die Mannlicher und die 44er Elefantenbüchse und alles andere Zeug an der Wand hängen, und der Jäger beschränkte sich auf seine bevorzugte Beute.

Denn – und er lachte leise, als er das Buch über die Tigerjagd neben die ledergebundenen Bände von Rowland Wards Jagdrekorden schob – war er nicht der Großwildjäger *par excellence*? Welches Tier ließ sich mit einer menschlichen Beute vergleichen?

An seinen Wänden hingen zahlreiche Trophäen, die er erbeutet zu haben behauptete, was jedoch nicht der Fall war; auf seinem Bankkonto befanden sich aber Trophäen einer anderen Art, bei denen das zutraf. Und es lag auch Gefahr in seiner Art der Jagd: mehrmals war er zum Gejagten geworden, verfolgt von Privatdetektiven und wütenden Ehemännern. Er lachte wieder, als er sich daran erinnerte, wie oft er sie hereingelegt hatte, und wurde dann plötzlich ernst.

War es jetzt wieder so weit, weil drei Männer in Schwarz an einem Tag an der gleichen Stelle aufgetaucht waren wie er? Nicht wahrscheinlich; sie hatten sich nicht so verhalten wie andere Detektive, die ihm früher gefolgt waren, und sie schienen nicht den geringsten Versuch zu machen, ihre Gegenwart zu verheimlichen. Aber angenommen, der Ehemann wollte an die Untreue seiner Frau nicht glauben, oder es lag ihm daran, keinen Skandal heraufzubeschwören, und er hatte sie deshalb angewiesen, den Mann, der sie bedrängte, lediglich zu verunsichern und zu vergraulen?

Er zuckte die Schultern. Der einzige vernünftige Weg war jetzt, sich mit völlig harmlosen Dingen zu beschäftigen und abzuwarten, was geschehen würde. Es wurde ohnehin Zeit für einen Besuch beim Friseur. Das war ein sehr brauchbarer erster Schritt.

Er zuckte zusammen, als er sich vom Friseurstuhl erhob und die letzten Haare mit einem Handtuch aus seinem Nacken wischte. Als er sich dabei dem Fenster zuwandte, sah er einen Mann in Schwarz, der ihn mit ausdruckslosem Gesicht anstarrte.

Ohne sich Mühe zu geben, sein Interesse an Royston zu verheimlichen, blieb er dort stehen, während Royston die Rechnung beglich, seine Jacke anzog und das Geschäft verließ.

Dies ist zu viel!

Royston preßte die Lippen zusammen und ging die Straße entlang. Nach einer Weile blieb er vor dem Schaufenster eines Optikers stehen – was er sonst rein aus Instinkt niemals getan hätte, weil die Notwendigkeit, irgendwann eine Brille tragen zu müssen, ein ständiger Alptraum war, und für Kontaktlinsen waren seine Augen zu empfindlich.

Der Mann in Schwarz war ihm gefolgt, blieb jetzt ebenfalls stehen und wartete offensichtlich, daß er weitergehen würde.

Das brachte die Entscheidung. Sein Plan, Lulabelle behutsam fallen zu lassen, wurde mit einem einzigen Schlag zerstört, und er mußte es darauf ankommen lassen, daß sie einen Anfall von schlechtem Gewissen bekommen und alles ihrem Mann beichten würde. Da diese Männer in Schwarz ihn verfolgten, mit Sicherheit, um ihn zu vergraulen, da sie ihn so offen anstarrten, würde er sie nicht anrufen, und schon gar nicht in ihre Wohnung gehen. Logischerweise würde das Endresultat des Prozesses, der in Bewegung gesetzt worden war, kein Scheidungsverfahren sein; viel wahrscheinlicher der Schnitt eines Rasiermessers oder Vitriol.

In sehr düsterer Stimmung trat er in das nächstbeste Restaurant, um zu Mittag zu essen.

Plötzlich hellte sich seine Laune auf. Er hatte noch keine zehn Minuten an seinem Tisch gesessen – und währenddessen waren immer mehr Menschen hereingeströmt –, als er jemand näherkommen sah, der alle seine beruflichen Instinkte wachrief.

Eine Frau in mittleren Jahren, um es höflich auszudrücken. Perlen, wahrscheinlich echt, nicht gezüchtet. Sie ließ einen Nerzmantel von den Schultern gleiten, als der Oberkellner sie untertänig an seinem Tisch vorbeikomplimentierte. Es war das Werk eines Augenblicks, sie leicht zum Stolpern zu bringen, sie mit Bitten um Verzeihung zu überschütten und sich ernsthaft zu erkundigen, ob sie sich auch nicht weh getan habe ... und sie als eine Art Wiedergutmachung seines Ungeschicks einzuladen, an seinem Tisch Platz zu nehmen.

Beinahe hungrig – im geistigen, nicht im physischen Sinn – nahm sie sein Angebot an.

Je länger er sie musterte, desto mehr wuchs in ihm die Überzeugung, daß sie ein Geschenk des Himmels sein mußte. Ihr Gesicht war noch immer recht hübsch, doch vielversprechend fade und mit einer Art angstvoller Sorgfalt geschminkt. Ihre Kleidung mußte eine Menge Geld gekostet haben, aber sie hatte damit nicht auch die Gabe kaufen können, sie richtig zu tragen. Kurz gesagt, sie besaß alle Eigenschaften der Sorte Frauen, die er um den kleinen Finger wikkeln konnte.

Er nahm den Köder mit dem strahlendsten Lächeln an, das er seit Wochen hervorgebracht hatte, stellte ein Essen mit den passenden Weinen für sie zusammen, das er schon mit Schmeicheleien würzte, bevor es aufgetragen wurde. Er stellte sich vor; er lenkte das Gespräch auf die Romantik des Reisens; er improvisierte eine Geschichte, die das kürzlich erstandene Tigerfell zum ersten Mal zum Thema hatte.

Sie trug nicht viel zum Gespräch bei, doch was sie sagte, war Musik in seinen Ohren. Sie hieß Mrs. Arnheim und war von einem führenden Mann der Plastik-Industrie geschieden worden. Gegen königliche Alimente. Die Scheidung lag jetzt über ein Jahr zurück, und sie war einsam. Für sie hatte Reisen nichts mit Romantik zu tun: es bedeutete Kreuzfahrten, bei denen auf jeden Mann zehn Frauen kamen. Und so weiter. Angesichts einer Situation wie dieser konnte Royston sich kaum mit einem Großwildjäger vergleichen. Er kam sich mehr wie ein General vor, der um zwei Uhr früh von einem verstörten Adjutanten mit der Nachricht geweckt wurde, daß der Feind ins Land eingefallen sei, und nur sagte: »Sehen Sie in Schublade B nach«, bevor er wieder einschlief.

Er zahlte für das Essen. Nie tat ihm eine kleine Investition in ein Unternehmen leid, das garantiert Dividenden bringen würde.

Als er ihr später in ein Taxi half, legte sie eine juwelenüberladene Hand auf seinen Arm, nannte ihn *lieber* Mr. Royston und blickte ihn sehr einladend an. Er überprüfte im Geist seinen Terminkalender, hielt ein Dinner kommenden Tag für eine passende Gelegenheit und traf eine Verabredung mit ihr.

An diesem Abend läutete mehrmals das Telefon. Er ließ es läuten. Ein Mann in Schwarz stand auf der gegenüberliegenden Straßenseite, klar zu erkennen im hellen Schein der Lampe, und es dauerte länger als eine Stunde, bevor er verschwand.

Sein erster Abend mit Mrs. Arnheim erbrachte nicht den Erfolg, den er sich erhofft hatte. Im Restaurant saß ein Mann in Schwarz am Nachbartisch; er war allein und aß mit einer maschinenhaften Geistesabwesenheit. Er hatte nichts gemein mit den anderen Männern in Schwarz, ausgenommen der Farbe seiner Kleidung, einer gewissen Ähnlichkeit der Statur und dem Fehlen jedes Ausdrucks in seinem Gesicht. Trotzdem mußte Royston automatisch daran denken, daß dies das erste Mal war, wo er einen von *denen* etwas anderes tun sah, als nur dazustehen und zu starren.

Jetzt war er dran, den anderen anzustarren. Der Mann schien sein Essen in einer Art Trance zu sich zu nehmen. Er schien mit einer genau festgelegten Zahl von Kieferbewegungen zu kauen: so und so oft den Kiefer abwärts und aufwärts bewegen, mit einem Rhythmus, der so starr war, wie der Schlag eines Metronoms, schlucken, neu einladen und wieder kauen, wobei das Tempo in keinerlei Beziehung zu der Nahrung stand, die er in seinen Mund geschoben hatte.

Royston ging mit sich selbst ins Gericht. Wenn er die Angelegenheit objektiv betrachtete, welche Beweise gab es dafür, daß diese Männer in Schwarz auf irgendeine Weise zusammengehörten? Zu jedem gegebenen Zeitpunkt befanden sich sicherlich einige tausend Männer in schwarzen Anzügen auf den Straßen Londons. Vielleicht war es die Verletzung seiner Eitelkeit gewesen, als dieser eine ihn dabei überrascht hatte, wie er bewundernd auf sein Spiegelbild starrte, das ihn unterbewußt empfindlicher auf ihr Auftauchen reagieren ließ. Auf jeden Fall aber würde er einen weiten Bogen um Lulabelle machen, und wenn er sich an diesen Entschluß hielt, hatte er keinerlei Grund zu Sorge.

Er löste seine Gedanken von diesen Überlegungen, wandte sich wieder Mrs. Arnheim zu und erlitt den größten Schock seines Lebens, als er entdeckte, daß auch sie auf diese seltsame, mechanische Art aß.

Was ging hier vor? Hatte jemand die alte Gesundheitsregel wieder ausgegraben, nach der jeder Bissen dreiundvierzig Mal, oder wie oft auch immer, gekaut werden sollte? Er hätte sie beinahe um eine Erklärung gebeten, konnte die Frage jedoch noch rechtzeitig zurückhalten. Persönliche Angelegenheiten standen noch nicht auf seinem Programm der Eroberung von Mrs. Arnheim.

Er traf mit ihr für den folgenden Abend seine Verabredung zu einem Theaterbesuch, und als er sie nach Hause brachte, war seine Stimmung sogar noch düsterer als am Vortag, obwohl es ihm gelang, diese unter dem Firnis routinierten Charmes zu verbergen. Als er kurz darauf vor seinem Haus aus dem Taxi stieg, erwartete er, wieder einen Mann in Schwarz in der Nähe stehen zu sehen. Er hatte recht. Der Mann stand an derselben Stelle wie gestern, am Rand des Lichtkreises einer Straßenlampe.

Plötzlich riß ihm der Geduldsfaden. Er sagte dem Taxifahrer, er solle einen Augenblick warten, und trat auf den schweigenden Beobachter zu.

Und blieb stehen.

Er hatte sich in einem Punkt geirrt. Dies war nicht ein *anderer* der Männer in Schwarz. Es war derselbe, der vorher im Restaurant am Nebentisch gesessen hatte.

»He, Sie!« sagte Royston wütend. »Wie kommen Sie dazu, mich zu verfolgen?«

Der Mann bewegte sich, wandte sich halb um und blickte

ihn an. Royston hatte eine entsetzliche Sekunde lang den Eindruck, daß sein Gesicht zerschmolz, wie Wachs in der Hitze einer Flamme. Dann sprach der Mann, und seine Stimme war so ausdruckslos wie sein Gesicht.

»Sie verfolgen, Sir? Sie müssen sich irren.«

Und das Gesicht hatte nicht die geringste Ähnlichkeit mit dem des Mannes im Restaurant. Roystons Kiefer klappte herunter. Was war dies: eine Halluzination? Ein Trick des Lichts? Brachte sein schlechtes Gewissen ihn zu der Vorstellung, daß jeder Mann in einem schwarzen Anzug ihn verfolge? Das Wort *Paranoia* zuckte durch sein Bewußtsein.

Er murmelte eine hastige Entschuldigung, und als er zu seinem Taxi zurückging, um zu bezahlen, waren seine Handflächen feucht. Als er die Haustür erreichte und noch einmal zurückblickte, war der Mann nirgends zu sehen. Er mußte einige große Brandies trinken, bevor er schlafen konnte, und dann träumte er, von schwarzen Gestalten ohne Gesicht verfolgt zu werden.

Am folgenden Tag war jedoch nirgendwo ein Mann in Schwarz zu entdecken. Allmählich gelangte er zu der Überzeugung, daß der Schock der vergangenen Nacht lediglich eine Illusion gewesen war, das Produkt einer Angst, die nicht zurückkehren würde. Seine Stimmung hob sich, und als Folge davon wurde der Theaterabend mit Mrs. Arnheim ein voller Erfolg. Er war sich dieser Tatsache jedoch nicht bewußt, bis er sie zur Tür ihres Hauses brachte; ihr Gesicht zeigte nur selten irgendeinen Ausdruck, weil sie anscheinend in ständiger Sorge war, daß jede Bewegung ihrer Gesichtsmuskeln ihr sorgfältiges Make-up zerstören könnte. Doch als er sie zur Haustür begleitet hatte, verzog sie ihr Gesicht zu einem kaum merklichen Lächeln und fragte ihn, ob er noch auf einen Drink heraufkommen wolle.

Er wollte.

Es war fast zu perfekt. Ihr Dienstmädchen, erklärte sie ihm, habe die Anweisung erhalten, zu Bett zu gehen, was es ihm erleichterte, die Regie zu übernehmen, sie auf ein Sofa zu komplimentieren und sich um die Drinks zu kümmern, aus einem Barschrank, dessen Inhalt so reichhaltig war, daß eine Hotelbar sich seiner nicht zu schämen brauchte. Die vorübergehende Trennung gab ihm die erste Gelegenheit, die Möbel, die Seidentapeten, die Gemälde und Ornamente abzuschätzen. Ohne jeden Zweifel: hier schrie alles GELD. Wenn er Mrs. Arnheim richtig anfaßte, konnte sie sehr wohl eine zweite Moira Parmenter werden – und dieses Mal würde es nicht wieder zu einem unsinnigen Selbstmord kommen, bevor das Testament abgeändert war.

Er fand im Radio einen Sender, der leichte Musik brachte, setzte sich neben sie auf das Sofa und begann sie mit seiner besten Spät-in-der-Nacht-Konversation zu bearbeiten. Komplimente über Komplimente, natürlich: die meisten davon betrafen ihren Geschmack in der Kleidung und in der Einrichtung der Wohnung. Er mischte auch vorsichtige Dosen von Eigenlob darunter, die jedoch so verarbeitet waren, daß sie jeden Anflug von Protzerei verloren. Er erfand eine brandneue Geschichte über seine Jagd auf einen menschenfressenden Tiger, den er nur unter Einsatz seines Lebens erlegen konnte, indem er sich selbst, mit einem Ziegenfell getarnt, als Köder anbot. Er brachte das so gut, daß er wünschte, sein kürzlich gekauftes Tigerfell für diese Story aufgespart zu haben, anstatt es für die zu verschwenden, die er ihr bereits erzählt hatte. Er war so stolz auf seine Erfindungsgabe, daß er beinahe die Wirkung übersehen hätte, die seine Geschichte auf Mrs. Arnheim hatte.

Er brach sie sofort ab. Sie sah sehr bedrückt aus.

»Oh, entschuldigen Sie!« rief er. »Hat meine Schilderung Sie so getroffen?«

Sie nickte leicht.

»Dann wollen wir das Thema wechseln. Ich rede ohnehin zuviel von mir. Wir sollten wirklich von Ihnen sprechen, nicht wahr? Das wäre so viel interessanter. Sagen Sie mir ...«

Und so ging es weiter, am drohenden Unheil vorbei.

Als er die zweiten Drinks holte, setzte er sich erheblich näher zur ihr auf das Sofa. Sie rückte ein wenig von ihm ab, doch er sprach unbeirrt weiter – goß Öl auf eine aufgewühlte Frau, wie er es bei sich nannte –, und schon nach kurzer Zeit ließ sie zu, daß er sanft über ihren Arm fuhr, ihre Hand zärtlich drückte, sie bedeutungsvoll anlächelte, und auf einige übertriebene Komplimente über ihre körperlichen Reize reagierte sie mit einem Wackeln der Hüften, das er erst nach mindestens einmonatiger Bekanntschaft erwartet hatte. Nach seiner Erfahrung waren für eine Frau wie sie Worte wichtiger als Taten; wahrscheinlich hatte sie ihren Mann in die Arme einer anderen Frau getrieben, die sich vor den häßlichen ›ehelichen Pflichten‹ weniger ekelte.

Er warf im Geist eine Münze, kam zu einem Entschluß und beugte sich vor, um sie zu küssen.

Und Mrs. Arnheim stieß einen heulenden Schrei aus.

Die Konsequenzen waren rasch und kaleidoskopisch. Einen Augenblick saß er völlig erstarrt – noch nie hatte er einen solchen Schrei aus der Kehle eines Menschen gehört. Dann hörte er ein Geräusch hinter sich und fuhr herum, in der Annahme, daß das Dienstmädchen aufgewacht sei und nachsehen wolle, was geschehen war.

Doch die Quelle des Geräusches befand sich dicht hinter ihm, nur eine Armlänge entfernt. Aus seinem Versteck hinter dem Sofa erhob sich ein Mann in Schwarz. Zwei Männer. Drei Männer. Und die Gesichter von allen dreien waren identisch ausdruckslos.

Sein Kopf schwamm. Er sprang auf und starrte von einem dieser unmöglichen Drillinge zum anderen. Mrs. Arnheim, die in einer unnatürlich wirkenden Haltung zusammengesunken war, als sie den Schrei ausgestoßen hatte, regte keinen Muskel. Sie war vielleicht tot.

Dann veränderte sich das Gesicht des Mannes in der Mitte auf die Art, wie er es gestern nacht beobachtet hatte, nur nicht so schnell. Jetzt konnte er jeden furchtbaren Schritt dieses Prozesses verfolgen. Selbst die Knochen unter dem Fleisch schienen sich zu winden und aufzuweichen, bis sie sich zu den Zügen des Mannes umformten, der abgestritten hatte, ihn zu verfolgen.

Roystons Selbstbeherrschung riß. Er stürzte sich auf den Mann mit dem plastischen Gesicht. Von der Kraft seines ganzen muskulösen Körpers angetrieben, rammte seine Faust gegen die Kinnspitze.

Und wurde zurückgeschleudert.

Es war kein menschlicher Kieferknochen, den er getroffen hatte. Es hatte sich eher wie Reifengummi angefühlt.

Er begann zu schwanken, als ihm die entsetzliche Wahrheit dämmerte. Die drei Männer in Schwarz, nicht mehr identisch aussehend, gaben seinen Blick mit ausdruckslosen Gesichtern zurück.

»Aggressiv, nicht wahr?« sagte der in der Mitte des Trios. »Ich dachte mir, daß ich so eine Reaktion hervorrufen könnte, und ich hatte recht ... Warum hast du um Hilfe gerufen, Jeef?« Es klang jedenfalls wie ›Jeef‹.

»Ich habe den Kopf verloren, Kronze«, sagte Mrs. Arnheim, die sich endlich wieder rührte. »Ich dachte, er wolle mich beißen.«

Dies ist ein Alptraum! Royston stürzte zur Tür, entschlossen, dieser Gesellschaft von Irren zu entfliehen.

Scheinbar ohne sich zu beeilen, erreichte Kronze sie jedoch vor ihm. Roystons Fäuste wirbelten und schlugen, doch sie hinerließen keinerlei Spuren auf dem verformbaren Fleisch, und Arme mit der Kraft von Schiffstauen umklammerten ihn. Alles begann vor seinen Augen zu verschwimmen, und er preßte ein leises Wimmern zwischen seinen schlaffen Lippen hervor.

»Bist du nicht auch der Meinung, daß dies ein außergewöhnlich gutes Exemplar ist, Gruk?« fragte Kronze, ohne auf den Hagel von Schlägen zu achten, den Royston noch immer auf ihn niederprasseln ließ. Die anderen beiden sprachen ein paar Sekunden lang leise miteinander. Dann antwortete Gruk.

»Ja, er sieht sehr brauchbar aus. Aber solltest du ihn nicht lieber zur Ruhe bringen? Der Lärm, den der aufführt, könnte andere herbeilocken. Versuche aber, sein Fell nicht mehr zu beschädigen, als es unbedingt notwendig ist.«

Der bekannte Jägerausdruck fuhr wie eine Feuerzunge durch den Nebel in Roystons Gehirn. *Versuche, das Fell nicht zu beschädigen.* Das konnte nur heißen ...

Er fühlte, wie er ohne Anstrengung vom Boden aufgehoben und auf den Rücken gelegt wurde – all sein Fluchen und Stoßen waren vergeblich – und er wünschte, daß man ihn nicht umgedreht hätte, denn jetzt sah er, daß Mrs. Arnheim ...

Oder richtiger: das trojanische Pferd, das er Mrs. Arnheim genannt hatte, rollte sich auf dem Boden und spaltete sich der Länge nach auf. Der Jäger, der jetzt der Hülle entstieg, war bestimmt kein Mensch. Er war ... *es* war ...

Royston schrie. Nach ein paar Sekunden mußte er aufhören, um sich übergeben zu können. Durch das Dröhnen in seinen Ohren hörte er Kronze mit professionellem Enthusiasmus sagen: »Eine schlaue Bestie! Habt ihr die Geschichte gehört, die er Jeff erzählte? Wie er sich als Ziege verkleidet hat, um einen Tiger zu erlegen? Im ersten Augenblick dachte ich wirklich, er hätte uns durchschaut!«

»Ich auch«, gab Jeef zu und stieß die schlaffe Hülle Mrs. Arnheims zur Seite.

»Willst du, daß ich ihn sofort konserviere?« fragte Kronze.

»Ja«, sagte der, den sie Gruk nannten. »Sonst müssen wir ihn während der ganzen Rückreise füttern.«

Royston versuchte vergeblich, die entsetzlichen Worte mit einem neuen Schrei zu übertönen. Doch er schrie weiter und weiter, bis er spürte, wie Kronze's kompetente Hand-Imitationen damit begannen, ihn von einem Menschen in ein Museumsstück zu verwandeln.

Das letzte, was er hörte, war die gedankenvolle Stimme des Jägers, der etwas von dem größten Wild des Universums sagte.

Das Leid, das ich sehe

Als Joe Munday vier Jahre alt war, lief er schreiend vor einem Lastwagen davon. Der Lastwagen war groß und schwer. Er war auf einer steil abfallenden Straße geparkt, die Joes Spielplatz war und der Vorgarten seines Hauses. Wenig später löste der Fahrer die Bremse, und die Kupplung griff nicht. Der Lastwagen rollte zwanzig Fuß rückwärts, bis der Fahrer die Bremse wieder anziehen konnte und mit totenbleichem Gesicht aus dem Fahrerhaus kletterte, um nach dem Jungen zu sehen, den er eben auf dem Gehsteig bemerkt hatte.

Als Joe Munday sieben Jahre alt war, lebte er bei der Schwester seiner Mutter auf einer Farm, die etwa dreißig Meilen entfernt lag. Während eines aufziehenden Gewitters zog sie ihn aus, weil es Zeit für sein wöchentliches Bad war. Er riß sich von ihr los und floh nackt in den strömenden Regen hinaus. Als seine Tante von der Türschwelle aus nach ihm rief, fuhr ein Blitz in das Haus und blendete sie.

Als Joe Munday dreizehn Jahre alt war, weigerte er sich, die anderen Jungen seiner Bande zu begleiten, als ihr Anführer ein verlassenes Lagerhaus durchsuchen wollte. Die anderen Jungen trafen dort auf einen Mann. Drei Monate später brachten die Zeitungen in großer Aufmachung einen Skandal: fünf Jungen waren in ein Erziehungsheim geschickt worden, weil sie ihren Mitschülern Heroin verkauft hatten.

Als Joe Munday fünfzehn Jahre alt war, begann er kleine Geldbeträge zu stehlen und damit zu wetten. Er wurde nie erwischt, weil er jede seiner Wetten gewann, bis der örtliche Buchmacher sich weigerte, noch etwas mit ihm zu tun zu haben. Es war ihm immer gelungen, die gestohlenen Beträge unbemerkt zurückzulegen und die Gewinne zu behalten.

»Guter Junge, dieser Joe Munday«, pflegten die Leute zu sagen. »Kommt nie in Schwierigkeiten!«

Und das tat er auch nicht, obwohl es in dem Bezirk, in dem er lebte, als selbstverständlich angesehen wurde, daß jeder Junge früher oder später ›in Schwierigkeiten kommen‹ würde. Also begann er im Alter von siebzehn Jahren zu vermuten, daß er eine – besondere Gabe besaß.

Vielleicht kam diese ›besondere Gabe‹ um diese Zeit gerade zur Reife: auf jeden Fall begannen jetzt die Dinge so massiert aufzutreten, daß selbst jemand, der nicht Joes Scharfsinn besaß, sich den Kopf gekratzt und nachzudenken begonnen hätte. Joe, der intelligent genug war, um die Chancen für Zufälle bei solchen Sachen ausrechnen zu können, begann zu begreifen, daß er – irgendwie – spüren konnte, wenn Schwierigkeiten auf ihn zukamen; und es ihm irgendwie gelang, ihnen auszuweichen.

Anfangs hatten seine Vorahnungen ausschließlich Gefahren betroffen. Gefahren für sein Leben vor allem. Später waren sie subtiler geworden, als ob er gelernt hätte, daß es auch andere Arten von Unannehmlichkeiten gab, als körperliche Verletzungen.

Es war schwer, an eine solche Gabe glauben zu können, selbst für ihn, obwohl er doch ihre Auswirkungen am eignen Leib spürte. Also ignorierte er einmal, was sie ihm sagen wollte, und das Ergebnis versetzte ihn in Angst. Es war dies das letzte Mal, daß Joe Munday Angst haben wollte. Bei dem Gefühl wurde ihm übel.

Und so, im Alter von siebzehn Jahren und neun Monaten, blickte Joe sein Spiegelbild an und grinste. Er hatte dunkles Haar, er kleidete sich modisch, und abgesehen von den Pikkeln, die er mit verschiedenen Hautcremes zu kurieren versuchte, sah er nicht schlecht aus. Gutes Aussehen, und das Wissen, nie wieder Angst haben zu brauchen, waren für einen jungen Mann, der seinen Weg in der Welt machen wollte, ein gutes Startkapital.

Aber wie fängt man es an, Kapital zu investieren, von dessen Existenz die Menschen keine Ahnung haben, und an das sie nicht glauben würden, wenn man es ihnen sagte? Dieses

Problem war eine schwere Aufgabe für Joe. Das Kapital seines guten Aussehens allerdings hatte ihm bereits Rendite eingebracht: da war ein Mädchen in der nächsten Straße, die das bestätigen konnte. Doch das andere ...

Er beschloß, auszugehen und darüber nachzudenken.

Er war auf dem Weg zum nächsten Drugstore, als er es sich anders überlegte und statt dessen in die kleine Bar an der Ecke trat. Er war schon einmal hiergewesen, in Begleitung eines guten Bekannten, zwei Jahre älter als er, der in einen anderen Staat gegangen und nun zurückgekommen war, um bei seinen alten Freunden damit anzugeben, was er alles erreicht hatte. Damals hatte er Joe Munday mitgenommen. Diesmal, sagte er sich, ging er allein – und so würde es von jetzt an immer sein.

Der Barkeeper kannte ihn natürlich. Jeder in dieser Gegend kannte jeden anderen. Und ihm war es egal, wenn Joe noch nicht ganz achtzehn Jahre alt war. Ein paar Monate hin oder her, was machte das schon? Also schenkte er Joe ohne Kommentar ein Bier ein.

Joe mochte Bier nicht besonders und hätte, ehrlich gesagt, lieber eine Ovomaltine getrunken, aber Milk-Shakes gehörten zum Gestern. Mit einem Selbstbewußtsein, das nicht im geringsten unecht war, setzte er sich auf den Barhocker und trank langsam sein Bier.

Der Raum war fast leer. Es war etwa viertel nach zwölf, und die Leute, die zur Mittagspause gekommen waren, hatten die Bar wieder verlassen. Also zog der Barmann nach einem kurzen Rundblick die Schublade der Registrierkasse auf und begann abzurechnen. Es schien eine Menge Geld in der Schublade zu sein, fand Joe.

Als der Barmann mit dem Zählen fertig war, tat er etwas Hartgeld zum Wechseln zurück und rief den Eigentümer aus dem Hinterzimmer. Der Boß zeigte sich von dem Stapel Banknoten und den Beuteln mit Hartgeld nicht sehr beeindruckt.

»Schließ es mit den gestrigen Einnahmen zusammen weg«, wies er den Barmann an. »Ich bringe morgen alles zusammen zur Bank. Bei dem bißchen lohnt sich die Fahrt nicht.«

Der Barmann nickte. Niemand beobachtete ihn, außer Joe, und Joe nippte an seinem Bier. Der Barmann stopfte das Geld in einen Segeltuchbeutel, auf dem der Name einer Bank stand, und trug ihn ins Hinterzimmer. Ein Kunde rief nach ihm, als er durch die Tür schritt, also beeilte er sich, ohne sich die Zeit zum Schließen der Tür zu nehmen, und Joe hatte einen freien Blick auf die Metallbox, in der er das Geld verstaute, und die Lage der Box in Relation zum Fenster des Raums.

Joe bewegte eine neugeborene Idee in seinem Gehirn. Mit großem Vergnügen. Dann unterbreitete er sie seiner besonderen Gabe zur Begutachtung, und die besondere Gabe gab ihre rückhaltlose Zustimmung.

Es ist nie herausgekommen, wer die Metallbox gestohlen hat. An Joe Munday dachte natürlich niemand in diesem Zusammenhang. »Guter Junger, dieser Joe. Niemals in Schwierigkeiten gekommen. Nicht wie andere, die ich nennen könnte.«

Joes Mutter hatte es immer stolz gemacht, wenn sie andere Leute so von ihrem Jungen sprechen hörte. Was seinen Vater betraf ... Jetzt jedenfalls würde er ihn wohl kaum wiedererkennen. Es war vierzehn Jahre her, seit die beiden sich zum letzten Mal gesehen hatten.

Wirklich schade, daß sie nun zum zweiten Mal Leid erfahren mußte. Doch der Neid der Nachbarn wäre ein sehr geringer Lohn für das Risiko, das er einginge, wenn er jemand seine Absicht enthüllen würde, die Stadt zu verlassen und ein neues Leben zu beginnen. Und genauso riskant wäre es, etwas von dem Geld, das er gestohlen hatte, in der Nähe auszugeben. Es brannte ihm ein Loch in die Tasche, doch er zwang sich, es nicht anzurühren – eine Woche, neun Tage, elf Tage ...

Das sollte reichen. Eine gute, unauffällige, unwahrscheinliche Zeitspanne. Er stieg in einen Bus und fuhr in die Hauptstadt des Staates.

Dort konnte er Geld ausgeben, ohne daß jemand sich fragte, woher er es hatte.

Der erste Schritt erforderte den Besuch eines Bekleidungsgeschäfts. Er fragte seine Gabe um Rat, als ein besonders modischer Anzug im Schaufenster seine Begierde erregte. Die Gabe sagte nein; er erkannte den Grund dafür, als er umherblickte und bemerkte, auf welche Weise sich die Stadt von dem unterschied, was er gewöhnt war. Er unterdrückte seine Wünsche rigoros und forderte den Verkäufer auf, ihm einen konservativen Anzug vorzulegen, der guten Geschmack verriete. Die Wirkung sagte ihm sehr zu, und auch die Aufmerksamkeit, mit der er bedient wurde. Offensichtlich bemerkten die Verkäufer das Selbstvertrauen in seinen Augen und erkannten unbewußt, daß hier jemand war, mit dem man zu rechnen haben würde.

Der zweite Schritt betraf die Suche nach einer Bleibe. Er mietete ein Zimmer in einer Straße mit hübschen, gut erhaltenen Häusern, die einst sehr wohlhabenden Familien gehört hatten. Er kalkulierte bedrückt, wie rasch sein Guthaben durch diese laufende Ausgabe zu Ende gehen würde; doch seine Gabe bestand darauf, daß er eine gute Adresse haben müsse. Nicht prätentiös. Solide.

Der dritte Schritt bestand darin, nach Geld zu schnüffeln.

Das war nicht schwer. Er hatte jetzt Routine darin. Große Wagen waren kein so guter Hinweis darauf wie kleine ausländische, und das ließ ihn begreifen, warum seine Gabe die hochmodische Bekleidung zurückgewiesen hatte. Sobald man das Niveau erreicht hatte, das er anstrebte, protzte man nicht mehr.

Er benutzte seine Gabe, um zu entscheiden, wo er nach seinem ersten wirklichen Start suchen sollte. Er ließ sich Zeit dabei. Er verwarf mehrere reizvolle Möglichkeiten, wenn auch mit einigem Bedauern, und setzte auf einen Mann namens Sarmer. Es gab mehrere gute Gründe für seine Wahl. Der erste war, daß Sarmer in Geld schwamm – doch das war auch bei allen anderen der Fall, die Joe in die engere Wahl gezogen hatte, und manche waren noch reicher als er. Der zweite Grund war, daß Sarmer keinen ausländischen Wagen besaß, obwohl er sich das exklusivste aller jemals hergestellten Modelle hätte leisten können. Der dritte Grund war, daß er zwar eine Tochter hatte – ein ungewöhnlich hübsches Mädchen außerdem – aber keinen Sohn, obwohl er sich verzweifelt einen gewünscht hatte. Seine Frau war bei der Geburt eines mißgestalteten Jungen gestorben, der dann ebenfalls starb. Und jetzt würde er nie den Sohn zeugen können, den er ersehnte; seine Ärzte hatten ihm gesagt, daß er nicht mehr lange zu leben hätte.

Perfekt.

Er paßte sich Sarmers Umgebung an, so gut er konnte, ohne daß es auffällig wirkte. Konservativ in jeder Beziehung hatte der alte Mann dem Trend zu den grünen Vororten der Stadt widerstanden und wohnte nach wie vor in der City, nicht weit von dem Haus entfernt, in dem Joe logierte. Es war nicht schwer, gelegentlich seinen Blick auf sich zu lenken und dann – zurückhaltend, ruhig, immer gut gekleidet – hin und wieder zu grüßen: »Guten Morgen, Mr. Sarmer, Miß Sarmer.« Doch ohne zu drängen. Die Dinge mußten sich in ihrem eigenen Tempo entwickeln.

Es dauerte nicht lange, bis seine Grüße erwidert wurden, bis Sarmer ihn prüfend anblickte und sich zu fragen schien, wo er diesen jungen Mann mit dem selbstsicheren Auftreten kennengelernt hatte. Und wenig später winkte Julie Sarmer ihm zu, wenn sie ihn von ihrem blauen Cabriolet aus entdeckte – jedenfalls, wenn nicht einer ihrer ständigen Begleiter bei ihr war.

Schließlich kam es dann zu einem richtigen Gespräch, und Sarmer mochte den Jungen. Joe befragte seine Gabe vor jedem Wort, das er äußerte, und der Eindruck, den er hinterließ, war hundertprozentig positiv. Er war ›in‹, er war, wo er immer sein wollte, ohne sich dessen bewußt zu werden. Und eines Tages – der nicht allzu weit entfernt lag – würde Sarmer sagen:

»Wissen Sie, Sie sind ein guter Junge.« (Bescheidene Abwehr, gemurmelter Dank). »Nein, das meine ich ernst. Wissen Sie, ich habe über einiges nachgedacht. Mir bleibt nicht mehr viel Zeit auf dieser Welt.« (Schockierter Protest gegen eine solche Vorstellung.) »Verdammt, das wissen Sie genausogut wie ich. Und Sie wissen auch, daß der Sohn, den ich hätte haben sollen ...«

Nur daß zwischen dem Heute und jenem Tag eine Periode des Wartens lag. Man mußte sich zur Geduld zwingen. Auf irgendwelche Weise ausreichend Geld zum Leben beschaffen. Einige Dinge machten das Warten besonders schwer. Da war vor allem Julie, schlank, blond, bildschön und teuer, und es kostete ihn so manche schlaflose Nacht, um sich davon abzuhalten, ihr so direkt zu sagen, was er wollte, als ob sie ein Mädchen aus der Nachbarstraße in seiner Heimatstadt wäre. Doch seine Gabe warnte ihn davor, da ein solcher Schritt nur Unheil bringen würde. Julie sah auf ihn herab. Sie war bereit, sich mit ihm als Protegé ihres Vaters abzufinden; sie hatte keine Ahnung, daß er einmal der Erbe ihres Vaters sein würde. Also hielt er eine kühle Distanz zu ihr, obwohl er spürte, daß sie neugierig war.

Wahrscheinlich war es ihr Vorschlag gewesen, ihn zur Feier ihres neunzehnten Geburtstags einzuladen.

Doch anstatt sich um sie zu kümmern, unterhielt er sich mit ihrem Vater und den wenigen alten Freunden, die er eingeladen hatte, um ihm Gesellschaft zu leisten, während das Haus, wie er es ausdrückte, von dem Krach widerhallte, nach dem diese verrückten Kinder heutzutage so verrückt waren, und antwortete auf entsprechende Fragen, daß er Waise sei und entschlossen, seinen eigenen Weg zu finden, aber noch nicht sicher sei, welcher für ihn der beste wäre ... Sarmer leckte es auf wie eine Katze die Milch.

Joe zog ein.

Er fuhr nicht wieder nach Hause zurück, nicht einmal, um seine Mutter zu besuchen, nicht einmal, um das Mädchen aus der nächsten Straße wiederzusehen. Das wäre auch nicht ratsam gewesen. Er hatte auf Umwegen erfahren, daß sie schwanger sei und könnte sich vorstellen, wie viele Hürden man ihm dadurch in den Weg stellen würde. Er stieß ein stilles Dankgebet aus und vergaß sie.

Er hatte jetzt begreifen gelernt, daß seine Gabe auf zwei Ebenen wirksam war. Die eine betraf bevorstehende Katastrophen, die nicht von ihm ausgelöst wurden, wie der einschlagende Blitz, als er sieben Jahre alt gewesen war. (Von dem Zwischenfall mit dem Lastwagen hatte man ihm erzählt, doch er konnte sich nicht daran erinnern.) Die andere bezog sich auf Gefahren, in die er durch eigenes Tun geriet. In beiden Fällen mußte er natürlich einen Ausweg aus der Gefahr selbst finden. Doch das war nicht schwer.

Zum Beispiel beim Autofahren. Sarmer hatte ihm einen Wagen geliehen, ohne daß Joe ihn danach gefragt hätte; er besaß fünf. Wenn er sich versucht fühlte, eine wunderbar überhöhte Kurve mit voller Geschwindigkeit zu nehmen, lauschte Joe auf seine Gabe und verblüffte eventuelle Beifahrer damit, daß er auf zahme dreißig Meilen herunterging. Und hinter der Kurve sahen sie dann einen verunglückten Lastwagen mit Anhänger, der ihre Spur versperrte. Vorfälle dieser Art verschafften ihm den Ruf eines brillanten Fahrers.

Seine Bekannten stammten jetzt aus den verschiedensten Kreisen. Man betrachtete ihn ein wenig als Rarität, doch da er den Gütestempel des alten Sarmer trug, wurde er akzeptiert. Manchmal. Seine Fähigkeiten als Autofahrer trugen ihm den Neid eines jungen Sportwagenenthusiasten ein, der ihn einlud, seinen neuen Lamborghini zu fahren. Joe lehnte ab. Er gab keine Erklärung dafür, sondern lehnte das Angebot nur ab. Verärgert fluchend sprang der junge Mann in den Wagen und brauste los. Er kam nur drei Meilen weit und fuhr mit über siebzig Meilen, als ein Vorderreifen platzte, der Wagen durch eine Mauer raste und ihn tötete.

Niemand wußte etwas von der Art des Unfalls, außer Joe. Und dem Fahrer. Aber der war tot.

Joe überlegte kurz, ob vielleicht seine Weigerung den Mann so wütend gemacht hatte, daß er seinen Wagen nicht mehr in der Gewalt hatte, als der Reifen geplatzt war. Aber Joe hatte nicht gewußt, daß der Reifen platzen würde. Er hatte nur gespürt, daß er in eine Gefahr kommen würde, die er nur vermeiden konnte, wenn er nicht in den Wagen stieg.

Joe veränderte sich während der kommenden drei Jahre. Er fand das schwieriger, als er es erwartet hatte. Es gab eine Menge zu lernen, wovon er nicht einmal geträumt hatte. Der offizielle Grund für sein Leben im Sarmer-Haus war die Position eines Gesellschafters für den alten Herrn. Seine Absicht war, zu lernen. Aber trotzdem ... Er hatte der nebelhaften Vorstellung nachgehangen, daß Geldverdienen, so wie es Sarmer tat, sich nicht viel vom Wetten unterschied, und daß er nur seine Gabe auf Spekulationen an der Wertpapierbörse ansetzen mußte, anstatt auf Glücksspiele. Aber genauso, wie er nur hatte wetten können, indem er gestohlenes Geld setzte, das er wieder zurücklegen mußte, wenn er nicht im Erziehungsheim landen wollte, stellte er jetzt fest, daß Spekulationen mit Sarmers Geld seine Gabe nicht aktivierten. Wenn er es verlor, schrieb Sarmer es einfach als Lehrgeld ab und sagte ihm, er solle es noch einmal versuchen. Er konnte diese Barriere überwinden, indem er einen Bankkredit aufnahm, den er auf keinen Fall zurückzahlen konnte, wenn seine Spekulationen nicht erfolgreich waren. Anderenfalls würde er sowohl das Geld als auch Sarmers Vertrauen verlieren. Ein doppeltes Desaster.

Drei Jahre. Er hatte früher nie Zeitungen gelesen, außer vielleicht den Sportteil. Jetzt mußte er Märkte beobachten und lernen, auf welche Weise irgendwelche Entwicklungen im Ausland sich auf die Preise auswirken mochten; also mußte er versuchen, Hinweise im Nachrichtenteil zu finden, Gerüchte und selbst nur Vermutungen möglicher Entwicklungen, um eine richtige Auswahl zu treffen. Er lernte rasch, denn seine Gabe verhinderte, daß er Fehler machte. Die Situation mochte einigen Leuten phantastisch angemutet haben: ein Junge, der kaum die zwanzig überschritten hatte, genoß Sarmers volles Vertrauen, war bereits zu seiner rechten Hand aufgestiegen und hatte alle Aussicht, sein Nachfolger zu werden; doch natürlich vermied Joe alles, was sie zu dem Schluß führen mochte, daß es phantastisch *sei*. Im Gegenteil, wenn sie sich die Dinge gründlich überlegten, mußten sie zugeben, daß Sarmer eine durchaus logische Wahl getroffen hatte.

Und so kam endlich der langersehnte Tag, an dem Sarmer Joe einen Drink in die Hand drückte, sich setzte, sich ausgiebig räusperte und schließlich sagte, daß er Joe für einen guten Jungen hielte. Die Aufregung hätte Joe in diesem Moment fast die Beherrschung verlieren lassen. Doch nicht ganz. Wenn es ihm nicht gelungen wäre, sich zu beherrschen, hätte er Angst vor unvorhersehbaren Konsequenzen haben müssen, und er war entschlossen, nie wieder Angst zu spüren.

Sarmer hatte diese Unterhaltung eigentlich noch nicht zu diesem Zeitpunkt führen wollen, doch seine Ärzte hatten ihm ein Ultimatum gestellt, durch das dieses Gespräch vorgezogen wurde. Joe hatte gewonnen.

Jeder andere hätte sich wahrscheinlich vor den sich jetzt öffnenden Aussichten gefürchtet. Aber nicht Joe.

Wer Angst hatte, war Julie Sarmer, und sie sagte es auch offen, doch ihr Vater verbat ihr ernsthaft, seine Entschlüsse in Frage zu stellen: und sie interessierte sich auch nicht sehr für geschäftliche Angelegenheiten, und wenig später konnte sie deswegen ohnehin nicht mehr viel tun, weil Sarmer starb.

Am Abend nach dem Begräbnis konsultierte Joe seine Gabe und sah keinerlei Schwierigkeiten auf seinem Weg. Also wies er Julie – mit allergrößtem Takt – darauf hin, daß sie jetzt nur noch eine kleine Erbin sei, deren stark begrenztes Einkommen von einem Treuhandvermögen käme (es schmerzte Joe, daß es nicht noch niedriger angesetzt worden war, doch schließlich war sie Sarmers Fleisch und Blut), während er ein junger Mann auf dem Weg nach oben sei, und wenn sie ihn auf diesem Weg begleiten wollte, dann zu seinen Bedingungen. Er hatte seit dem Mädchen aus der Nachbarstraße solche Bedingungen nicht mehr gestellt – seine Gabe warnte ihn ständig vor Schwierigkeiten, wenn er sich von einem der Mädchen in seinen neuen gesellschaftlichen Kreisen angezogen fühlte –, und das Verlangen war immer schwerer zu ertragen.

Sie schlug ihm ins Gesicht und ging hinaus.

Er nahm es relativ gelassen auf und erkannte ohne große Mühe, daß er diesen Verlust leicht ersetzen konnte. Das befriedigte ihn einige Monate lang.

Alles andere aber lief wunderbar. Er war jetzt in der Lage, seine Gabe voll einsetzen zu können, denn wenn er einen falschen Schritt tat, brachte er nicht andere, sondern sich selbst in Schwierigkeiten. Also verwandelte sich alles, was er berührte, wenn nicht in Gold, so doch in Aktien und Pfandbriefe und immer weitere Beteiligungen. Eine äußerst befriedigende Situation.

Akute internationale Spannungen belebten den Markt. Neue Regierungsaufträge wurden vergeben; die Unternehmen, die davon profitierten, sahen ihre Aktien wie Raketen zum Himmel steigen. Joe war zum Teil auch an diesem raschen Wertzuwachs beteiligt. Er hatte jetzt noch eine andere Gelegenheit, um seine Gabe zu nutzen; Julie hatte einen Streit mit ihm begonnen und gerichtliche Schritte unternommen, um sein Recht zur Verwaltung ihres väterlichen Erbes in Frage zu stellen, und wenn er sich jetzt nicht als sehr kompetent erwies, bestand die Gefahr, daß man ihm die Verfügungsgewalt entziehen würde. Doch er war sicher, daß nicht der geringste Grund zur Unruhe bestand.

Bis zu dem Morgen, an dem er krank aufwachte.

Es war keine physische Krankheit. Es war etwas, das er so lange nicht gespürt hatte, daß er das Gefühl erst nach langer Mühe identifizieren konnte.

Er hatte Angst.

Zu Anfang leugnete er sie. Dann fand er sich mit ihr ab und begann erbittert dagegen anzukämpfen. Doch er stellte fest, daß seine Verzweiflung wuchs, je weiter der Tag fortschritt – weil es ihm nicht gelang, die Ursache für seine Angst zu identifizieren.

Sie wurde auch stärker und stärker, von einer Sekunde zur anderen, anscheinend in direktem Verhältnis zu dem Eintreten des Ereignisses, vor dem er sich fürchtete. Vierundzwanzig Stunden, nachdem die Angst eingesetzt hatte, war sie bereits so übermächtig, daß er seine Gabe nicht mehr einsetzen konnte. Er beging einen schrecklichen Fehler und verlor zwanzigtausend Dollar bei einer einzigen Spekulation. Doch das war nur eine geringe Sorge angesichts der überwältigenden Gewißheit, daß viel größeres Unglück von einer anderen Seite kommen würde.

Konkurrenten, die schon lange gewartet hatten, daß so etwas geschähe, brachen in Jubel aus und riefen einander zu: »Ich habe es doch gewußt, daß dieser Joe Munday sich nicht halten kann!« Julies Anwalt erfuhr auch davon und rief sie sofort an, um ihr die Neuigkeit mitzuteilen. Joe ahnte, daß dies geschah, und stellte fest, daß es ihm nichts mehr ausmachte.

Alles, was er über die heraufziehende Katastrophe feststellen konnte, war, daß sie von oben über ihn hereinbrechen würde. Unbeteiligt las er Zeitungen, verfolgte das politische Geschehen im Fernsehen, sah Nachrichten, die ihn noch vor wenigen Tagen begeistert haben würden: Mobilmachung, neue Lieferaufträge für Waffen, ein Aufstocken der Regierungsausgaben.

Von oben! In panischer Angst dachte er an mit Atomsprengköpfen bestückte Raketen. Er dachte daran, sich in den tiefen Eingeweiden der Erde zu verkriechen, nur um unter den Trümmern einer zerstörten City lebendig begraben zu werden. Er dachte daran, mit einem Flugzeug zu einer einsamen Insel zu fliegen, nur um dort langsam und elend an einer tödlichen Krankheit zugrundezugehen, wenn unsichtbarer radioaktiver Staub auf ihn herabrieselte. Wellen von Angst spülten über ihn hinweg und lösten ihn auf, wie Meereswellen eine Sandburg.

Warnung! Er mußte die Menschen warnen! Doch wen als ersten? Julie vielleicht – er stürzte zum Telefon. Sie war bei ihrem Anwalt. Er rief sie dort an und schrie angstvolle Worte in den Hörer. Sie schien ihn nicht zu verstehen, doch er hatte keine Zeit, sich genauer zu erklären. Er mußte los. Er mußte *irgend etwas* tun!

Wie ein Tier, das vor einem Waldbrand flieht, lief Joe Munday aus dem Raum, die Treppe hinab und auf die Straße, starrte nach beiden Richtungen, um ein Taxi zu entdecken. In diesem Augenblick glitt einem Mann, der hoch oberhalb von ihm Fenster putzte, der Eimer aus der Hand, und stürzte hinab. Er fiel fünfzig Fuß, bevor er Joe Mundays Schädel traf und ihn spaltete.

»Krieg?« sagte Julies Anwalt in diesem Augenblick. »Der Mann muß verrückt sein!«

Unter den ersten, die auf die Stelle zuliefen, wo Joe lag, war ein Zeitungsjunge. Er überwand seine Übelkeit so lange, um ein Zeitungspaket über dem Toten an die Hauswand zu kleben. Die Balkenüberschrift lautete: KRIEGSGEFAHR GEBANNT! REGIERUNGEN GEBEN NACH!

Ein Elixier für den Imperator

Das Toben der Menge tat seinen Ohren wohl, genauso wie die warme italienische Sonne nach drei unerträglichen Jahren im östlichen Gallien seinem Körper wohltat. Wenige Dinge ließen den General Publius Cinnus Metellus lächeln, doch jetzt, wenn auch nur für wenige Augenblicke, entspannte sich sein hartes Gesicht, als er auf die Ehrenloge am Rand des Zirkusrunds zuschritt. Die *buccae,* geblasen von den Trompetern seiner Legion, schmetterten, doch ihr Klang wurde vom Willkommensjubel der Menge übertönt.

Dies war es, was die Bevölkerung von ihren Generalen erwartete: einen lohnenden Feldzug, einen strahlenden Sieg und zum Abschluß einen guten Tag mit Zirkusspielen.

Allmählich erstarb der Jubel zu einem normalen Gemurmel der Konversation, nachdem Metellus seinen Platz eingenommen hatte und nun umher blickte, Bekannte entdeckte, die er mit kurzem Kopfnicken grüßte.

»Ich freue mich darauf, wieder einmal anständige Spiele zu sehen, Marcus«, knurrte er zu dem dicken, ältlichen Mann, der neben ihm saß. »Wenn man die drittklassigen dilettantischen Vorstellungen absitzen muß, die einem in Gallien geboten werden ... Übrigens, du hast doch getan, worum ich dich gebeten habe, nicht wahr?«

»Natürlich«, lispelte Marcus Placidus. »Aber ich verstehe nicht, warum du dir darüber Gedanken machst. Du hast doch genügend Viecher mitgebracht, um die Arena für mehr als eine Woche in Blut zu baden – ein paar von diesen germanischen Wölfen insbesondere ... Nein, du hast mehr als reichlich bezahlt. Du bekommst die besten Spiele, die Rom seit Jahren erlebt hat.«

»Das will ich hoffen. Das will ich hoffen.« Metellus ließ seinen Blick über die festlich gekleidete Menge schweifen.

»Aber ich gehe nicht das Risiko ein, mich von einem hinterhältigen *lanista* hereinlegen zu lassen, der mehr aus seinen Wetten herausholen will! Und ... und es ist einiges anders geworden, seit ich von Rom fort war. Ich spüre, daß ich den Kontakt verloren habe.«

Er machte dieses Geständnis mit so leiser Stimme, daß niemand außer Marcus Placidus seine Worte hörte, und verzog sofort das Gesicht, als ob es ihm leid täte, sie überhaupt geäußert zu haben. Marcus schob seine fleischigen Lippen vor.

»Ja, es hat einige Veränderungen gegeben«, sagte er zustimmend.

Nach einer kurzen Pause blickte Metellus unwillig umher. »Was ist?« sagte er. »Ich bin hier. Wo bleibt der Ringmeister? Er müßte längst da sein, um die Spiele zu eröffnen.«

»Wir warten natürlich auf den Imperator«, sagte Marcus mit echter oder gespielter Überraschung. »Es wäre eine Beleidigung, ohne ihn anzufangen.«

»Ich wußte nicht, daß er kommen will!« rief Metellus aus. Er richtete seinen Blick auf die mit prächtigem Purpur behangene Loge des Imperators. »Ich war eher der Meinung, daß ich der Beleidigte bin. Immerhin hat er mich schon früher gemaßregelt, nicht wahr? Du warst doch selbst dabei, Marcus! Er sagte, daß ich meine Provinzen ausblute! Ein schöner Imperator, der keinen Tribut für Rom fordert! Er scheint nicht einmal zu erkennen, daß man diesen Barbaren ständig den Fuß in den Nacken stellen muß. Wenn nicht, wacht man eines Morgens mit durchschnittener Kehle auf. Ich habe das selbst gesehen.«

Er rutschte auf die Vorderkante seines Sitzes und blickte sich verärgert nach dem Ringmeister um. »Nichts würde mir besser zupaß kommen, als der Welt zu zeigen, was ich von seinen laschen Vorstellungen halte. Ich bin der Veranstalter dieser Spiele, und ich entscheide, wann sie eröffnet werden!«

Marcus legte seine Hand auf Metellus' Arm, um ihn zurückzuhalten. »Die Menschen würden das nicht zulassen«, sagte er entschuldigend.

»Das glaube ich nicht. Seit wann zieht eine Horde von Römern es vor, in der Sonne zu braten wie Hühner am Spieß, anstatt die Spiele endlich beginnen zu lassen?«

»Seit du fort warst vielleicht«, murmelte Marcus und stemmte seinen fetten Körper von dem Sitz. »Und er kommt ohnehin gerade.«

Mit finsterem Gesicht stand Metellus ebenfalls auf. Schilde schepperten, als die Garde mit Aplomb und Präzision den Salut erwies, und ein lauter Jubelschrei stieg aus der Menge. Der Schrei – er kam nicht nur aus den Lungen der Menschen, sondern aus ihren Herzen. Er dauerte an. Länger als der Applaus, mit dem Metellus begrüßt worden war, und er schien noch an Lautstärke zuzunehmen, als der Imperator seinen Platz einnahm.

Als der Jubelschrei der Menge das Rund des Zirkus erbeben ließ, ballte der General die Fäuste. Als ihm ein Kurier vor zwei Jahren die Nachricht von Cinatus' Ernennung zum Imperator gebracht hatte, zusammen mit der Erneuerung seiner Prokonsulschaft, hatte Metellus die Schultern gezuckt. Es war natürlich ein Wunder, daß sie einem so alten Mann die imperiale Toga überlassen und ihn zum Nachfolger seines kinderlos verstorbenen Neffen bestimmt hatten – dessen kurze, blutige Herrschaft ihm aus einem Grund in guter Erinnerung war: sie gab ihm die Chance, die Pfründe Ost-Galliens zu erlangen.

Doch mit dem Aufkommen rivalisierender Fraktionen in allen Teilen des Imperiums hatte man den alten Mann wahrscheinlich deshalb gewählt, weil er nicht allzu viele einflußreiche Männer vor den Kopf stoßen würde. Auf jeden Fall hatte man nicht erwartet, daß er so lange aushalten würde. Und schon gar nicht, daß er mit seiner unmöglichen Aufgabe so gut fertig würde.

»Hören sie mit diesem Gebrüll denn überhaupt nicht wieder auf?« knurrte Metellus wütend. »Wem zu Ehren finden diese Spiele eigentlich statt?«

»Ich verstehe deine Gefühle«, war alles, was Marcus sagte.

In diesem Augenblick suchte Cinatus, nachdem er sich bequem auf seinen Platz gesetzt hatte, Metellus' Blick und schüttelte den Kopf in der griechischen Form der Bejahung, einer seiner wenigen Affektiertheiten. Wie durch Zauberei tauchte ganz plötzlich der riesige Ringmeister in der Arena auf.

»Endlich«, grunzte Metellus und gab das Zeichen zur Eröffnung der Spiele.

Nach der rituellen Prozession trat der Ringmeister auf seinen Platz vor der imperialen Loge. Alle Gespräche erstarben, als die Menge mit Spannung auf die Ankündigung wartete, welche der vielen wunderbaren Nummern, von denen sie bei der Prozession einen Vorgeschmack bekommen hatten, sie als erstes zu sehen kriegen würden.

»Was hast du als Eröffnung bestimmt?« fragte Marcus hinter vorgehaltener Hand. »Als ich gestern mit dir darüber sprach, hattest du dich noch nicht entschieden.«

»Mit einem perfekten Stück, denke ich«, antwortete Metellus, »das die Menge von Anfang an in die richtige Stimmung versetzt.«

»Eine Schlacht!« schrie der Ringmeister. »Eine Schlacht des sonnendurchglühten Südens gegen den eisigen Norden! Sechs wilde germanische Wölfe aus den Wäldern Ost-Galliens, auf besonderen Befehl des Generals nach Rom gebracht ...«

Der Rest der Ankündigung ging im begeisterten Toben der Menge unter. Marcus nickte anerkennend. »Ah, die Wölfe! Ich habe von Anfang an gesagt, daß sie vielversprechend aussehen. Aber gegen wen? Gegeneinander?«

»Nicht ganz«, sagte Metellus. »Du wirst sehen.«

Wieder brüllte der Ringmeister. »Und gegen sie steht ...« Er wandte sich mit einer großartigen Geste um, und alle Blicke waren auf das Gattertor gerichtet, das jetzt aufgestoßen wurde; ein Mann taumelte in die Arena – den Kopf gesenkt, um einen letzten Schlag von seinem Aufseher abzuducken – ein alter, dunkelhäutiger Mann, nur mit einem zerfetzten Lendentuch und abgetragenen ägyptischen Sandalen bekleidet, dessen Rücken mit Striemen bedeckt war. Eine Hand umklammerte ein Schwert, mit dem er gewiß nichts anfangen können würde.

Die Menge brach in lautes Lachen aus, und Metellus lachte fröhlich mit. »Ausgezeichnet«, murmelte er Marcus zu. »Ich habe meinem Prokurator befohlen, jemand zu finden – irgendeinen Verbrecher –, der wirklich lächerlich wirkt. Und da ist er. Später, mußt du wissen, lassen wir einen riesigen Bullen los.«

»Ich warne dich«, sagte Marcus mit ausdrucksloser Stimme. »Der Imperator lacht nicht.«

Der General fuhr herum. Tatsächlich blickte Cinatus mit gerunzelter Stirn in die Arena hinab. Er flüsterte mit einem Begleiter, der den Ringmeister herbeirief.

»Caesar wünscht zu wissen, welches Verbrechens dieser alte Mann angeklagt wird!«

Auf einen Wink des Ringmeisters hin packte einer seiner Helfer den dunkelhäutigen Mann und schleppte ihn durch den Sand der Arena, damit der selbst antworten könne. Er schien sich etwas gefaßt zu haben, denn als er sich aufrichtete und zum Imperator emporblickte, gab er ihm einen nicht ganz ungeschickten Salut mit dem Schwert.

»Mein Name ist Apodorius aus Nubien, o Caesar! Und das Verbrechen, dessen ich beschuldigt werde, ist eines, zu dem ich mich offen bekenne. Ich bin der Überzeugung, daß weder du noch irgendein anderer Mann, der den Purpur trägt, dadurch zum Gott geworden ist.«

Ein leises *»o-o-oh«* tönte durch das Rund des Zirkus. Metellus lehnte sich zufrieden zurück. So etwas konnte Cinatus nicht auf sich beruhren lassen.

Doch auf den Lippen des Imperators erschien ein leichtes Lächeln. Er sagte etwas zu einem seiner Begleiter, der seine Worte dem dunkelhäutigen Mann zurief.

»Warum sagst du das?«

»Götter werden nicht durch den Willen der Menschen geschaffen. Nicht alle Worte der Welt können Göttlichkeit schaffen!«

»Gleicherweise jedoch«, kam die gutmütige Antwort, »kann alles Gerede der Welt einem Gott nicht die Göttlichkeit nehmen. Ringmeister, lasse diesen Mann frei, weil es Caesar gefällt, ihm Gnade zu erweisen.«

Entsetzt wandte Metellus sich Marcus zu. »Kann ich meinen Augen trauen? Hat er die Absicht, meine Spiele zu ruinieren, so wie er mich wegen der Art, wie ich über meine Provinz herrsche, beleidigt hat? Das werden die Menschen sich nicht bieten lassen!«

»Sie lassen es sich bieten«, sagte Marcus ruhig. »Oder hörst du einen Protest?«

Es gab zwar einige, denen es nicht zu passen schien, doch wurden sie sehr rasch von lauten Jubelschreien übertönt.

»Wie ist das möglich?« fragte Metellus.

»Das verstehst du nicht«, erklärte ihm Marcus noch einmal. »Sie lieben ihren Imperator.«

Obwohl die folgenden Vorführungen ohne Unterbrechung verliefen, achtete Metellus kaum mehr darauf. Er saß mit tief gefurchter Stirn und rührte sich nur, wenn er – in immer kürzeren Abständen – knurrte, daß dies eine Intrige sei, um seine Verdienste zu schmälern, daß Cinatus ihm seine Beliebtheit bei der Plebs neidete. Marcus ließ diese Klagen geduldig über sich ergehen, doch es war für ihn eine Erleichterung, als die letzte Nummer des Programms vorbei war, die Zuschauer sich erhoben und zu den Ausgängen strömten. Metellus erhob sich mit einem kurzen Wort des Abschieds, und einem sogar noch kürzeren Salut für Cinatus, befahl seiner Eskorte, ihm den Weg zur Straße freizumachen und stürmte aus dem Zirkus.

Marcus, der ihm langsamer folgte, wirkte nachdenklich, als er den Bemerkungen der zu den Ausgängen drängenden Zuschauer lauschte. Er überholte ein junges Paar: einen eleganten, gutaussehenden Mann in Begleitung eines hübschen Mädchens, das er vorher in der vorderen Reihe der schattigen Seite des Zirkus bemerkt hatte, nackt, wie es dem Brauch bei den teureren Kurtisanen entsprach – und er belauschte ihr Gespräch mit einem aus langer Praxis geborenen Geschick.

»Gute Spiele«, sagte der junge Mann.

»War es nicht gnädig von Caesar, dem alten Mann das Leben zu schenken?« entgegnete das Mädchen.

»Ja, das war es. Wir haben viele gesehen, die den Purpur trugen, und die eher die Zähne der Wölfe hätten spitz feilen lassen, weil das Fleisch auf den alten Knochen zäh sein mußte.«

»Ich wollte, daß so ein Imperator für immer bei uns sein könnte!«

Marcus blieb einen Herzschlag lang reglos stehen, dann ging er weiter. Nach einer Weile tat er etwas, das in krassem Widerspruch zu der Würde eines Senators stand: er begann ein beliebtes Lied zu summen, das zur Zeit seine Runde durch die Hurenhäuser Roms machte.

Er summte es wieder, als seine Sänfte am späten Abend vor dem Haus Metellus' abgesetzt wurde, doch unter den verwunderten Blicken seines Fackelträgers – der das Lied zweifellos kannte – verstummte er und ging den Weg entlang, der zum Haus führte.

Durch das Plätschern des kleinen Springbrunnens im Atrium hörte er den General mit seiner Exerzierplatzstimme brüllen: »Falls das jemand ist, der mich sprechen will, sage ihm, daß er morgen vormittag mit den anderen *clientes* kommen soll!«

»Es ist der Senator Marcus Placidus, General«, sagte der *nomenclator* respektvoll, und Metellus stieß ein Grunzen aus, das der Sklave als Erlaubnis interpretierte, den Besucher einzulassen.

Der General ruhte auf einer Couch, mit einem Krug falernianischen Weins neben sich. Eine hübsche griechische Sklavin massierte seinen Nacken.

»Wir wollen hoffen, daß dein Besuch wichtig ist, Marcus«, sagte er schroff. »Ich bin nicht in bester Laune, weißt du. Und du kennst auch den Grund dafür!«

»Es ist wichtig.«

»Gut. Mach es dir bequem. – Schenke dem Senator etwas von dem scheußlichen falernianischen Wein ein!« sagte er zu dem griechischen Mädchen, das sich beeilte, seinem Befehl Folge zu leisten.

Marcus verschüttete einen Tropfen als rituelles Trankopfer und nahm einen großen Schluck von dem Wein. Dann stellte er den Becher zur Seite und zog etwas aus den Falten seiner Toga. Auf der offenen Fläche seiner rosigen, plumpen Hand streckte er es Metellus entgegen. Es war eine Rose.

Der General kam zu einem plötzlichen Entschluß. »Verschwindet«, befahl er seinen Sklaven, und als sie lautlos aus dem Atrium geeilt waren, setzte er hinzu: »Nun?«

»Wie würde es dir gefallen, Imperator zu werden, Metellus?«

»Ich kenne dich zu gut, sonst würde ich annehmen, daß du Efeu kaust, wie ein Bacchant!« sagte der General sarkastisch. »Oder hast du dich genauso verändert, wie alles andere in Rom?«

»Ich versichere dir, daß es mein völliger Ernst ist. Du wirst mir wahrscheinlich vorhalten, daß Cinatus' Position fest abgesichert ist – was zutrifft. Es trifft auch zu, daß der Hof, und ganz Rom, weniger unruhig sind, als jemals zuvor während meines Lebens. Aber Cinatus hat sich außer dir auch noch andere Feinde gemacht. Du kennst meine Gründe, ihn abzulehnen, um nur einen Fall zu nennen.«

»Es ging um irgendeine Schuld, nicht wahr?« sagte Metellus und lachte hart.

»Eine Lappalie«, erklärte Marcus. »Eine Angelegenheit von ein paar Zehntausend. Doch wichtig war das Prinzip dieser Frage. Er hat gegen mich entschieden, und ich mußte zu äußerst unwürdigen Mitteln greifen, um die mir zustehenden Summen einzutreiben. Wenn ich sie nicht so dringend gebraucht hätte ...«

»Du bist erstaunlich offenherzig.«

»Ich möchte, daß du einsiehst, auf welche Weise ich von einem Wechsel der Caesaren profitieren würde. Andere sind gleich mir von Entscheidungen Cinatus' ... wollen wir sagen: in Verlegenheit gebracht worden? Eine winzige Kränkung gegen jemand in meiner Position kann schmerzen und schließlich schwären. Ich nehme an, alle anderen, deren Kooperation ich zu erlangen hoffe, werden sich vor allem deshalb damit einverstanden erklären, weil sie hoffen, daß, sobald *wir* diesen so fest verankerten Caesar gestürzt haben, *sie* innerhalb weniger Wochen seinen Nachfolger stürzen und einen ihrer eigenen Favoriten als Herrscher einsetzen können. Doch ich denke, daß du nur schwer zu verdrängen sein wirst. Außerdem bist du bei der Plebs schon beliebt. Es ist schließlich nur natürlich, daß unser erfolgreichster General die Nachfolge antritt.«

»Und auf welche Weise hoffst du dieses kleine Wunder zustandezubringen?«

Marcus erklärte es ihm.

Als er ausgesprochen hatte, trat ein träumerischer Ausdruck in Metellus' Augen. »Aber angenommen, Cinatus findet heraus, von wem der Vorschlag stammt? Wird er nicht riechen, daß etwas faul ist?«

»Verlasse dich da ganz auf mich, Metellus. Ich kann die ganze Angelegenheit so geschickt arrangieren, daß der eigentliche Vorschlag von jemand kommt, dem er bedingungslos vertraut – und der selbst überzeugt ist, den Vorschlag zum Besten Cinatus' zu machen.«

»Ja«, sagte Metellus zweifelnd. Er erhob sich und begann, auf und ab zu gehen, den Kopf gesenkt, die Hände auf dem Rücken verschränkt. »Aber wird Cinatus auf den Vorschlag eingehen? Wird sein verfluchter Skeptizismus ihn nicht dazu bringen, die Vorstellung mit einem verächtlichen Lachen zurückzuweisen? O Marcus, das wirst du nie schaffen!«

»Du bist ein Mann des direkten Handelns«, sagte der Senator. »Du bist nicht mit den Ränken und Tücken von Hofintrigen vertraut. Ich jedoch« – er lachte bescheiden – »verfüge auf diesem Gebiet über eine nicht unerhebliche Erfahrung. Das Risiko, von dem du eben sprachst, habe ich natürlich auch bedacht. Ich werde es umgehen, indem ich Cinatus' Einverständnis erlange, damit er all die Leute mundtot machen kann, die ihn ständig mit Hinweisen auf seine Gesundheit belästigen.«

»Wir werden die Omen befragen«, sagte Metellus plötzlich. »Wenn sie günstig sind, bin ich dabei.«

Marcus lächelte wie eine satte Katze. Einen so raschen Sieg hatte er nicht erwartet.

Zunächst streute er das Gerücht aus, daß der Imperator ein schwerkranker Mann sei. Da Cinatus schon ziemlich alt war, waren die Menschen bereit, es zu glauben. So oft hörte er andere davon flüstern, daß er beinahe selbst daran glaubte. Jedes Mal, wenn er Cinatus sah, suchte er nach Zeichen von Altersschwäche. Doch der Imperator blieb aufreizend kräftig.

Also pflanzte er sein zweites Samenkorn. Dies war ein nebulöses Konzept, dessen Wachstum er sehr sorgfältig kontrollierte. Und, während es immer weiteren Hofleuten zugetragen wurde, nahm es genau die Gestalt an, die er erhofft hatte.

Als es schließlich Cinatus' Ohren erreichte, geschah das – wie er es Metellus versprochen hatte – durch einen engen Vertrauten, der ehrlich überzeugt war, einen wertvollen Vorschlag zu machen.

»Wenn es dem Caesar möglich wäre, noch zwanzig Jahre bei uns zu bleiben, könnte die Größe Roms noch stärker sein als in der Vergangenheit.«

»Unsinn!« sagte Cinatus. »Ich bin vierundfünfzig Jahre alt, und wenn ich weiterhin unter der Bürde deiner ständigen Belästigungen zu leiden habe, kann ich froh sein, wenn ich noch fünf Jahre durchhalte. Außerdem, wer hat dir gesagt, daß ich Lust habe, noch zwanzig Jahre in diesem Job zu bleiben?« Um auf jeden Fall richtig verstanden zu werden, setzte er hinzu: »Und schließlich ist es unmöglich aus einem alten Mann einen jungen zu machen, also ist die ganze Vorstellung lächerlich.«

»Wirklich?« drängte sein Freund. »Es gibt Berichte von Männern, die durch Zufall Mittel entdeckt haben, die ein langes Leben und kräftige Gesundheit verleihen. In Asien erzählt man von einem König, der ein solches Mittel – ein Kraut – gefunden habe, doch sei es ihm von einer Schlange gestohlen worden, bevor er es anwenden konnte. Und die Juden behaupten, daß ihre Vorfahren ein Lebensalter erreichten, das sich mit dem der Heroen vergleichen läßt: siebenhundert Jahre.«

»Ich bin kein Jude, und darüber bin ich sehr froh«, sagte Cinatus mit Nachdruck, denn zu jener Zeit befanden sich die halsstarrigen Bewohner Palästinas wieder einmal im Aufruhr gegen ihre römischen Herrscher. »Oder willst du vorschlagen, daß ich einer werden soll?« setzte er mit einem herausfordernden Blick hinzu. »Wenn ja, so überlasse ich dir dabei den Vortritt. Wie man mir sagte, soll dieser Prozeß äußerst schmerzhaft sein.«

»Aber nein, nein«, beruhigte ihn der vertraute Freund und begann auf der Stelle, die ganze Geschichte zu erzählen, die Marcus so umsichtig erfunden hatte.

Cinatus gab nicht sofort nach. Doch nach einmonatigem Zureden von immer mehr seiner alten Freunde erklärte er sich schließlich einverstanden, um seine Ruhe zu haben, wie es Marcus vorausgesagt hatte.

»Was habe ich dir gesagt?« fragte Marcus mit einem überlegenen Grinsen, als er kurz darauf Metellus aufsuchte. »Hör zu, ich habe den Text der Proklamation mitgebracht; morgen wird sie verkündet.«

»Wie bist du darangekommen?« fragte der General.

Marcus hob tadelnd eine Braue. »Frage ich dich nach den Geheimnissen deiner Strategie? Also laß mich auch meine Methoden unter der Rose verborgen halten! Aber höre zu: Nach dem üblichen Brimborium über die Gnade Caesars, und wie sehr jeder sich wünscht, daß er noch tausend Jahre regieren möge, heißt es weiter:

›Wenn irgendein Mann eine Medizin nach Rom bringt, von der sich nach Erprobung erweist, daß sie langes Leben und gute Gesundheit verleiht, soll dieser reich belohnt werden;

doch wenn ein Mann eine Medizin bringt, die unwirksam ist, soll er aus der Stadt verbannt werden; und wenn ein Mann eine Medizin bringt, die schädlich ist, soll er bestraft werden; und wenn ein Mann Gift bringt, soll sein Leben verwirkt sein.‹«

Während er die Wachstafeln, von denen er abgelesen hatte, mit einer entschuldigenden Geste zusammenklappte, setzte er hinzu: Drei Strafen gegenüber einer Hoffnung auf Belohnung, wie du erkennen kannst. Es tut mir leid, doch das war die einzige Möglichkeit, Cinatus zum Siegeln dieser Proklamation bewegen zu können.«

»Hmmm!« Metellus rieb sich das Kinn. »Ob es in unserem cinaturierten Rom Männer gibt, die ein solches Risiko auf sich nehmen? Ich meine, ob es überhaupt Kandidaten dafür geben wird?«

»Ohne Zweifel. Sie mögen Cinatus vielleicht nicht so sehr lieben, wie sie es vorgeben, doch sie werden kommen – um für irgendeinen Kult zu werben, aus Gewinnsucht, oder in der Hoffnung, Ruhm zu erlangen ... Und außerdem habe ich für einen ständigen Strom von Quacksalbern gesorgt, um das Interesse der Plebs aufrechtzuerhalten.«

Metellus lächelte dünn. »Ja, ich habe bemerkt, daß die Stadt voller Zauberer und Akoluthen der Mysterien-Kulte ist. Einige von ihnen haben sogar die Frechheit besessen, vor *meiner* Tür zu heulen. Also, angenommen, ein Mann erscheint und bietet irgendein übelriechendes Zeug an. Was geschieht?«

»Dann werden wir das Mittel natürlich zuerst an ein paar Sklaven ausprobieren, nicht wahr? Ist dir, zum Beispiel, bekannt, daß Cinatus einen Leibsklaven hat, dem er vollkommen vertraut, einen Griechen, der wegen seiner Einäugigkeit Polyphem genannt wird?«

»Ich habe ihn gesehen«, sagte Metellus.

»Ich habe ihm in deinem Namen seine Freilassung versprochen, wenn er uns hilft. Er hat seine einflußreiche Stellung am Hof geschickt genutzt und ein kleines Vermögen zurückgelegt. Doch Cinatus weigert sich, ihn freizulassen – weil er ihm zu wichtig ist. Das ist der schlimmste Fehler, den er jemals begangen hat.

Nun, dieser Polyphem glaubt, daß er mich hereinlegen kann. Natürlich habe ich nicht die geringste Absicht, ihn mit seinem Wissen um das Geheimnis freizulassen, und das befürchtet er auch, ist aber so wild auf seine Freiheit, daß er es darauf ankommen lassen will, in der Hoffnung auf eine Chance, mich später erpressen zu können.« Marcus lehnte sich mit einem zufriedenen Gesichtsausdruck zurück.

»Von welchem Geheimnis sprichst du?«

»Sieh mal: wenn *unser* Zauberer, *unser* Arzt zum Imperator kommt und ihm sein Mittel anbietet, wird er ihm etwas geben, das nicht schädlicher ist als Wasser.«

»Also nicht ganz harmlos«, knurrte Metellus und dachte an das faulige, stinkende Zeug, das er während der Feldzüge oft zu trinken gezwungen war. »Aber weiter.«

»Das ist ein Detail, das wir noch absprechen können. Es kann auch ein geschmackfreies Pulver in einem Glas Wein sein, wenn dir das lieber ist.« Marcus wischte diesen Punkt mit einer lässigen Handbewegung beiseite. »Aber ich habe mit Polyphem arrangiert, daß er während der kommenden Wochen eine Krankheit simulieren wird, die ernsthaft genug ist, daß Cinatus sich Sorgen macht, ihn zu verlieren. Nachdem die Medizin an einigen Sklaven getestet worden ist und sich zumindest als unschädlich erwiesen hat, wird er sich freiwillig für einen letzten Versuch melden und wunderbarerweise sofort von seiner Krankheit geheilt werden.

Anschließend wird es die Aufgabe dieses einäugigen Griechen sein, Cinatus das Mittel zu geben. Er traut niemand anderem genug, um ihm diese Aufgabe zu überlassen. Und das, was er dem Imperator geben wird, ist – ah – etwas stärker als Wasser.«

»Ich verstehe. Du bist verschlagen, Marcus, aber schlau, wie ich zugeben muß! Also brauchen wir nur noch Schuldige zu finden: den angeblichen Arzt, natürlich, und, wenn wir schon dabei sind, warum nicht auch den einäugigen Sklaven? Ja, sauber und ordentlich, wie ein guter Schlachtplan!«

In einem Anfall von für ihn uncharakteristischem Enthusiasmus hätte Metellus beinahe in die Hände geklatscht, unterdrückte den Impuls jedoch, als er erkannte, daß das die Sklaven herbeirufen würde. Dann schlug seine Stimmung um.

»Wir sollten uns aber beeilen! Denn wenn ich mich nicht täusche, beginnen die Menschen bereits zu vergessen, welche Tribute meine Feldzüge Rom eingebracht haben.«

»Wir werden uns beeilen«, lächelte Marcus und verstaute die Wachstafeln, auf die er die Proklamation eingeritzt hatte, im oberen Teil seiner Toga, während ihr Wortlaut bereits zu den vier Ecken der Welt unterwegs war.

Lange bevor die Weisen Ägyptens und die drudischen Mystiker Europas davon erfuhren und mit ihren Vorbereitungen begannen, gelangte die Nachricht zu Apodorius, dem Nubier, der fröstelnd neben einem Holzfeuer in einer stinkenden Herberge am Ufer des Tibers hockte. Er wartete auf ein Schiff, das ihn nach Afrika zurückbringen sollte.

Er war schon sehr weit gereist. Er hatte zu Füßen der Philosophen Athens gesessen, die die Weisheiten ihrer Vorgänger wie Papageien nachplapperten; er hatte sich in den Tempeln Alexandrias verneigt und in den heiligen Hainen Asiens; er war von Persien bis zu den Säulen des Herkules in Geheimkulte eingeweiht worden; er hatte sehr viel Weisheit errungen. In der Tat, wenn er bei neuerlichen Besuchen derselben Orte mit Priestern und Adepten sprach, kam in ihm die Ahnung auf, daß nur wenige Männer irgendwo auf der Welt so umfassend studiert und so viel in sich aufgenommen hatten wie er.

Und diese Ahnung hatte ihm einen gewissen Mut verliehen.

Die Tatsache, daß eine Laune Caesars ihn vor einem qualvollen Tod in der Arena bewahrt hatte, zählte für ihn nicht viel. Er war nicht mehr so sehr an seine sterbliche Hülle gebunden wie früher, in seiner Jugend. Ihm war viel wichtiger, daß er in dem ältlichen Cinatus einen Charakterzug entdeckt hatte, der ihn unter den vielen Herrschern, die er in seinem Leben gesehen hatte, einmalig machte: harter, gesunder Menschenverstand.

Apodorius war, auch wenn Römer ihm beinahe das Leben genommen hätten, nicht blind für die Wohltaten, die die römische Herrschaft der Welt gebracht hatte. Er war in vielen Ländern gewesen und hatte dort mehr Frieden und größeren Wohlstand erlebt, als diese Länder jemals unter ihren eigenen Regierungen gekannt hatten. Doch wenn der Imperator schwach war, und seine Statthalter korrupt, konnte – würde – das Imperium Not und Elend bringen.

Die Welt brauchte das Imperium. Das Imperium brauchte einen guten Caesar. Apodorius faßte seinen Entschluß.

Publius Cinnus Metellus *Augustus* – der Caesar und letzter der Träger des imperialen Purpurs – gähnte. Wenn er eine Möglichkeit gefunden haben würde, das Recht jeden Bürgers, sein Anliegen dem Imperator persönlich vortragen zu dürfen, zu umgehen, hätte er sie unbedenklich benutzt. Er haßte es, sich mit banalen Streitereien beschäftigen zu müssen: Querelen über Geld, Beschwerden gegen Richter, die er selbsternannt hatte ... doch unglücklicherweise ließ sich das nicht vermeiden. Menschen, die genügend Geld besaßen, um durch Bestechung die Barriere von Untergebenen zu überwinden, die ihn abschirmten, waren auch reich genug, um Einfluß zu haben, und deshalb mußte er zumindest bei ihren Belangen die Komödie weiter spielen.

Marcus Placidus sah das natürlich ganz anders. Ihm machte es Spaß, zuzusehen, wie Menschen Pläne schmiedeten und ihre Intrigen sponnen, nur um sich das Vergnügen zu gönnen, sie zu überlisten. Metellus beherrschte sich, gerade noch rechtzeitig, um seine Stirn nicht in Falten zu ziehen, als der Senator den Audienzsaal betrat.

Viel zu schlau, dachte der Imperator. *Wahrscheinlich würde man seinetwegen bald etwas unternehmen müssen ...*

»Nun?« fragte er. »Ich dachte, die heutige Audienz sei beendet.«

»Ich denke«, murmelte Marcus, »daß du an einem von denen interessiert sein wirst, die vor der Tür warten. Sieh, o Caesar!«

Die Tür öffnete sich noch einmal, und herein trat ein dunkelhäutiger Mann, abgezehrt und hager, alt und abgerissen, dessen Haltung jedoch von einer gewissen Würde zeugte. An seine Brust preßte er einen rötlich-braunen Gegenstand: einen Tonkrug, dessen Öffnung mit einem Wachspfropfen versiegelt war. Er verneigte sich in die Richtung von Metellus; es war offensichtlich, daß sein Augenlicht stark nachgelassen hatte, und einer der Sklaven mußte ihn vor den Thron stoßen.

Metellus' erster Impuls war, seine Leute zu fragen, wer sich erlaubt habe, dieses verlauste Knochengestell in den Audienzsaal zu lassen. Doch dann sah er ein: wenn Marcus für den Mann Interesse zeigte, mußte es einen Grund dafür geben. Er überlegte eine ganze Weile, und schließlich sagte er: »Ich kann an dieser Vogelscheuche nichts besonderes entdecken.«

»Nein? Denke zurück, o Caesar«, drängte Marcus. »Überlege dir, was dieser Krug, den er so fest an sich preßt, enthalten mag. Erinnerst du dich nicht mehr an den Tag im Zirkus, der deinem Triumphzug folgte, als ...«

»Der Nubier? Der Alte, den Cinatus freigelassen hat – möge der hohlköpfige Narr im Styx ersaufen! Aber ja, natürlich!« Metellus schnippte mit den Fingern. »Ap ... irgend etwas. Apodorius!«

Der Nubier, mehr von Gefühl und Stimme geleitet, als von seinen Augen – Metellus erkannte jetzt, daß seine Augen vom Star getrübt waren – blieb dicht vor ihm stehen.

»Caesar erinnert sich an mich?« sagte er mit leichter Verwunderung.

»Aber natürlich erinnern wir uns«, bestätigte Metellus finster, und Marcus sah, wie ein schlaues Lächeln auf sein Gesicht kroch.

Als ob ihn irgend etwas an der Stimme des Imperators vage störte, zögerte Apodorius und streichelte liebevoll den

Tonkrug, den er auf seinen hageren Armen trug. Anscheinend gab ihm die Berührung Mut und Vertrauen.

»Ich komme auf die Proklamation hin, die der Caesar vor mehr als einem Jahr erlassen hat, nach der ein Mann, der eine Medizin nach Rom bringt, die dem Caesar Gesundheit gibt, belohnt werden soll. Ich will keinen Lohn. Du hast mir mein Leben gegeben, und zum Dank dafür« – er streckte den Tonkrug mit einer konvulsiven Geste vor – »bringe ich dir das *ewige* Leben!«

Es kam zu einer langen Stille, die wie ein eisiger Wind durch den Saal fuhr.

Sie wurde von dem würdelosen, gurgelnden Lachen Marcus' gebrochen. Metellus brachte ihn mit einem eisigen Blick zum Schweigen und beugte sich vor.

»Was hat dich so lange aufgehalten, Apodorius?« fragte er mit seidiger Stimme.

»Ich erbitte Caesars Verzeihung. Es war oft schwer, die Zutaten dieses Tranks zu erlangen, und ich mußte lange nach ihnen suchen.«

»Und warum nimmst du diese Medizin nicht selbst, der du alt bist und fast blind?«

»Die Zutaten sind teuer«, sagte der alte Mann entschuldigend. »Ich besaß nur wenig Geld. Ich konnte nicht mehr kaufen, als man für eine Dosis benötigt ...« Er klopfte mit den Fingerspitzen auf den Tonkrug. »Und diese Dosis ist für Caesar, nicht für mich.«

Metellus schlug auf die Armlehne seines Thronsessels. »Wisse, du dummer Scharlaten, daß deine Art in Rom nicht willkommen ist!«

»Aber ... aber es gibt keine anderen meiner Art, Caesar. Niemand außer mir hätte dieses Elixier brauen können!«

»Wenn deine Augen nicht verschleiert wären«, sagte Metellus und stellte sich auf die Füsse, so daß er den Nubier weit überragte, »würdest du erkennen, daß ich nicht Cinatus bin, der dein nichtswürdiges Leben in der Arena verschont hat, sondern Metellus, der dich dorthin geschickt hat! Und Scharlatane deiner Art sind hier nicht willkommen, weil einer von euch nach Rom gekommen ist und ein Elixier angeboten hat, das sich als Gift erwies, und an dessen Wirkung Cinatus – Augustus – starb.«

Bei jedem der letzten drei Worte zuckte Apodorius zusammen, wie unter harten Schlägen. Langsam, langsam, ließ er seine Hände mit dem kostbaren Krug sinken. Er stand völlig reglos, ein gebrochner Mann.

»Wachen!« brüllte Metellus. Zwei stämmige Soldaten nahmen den Nubier in die Mitte. »Nehmt ihm den Krug ab.«

Einer der beiden riß ihn Apodorius aus den Händen.

»Brich das Siegel und gieß dem Scharlatan seinen eigenen Dreck in den Hals!«

Der Befehl elektrisierte den alten Mann. Er zuckte zusammen und brabbelte etwas, das wie Flehen klang. Eine breite Handfläche verschloß ihm den Mund.

»Wir stellen fest, daß du weniger geneigt bist, dein Elixier selbst zu trinken, als es Caesar trinken zu lassen«, bemerkte Marcus trocken. »Na los, Soldat!«

Der Mann öffnete Apodorius' Mund gewaltsam und goß eine klare, hellgraue Flüssigkeit zwischen die zahnlosen Gaumen des Nubiers. Ein leichter Schlag in die Magengrube brachte ihn dazu, zu schlucken, wieder und wieder, bis der Krug geleert war.

»Laßt ihn los«, befahl Metellus, und Apodorius sank bewußtlos zu Boden.

»Wie ich es mir gedacht habe«, murmelte Marcus. »Oh, die Subtilität dieser Philosophen!«

Metellus ignorierte ihn. Er war zu stolz auf seine eigene Schläue, um auf das Eigenlob des fetten Senators zu achten. »Bringt dieses Bündel von Haut und Knochen hinaus und werft es in den Tiber«, befahl er den Wachen. »Und von jetzt an will ich nichts mehr von Zauberern und Scharlatanen hören.«

»*Genau* wie ich es mir gedacht habe«, sagte Marcus etwas lauter, und Metellus fuhr herum und starrte ihn an.

»Was meinst du damit?« fragte er scharf.

»Denke nach, o Caesar! Hältst du es für möglich, daß ein

Mensch, der irgendwo innerhalb der Grenzen des Imperiums lebt, nichts von deiner Thronbesteigung gehört haben sollte? Und selbst wenn, daß er nicht spätestens davon erfahren hätte, als er nach Rom kam? Nein, dieser Bursche dachte zweifellos, er könnte dich mit seiner sinnlichen Blindheit hinters Licht führen, wie es ihm bei seinem alten Wohltäter gelungen ist, und dich dazu bringen, das Gift zu nehmen.«

»Warum ist er dann nicht früher gekommen?« sagte Metellus mit gerunzelter Stirn.

Diese Frage beschäftigte ihn ein paar Sekunden lang; und Marcus wußte auch keine Antwort darauf. Dann strich er sie aus seinem Bewußtsein, rief nach Wein und wünschte, er hätte sich für diesen schlauen, gescheiterten Königsmörder ein spektakuläreres Ende einfallen lassen als das Ertränken im Tiber.

Apodorius' Bewußtsein kehrte nach einem Zeitraum von Äonen wieder, wie es ihm vorkam. Er lag auf einer rauhen, harten Fläche, einer Holzbank, und war so erstaunt, daß man ihn nicht sofort in den Fluß geworfen hatte, daß er sich unwillkürlich aufrichtete, noch bevor er seine Umgebung wahrgenommen hatte. Zum ersten Mal seit vielen Monaten spürte er nicht das gewohnte Ziehen seines Rheumatismus.

Auch seine Augen waren klarer. Obwohl das Licht schlecht war, erkannte er, daß er sich in einer Zelle mit Steinwänden befand; irgendein nasses, grünes Zeug tropfte von der Decke. Ein Gitter aus Eisenstäben trennte ihn von einer anderen, identischen Zelle, in der ein einäugiger Mann saß und die Finger seiner linken Hand zählte.

Als er sah, daß der Nubier sich erhob, ließ er jedoch seine Hand sinken und trat vorsichtig zu dem trennenden Gitter. Und als er sprach, war es mit einem starken griechischen Akzent.

»Du bist der letzte der Zauberer, nicht wahr? Du gehst heute nacht zu Vater Tiber, nicht wahr? O ja! Du bist zurückgekommen, wie ich es vorausgesehen habe, weil ich noch immer hier bin und in der Falle sitze, genau wie du.«

Er sprach mit einer Art explosiver Bitterkeit, durch die dumpfer Wahnsinn klang wie eine gefälschte Münze auf dem Tisch eines Geldwechslers.

»Marcus Placidus hat uns beide schön hereingelegt«, fuhr der einäugige Mann fort. »Ich glaubte, gerissener zu sein als er, aber ich habe mich geirrt, und er hat es mir bewiesen. Er hat es mir langsam bewiesen, und für eine l-a-n-g-e, L-A-N-G-E ZEIT!«

Seine Stimme stieg von normaler Konversationsstärke zu einem Kreischen. Als ob er Apodorius herausfordern wollte, seine Worte anzuzweifeln, stieß er den Stumpf seiner rechten Hand durch die Gitterstäbe. Sie hatte keine Finger mehr. Der Daumen war nicht mehr als ein Fleischstummel, und die Haut von der Handwurzel bis zum Ellenbogen war mit den Brandnarben des Foltereisens bedeckt.

»Wer bist du?« fragte Apodorius langsam.

»Polyphem«, antwortete der Grieche und kicherte. »Nur bin ich glücklicher, als der wirkliche Polyphem. Das Auge ist mir nicht von Marcus mit einem glühenden Stab herausgebrannt worden, o nein! Marcus ist nicht so klug wie Odysseus, aber ich bin nicht so klug wie Marcus.«

Plötzlich veränderte er seinen Tonfall wieder, und jetzt legte er den Kopf schief, damit sein eines Auge das Gesicht seines neuen Leidensgefährten anblicken konnte. »Du bist zu spät gekommen, um den Caesar zu vergiften, weißt du«, sagte er. »Das habe ich schon vor einer langen Zeit getan. Marcus hat mir versprochen, mich dafür freizulassen, doch das war gelogen – er war schlau! Das hat er bewiesen«, setzte er aus irgendeinem Grund hinzu und steckte auch den linken Arm durch das Gitter, um wieder seine Finger zählen zu können, wobei er diesmal die Stellen an denen sie gesessen hatten, gegen den Fleischstummel seines anderen Daumens stieß.

Apodorius spürte, wie sich die Fakten in seinem Gehirn zu einem Netz verdichteten. In der unwahrscheinlichen Hoffnung, daß der verwirrte Verstand des Griechen für ein paar Minuten klar werden würde, sagte er das, was ihm gerade einfiel.

»Es war ein Komplott von Marcus Placidus, Cinatus zu vergiften. Du hast so getan, als ob du ein Arzt seist und ... nein, das kann nicht stimmen. Du hast gesagt, du wüßtest, daß ich wiederkommen würde ... Ah. Du bist zusammen mit dem Mann, der angeblich Arzt war, und der statt Medizin Gift brachte, hier eingesperrt gewesen; der Mann war von Marcus dazu angestiftet worden, und deshalb eigentlich von Metellus. Du mußt einer von Cinatus' Sklaven gewesen sein, und man hat dir die Freiheit versprochen, wenn du das Elixier gegen Gift umtauschen würdest.«

»Du weißt das doch alles«, sagte er finster. »Warum redest du dann davon? Du hast mir das Gift gegeben, bevor du mit dem Wasser zum Caesar gegangen bist. Wasser! Selbst Wasser kann einen töten, wenn man soviel davon trinkt, wie es im Tiber gibt!«

Schritte echoten durch den Korridor. Polyphem trat vom Gitter zurück und lauschte angestrengt. »Ich glaube, sie kommen, um dich wegzubringen«, sagte er, und eine grausame Freude schwang in seiner Stimme. »Aber du kommst zurück. Früher oder später kommst du zurück. Immer wieder kommst du zurück, aber ... ich bin der Beweis, mußt du wissen. Der Senator hat es mir selbst gesagt. Falls er irgendwann einmal nicht mit Metellus fertig werden kann, wird er mich dazu benutzen, um nachzuweisen, daß der Caesar durch ein Komplott Metellus' getötet wurde. Ich hoffe aber, daß er mich nicht als Beweis brauchen wird, weil sie Sklaven immer foltern, bevor sie sie zum Reden bringen, und ich bin gefoltert worden. Hast du das gewußt?«

Er schloß mit einem pathetischen Versuch der Vertraulichkeit: »Aber Marcus wird mit Metellus fertig! Marcus ist schlau! Marcus ist ...«

»Halte den Mund, du!«

Apodorius wandte sich um, nicht zu rasch, und sah, daß der Sprecher ein Offizier der Garde war, der vor der Gittertür seiner Zelle stehengeblieben war. Riegel knallten zurück, als Soldaten an ihren Griffen rissen. Der Offizier trat ein.

»Wieder wach, was?« knurrte er.« Hah! Kann also kein

sehr starkes Gift gewesen sein. Trotzdem, darauf kommt es nicht an. Der Caesar wird sich freuen, wenn ich ihm sage, daß du so weit bei Bewußtsein warst, um den Geschmack des Flußwassers genießen zu können.« Er gab den Soldaten einen Wink, und sie traten mit energischen Schritten auf ihn zu. Widerstand wäre sinnlos gewesen; Apodorius ließ sie tun, was sie wollten.

Als sie seine Arme auf den Rücken gefesselt und seine Beine so gebunden hatten, daß er nur mit winzigen Schritten laufen konnte, wurde er von dem Offizier mit der Schwertspitze auf den Korridor getrieben. Das Zählen Polyphems – von eins bis fünf, und wieder von eins bis fünf – erstarb allmählich in der Ferne.

»Wenn es nicht lächerlich wäre«, sagte der Offizier, »würde ich schwören, daß es dir durch den Dreck, den du geschluckt hast, wirklich besser geht. Nicht, daß das noch irgend etwas ändern würde.«

Er schwang eine Tür auf, und sie gelangten zu einem Granitsims, unterhalb dessen der Fluß gluckste. Es war sehr dunkel, und der Nachtwind war kalt.

»*Vale,* du Brauer von Elixieren«, sagte der Offizier und stach die Schwertspitze tief in Apodorius' linke Hinterbacke. Der Nubier schrie auf, stürzte in die Fluten – und verschwand.

Die Soldaten warteten, bis sie sicher waren, daß er nicht wieder an die Oberfläche kommen würde, dann gingen sie fort, ohne noch einen Gedanken an die Angelegenheit zu verschwenden. So etwas gehörte zu ihrer normalen Tagesarbeit.

Tief im rasch fließenden Tiber hielt Apodorius den Atem an und war sich nur des glücklichen Umstandes bewußt, daß sie ihn nicht in einen Sack genäht hatten, bevor sie ihn hineinstießen.

»Um diese Zeit?« fragte Marcus Placidus verärgert. »Wer ist es?«

»Ein Nubier, Senator«, erklärte der Sklave, ohne zu ahnen,

welche Auswirkung diese Worte auf Marcus' seelischen Zustand haben würde. »Er ist tropfnaß und voller Schlamm, und wenn er nicht bei allen Göttern geschworen hätte, daß es sich um eine Angelegenheit auf Leben und Tod handle, hätte ich ihn auf die Straße gestoßen. Doch er sagte, ich müsse dir unbedingt sagen, daß sein Name Apodorius sei.«

»Wein«, murmelte Marcus kaum hörbar. »Hilf mir zu einer Couch. *Und dann bringe den Mann her!* Schnell!«

»Ich bin gekommen, Senator«, sagte die unverwechselbare Stimme Apodorius' von der mit einem Vorhang verdeckten Tür her. Marcus' Augen traten aus den Höhlen. Sein fettes Gesicht war bleich. Er keuchte und taumelte, und der Sklave führte ihn besorgt zur nächsten Couch.

»Ich bedaure, daß ich in diesem Zustand vor dir erscheinen muß«, fuhr der Nubier fort. »Doch der Tiber ist selbst zu seinen besten Zeiten ein recht unsauberer Fluß, und ich hatte einige Schwierigkeiten, mich von den Fesseln zu befreien.«

»Komm ... komm her«, flüsterte Marcus. »Laß mich ... Nein! Du, Sklave! Berühre diesen Mann und sieh nach, ob er ein Mensch ist!«

Verwundert gehorchte der Sklave. »Er ist aus warmem Fleisch«, meldete er. »Aber glitschig von Schlamm, wie du sehen kannst.«

»Kein Geist ... Die Götter seien gelobt. Die Götter ... Was willst du von mir?« sagte Marcus keuchend.

»Ich habe ein sehr ernstes Geschäft mit dem Caesar vor«, antwortete Apodorius trocken. »Aber warum soll ich mich an ihn wenden, wenn es in ganz Rom und im Imperium bekannt ist, daß nur die Worte sein sind, die Gedanken aber die deinen?«

Marcus fühlte sich unwillkürlich geschmeichelt und erlangte etwas von seiner gewohnten Haltung zurück. »Sklave!« rief er. »Säubere diesen Mann – er ist mein Gast! Wische ihn ab, gib ihm eine neue Toga, bringe Wein für ihn. Und beeile dich!«

Er sah zu, wie seine Befehle ausgeführt wurden.

»Ich kann kaum glauben, daß du hier bist«, sagte er

schließlich. »Trotzdem muß ich es tun, oder ich könnte niemals wieder meinen Augen trauen. Und so ein Trick, wie du ihn angewandt haben mußt, um zu entkommen, ist äußerst wissenswert. Sprich!«

Erfrischt und sauber gekleidet lächelte Apodorius ihn an.

»Ganz einfach, Senator, mein Elixier, das du für eine Fälschung hieltest, war wirksam! Frage die Soldaten, die mich in den Tiber geworfen haben, ob ich nicht mit gebundenen Armen und Beinen in die Tiefe gesunken bin.«

»Ich ...« Marcus zögerte. »Angenommen, das stimmt, warum bist du zu mir gekommen?«

»Um dir einen Handel vorzuschlagen. Einen fairen Handel, wie ich glaube. Du bist in einer Position, um mir das zu geben, was ich am meisten begehre: Rache an Metellus für das, was er mir angetan hat. Dafür biete ich dir das, was ich bereits besitze, gegen meinen eigenen Willen. Ich glaube nicht, daß du daran interessiert bist, welcher Caesar den Purpur trägt, wenn du die Macht in deinen Händen hältst.«

Marcus beugte sich vor. Gier ließ seine Augen glänzen.

»Vernichte Metellus«, sagte Apodorius, »und ich werde dir mein Elixier geben.«

Marcus zupfte an seiner Unterlippe. Nach einem Moment des Überlegens sagte er vorsichtig: »Dein Elixier! Woher soll ich wissen, daß es kein Humbug ist? Woher soll ich wissen, daß du nicht nur so getan hast, als seist du alt und blind, und daß du dein Alter im Fluß genauso leicht abgestreift hast wie deine Fesseln?«

Apodorius verzog das Gesicht und rieb sich einen aufgescheuerten Fußknöchel. »Nenne es nicht leicht, Senator«, beschwerte er sich. »Aber ich habe einen Beweis für dich. Abgesehen davon, daß kein gesunder Mann, dem irgendeine Alternative geblieben war, freiwillig in die Arena gegangen wäre, um sich von den Wölfen zerreißen zu lassen – du erinnerst dich daran? –, habe ich eine so große Dosis meiner Medizin schlucken müssen, daß ich fast von Stunde zu Stunde jünger werde. Sieh!« Er öffnete seinen Mund und deutete auf seine zahnlosen Gaumen. »Ich fühle einen leichten Schmerz, der darauf hinzudeuten scheint, daß sogar ...«

Marcus rieb mit dem Finger über das runzelige Fleisch und riß verblüfft den Mund auf. Bestimmt konnte keine betrügerische Zauberei in einem uralten Gaumen scharfe, neue Zähne wachsen lassen!

Trotzdem, erst drei Tage später, als der erste neue Zahn hervortrat, weiß glänzend und zweifellos echt, besiegelte er den Handel, den Apodorius vorgeschlagen hatte. Damit hatte er sich festgelegt. Aber was bedeutete es schon für ihn, wenn Metellus ins Reich der Schatten einging? Ein unsterblicher Mann konnte die Macht nicht nur hinter *einem* Caesar sein, sondern hinter *allen* Caesaren!

Apodorius sah, wie der Senator berauscht wurde von dem Traum seiner Macht.

Er konnte fordern, was er wollte, Marcus beschaffte es, ohne sich über die Kosten zu beklagen, die – wie bereits erwähnt – immens waren. Des Senators Wunsch nach strengster Geheimhaltung kam ihm sehr zupaß; in einem kleinen Raum im hinteren Teil des Hauses arbeitete er an der seltsamen Mixtur mit Substanzen, die man ihm gebracht hatte, und darüber vergingen mehrere Wochen.

Nach zwei Monaten jedoch war Marcus' Geduld erschöpft, und Apodorius hielt es für unklug, ihn weiter hinzuhalten.

Also erwartete er ihn, als dieser am nächsten Tag vom Senat zurückkam, und beantwortete seine Frage nach dem Fortgang der Dinge mit einem bejahenden Kopfschütteln.

»Das Elixier ist fertig«, sagte er. »Es geht schneller, wenn man die Zutaten mit Hilfe einer unerschöpflichen Börse kaufen kann und sie nicht zusammenbetteln und sogar stehlen muß ... Was hast du getan, um deinen Teil der Abmachung zu halten?«

Marcus drehte die Augen zur Decke und verschränkte seine Hände. »Ich habe arrangiert«, flüsterte er, »daß bei des Caesars nächstem Besuch im Zirkus einer der Tragpfeiler seiner Loge gelockert ist. Ein Elefant wird so gereizt werden, daß er in Panik gerät und den Pfeiler umreißt. Falls Metellus nicht zu Tode getrampelt werden sollte, wird die Behandlung einiger Ärzte, die ich ihm empfohlen habe, dafür sorgen, daß er ins Reich der Schatten eingeht.«

»Gut«, sagte Apodorius. »Dann komm mit mir.«

Marcus trat in den Raum, in dem der Nubier gearbeitet hatte, und blieb reglos stehen. Alles war fortgeräumt worden – all die Pfannen, Tiegel, Krüge und Holzkohlebecken – alles, außer einem einzigen, kleinen Tisch, auf dem ein irdener Topf mit einer hellgrauen Flüssigkeit stand. Seine Augen leuchteten auf, als er die Farbe der Flüssigkeit wiedererkannte, die man Apodorius zu schlucken gezwungen hatte.

Er streckte die Hand danach aus, dann riß er sie zurück. »Nein!« krächzte er. »Zuerst du! Nimm einen Schluck, bevor ich es trinke – aber nicht mehr als einen Schluck, hörst du!«

»Keine Angst«, sagte Apodorius ruhig. »Ich habe diesmal mehr gemacht als nur eine einzige Dosis.« Er nahm den Topf auf und setzte ihn an die Lippen.

Marcus' Augen, immer auf der Hut vor irgendeinem Anzeichen von Betrug, folgten aufmerksam seiner Bewegung, Als er drei langsame Schlucke der Flüssigkeit trank. Dann stellte er den Topf zurück und stützte sich mit einer Hand auf die Tischkante, um nicht umzusinken.

»Du wirst dich im ersten Moment ein wenig schwindelig fühlen«, sagte er heiser. »Erinnere dich, als ich gezwungen wurde, das Elixier vor den Augen des Caesars zu trinken, bin ich bewußtlos geworden. Aber du bist ja nicht so alt und schwach, wie ich es zu der Zeit war.«

Sein Atem wurde wieder leichter, und er richtete sich auf. Überzeugt, daß kein Verrat im Spiel war, und unfähig, seine Ungeduld länger zu bezähmen, packte der Senator den irdenen Topf und trank ihn mit gierigen Schlucken leer.

Als er ihn auf den Tisch zurücksetzte, tat er das so heftig, daß er zersprang und die Scherben nach allen Seiten flogen. Sein Magen begann zu brennen. Dunkle Nebel legten sich vor seine Augen, die den Nubier anblickten.

Durch eine Flut von Schmerzen hörte er Apodorius Stimme, sehr kühl, sehr distanziert.

»Du bist ein toter Mann, Senator.«

»Was?« wimmerte Marcus. »Was?«

»Ich habe das Elixier getrunken – das wirkliche Elixier. Du nicht. In dem Topf befand sich das stärkste Gift, das ich jemals entdeckt habe. Ich habe es getrunken und lebe weiter. Du aber stirbst.«

Marcus Placidus drückte beide Hände auf seinen Leib, als ob er das Gift herauspressen wollte, wie Wasser aus einem Schwamm. Doch das Blau des Todes zeigte sich bereits auf seinen Lippen, auf seinen Fingernägeln. Er konnte sich nicht mehr länger auf den Beinen halten und sank zu Boden. Seine Augäpfel rollten sich nach oben; seine Brust wölbte sich in dem letzten, verzweifelten Versuch, Luft in die Lungen zu ziehen. Und er war tot.

»Aber das ändert nichts am Schicksal Metellus'«, sagte Apodorius zu der Leiche. »Noch nicht. Selbst wenn seine Ärzte ihn nach dem Unfall im Zirkus retten sollten. Ich bin sicher, Senator, daß du in der Kunst des Schmeichelns genügend versiert warst, um ihm die Illusion zu geben, daß deine Entscheidungen die seinen waren. Wenn er allein ist ... er ist kein Cinatus.«

Und, lief seine Gedankenkette weiter, *sein Sturz wird wahrscheinlich das Ende des Imperiums sein* ... Eine weitere Welle ermordeter Caesaren, und dann Einfälle von Barbaren aus den Randgebieten des Imperiums – oh, der endgültige Zusammenbruch eines so mächtigen Reiches würde Jahrhunderte dauern, doch jetzt war er unvermeidlich geworden.

Und danach?

»Wir werden sehen«, murmelte Apodorius. Und dann korrigierte er sich mit einem schiefen Lächeln. »Oder besser: *Ich* werde sehen!«

Er tauchte einen Finger in den Rest von Gift, der in einer der Scherben übriggeblieben war, und dachte, wieviel Mühe er darauf verwandt hatte, seine Farbe dem des richtigen Elixiers genau anzugleichen. Er fühlte sich noch immer ein wenig schwindelig von den drei kleinen Schlucken, die er genommen hatte. Etwas mehr hätte vielleicht seine Immunität durchbrechen können.

Er hob den Kopf und sagte zur Decke empor: »Läßt dich das lächeln, Cinatus Augustus, dort im Reich der Schatten? Du hast mir mein Leben gegeben, und ich habe das deine gerächt. Aber Metellus hat deine Gabe übertroffen. Er hat mir das ewige Leben geschenkt, und deshalb habe ich ihn vernichtet. Verstehst du, Cinatus? Ich glaube, daß du mich verstehst. Ich glaube, wenn ich zu dir gekommen wäre, hättest du mich zurückgewiesen.

Vielleicht wäre ich dann beleidigt gewesen. Doch jetzt weiß ich, warum ich mein Elixier für einen Imperator gebraut habe, und nicht für mich.«

Er starrte auf den Giftrest in der Tonscherbe und sah ihn nicht. Er dachte an die vielen Jahrhunderte, die vor ihm lagen, und ihn fror plötzlich.

»Wenn ich das nächste Mal etwas braue«, sagte er, »was werde ich wählen? Dies? Oder eine neue Dosis des anderen?«

Der fette, tote Körper des Senators antwortete ihm nicht. Sein Mund jedoch war schon zu dem sardonischen Leichengrinsen verzogen, das als Hippokratisches Lächeln bekannt ist.

Verschwendet für die Jungen

Die Türklingel schrillte.

Hal Page hatte sich mit seinen beiden letzten Aufgaben beschäftigt: Erstens, die Wohnung noch einmal zu überprüfen, um sich zu überzeugen, daß alles für diesen Abend vorbereitet war, der eine verdammt schicke Party werden würde; zweitens, sich zu entscheiden, wo er die Benachrichtigung verstecken sollte. Am liebsten hätte er sie vernichtet, doch als er zum Müllschlucker trat und die Klappe öffnete – wobei sich ein winziger Hauch des Gestanks von der weit entfernten Verbrennungsanlage mit dem Duft des schweren Parfüms mischte, das in der Luft des Raums hing –, stellte er fest, daß er seine Meinung geändert hatte. Er brauchte das solide Gefühl des Papiers in seiner Hand, mußte sein Rascheln hören, um sich die Kraft zum Erreichen seines letzten Ziels zu geben.

Während der Party gab es kein Versteck, das sicher war. Besonders wegen seines Rufs, das Leben ohne jede Rücksicht zu genießen, würde es für seine Gäste eine Ehrensache sein, seine kostbarsten Besitztümer zu finden und, wenn möglich, zu zerstören, damit er wieder einen Rekord brechen konnte, wenn er die Trümmer zusammenräumte und die verdorbenen Dinge ersetzte. Doch er wagte nicht, irgend jemand auch nur ahnen zu lassen, warum er an diesem ganz gewöhnlichen Tag eine so große Party veranstaltete. Falls jemand erfahren sollte, daß er die Benachrichtigung bekommen hatte, würde es sich verbreiten wie das Gerücht von einer Pestepidemie, und er würde heute nacht allein sitzen, ins Nichts starren und die kalte Hand des Terrors an seinem Herzen spüren.

»Oh, gottverdammt!« sagte er laut und steckte die Benachrichtigung in sein lockeres Seidenhemd. Er warf einen automatischen Blick auf die Uhr, obwohl er wußte, daß die Glocke zwanzig Minuten vor dem Beginn der Party geläutet hatte. Es war die teuerste Uhr, die es gab; sie hatte ihn volle zwei Jahre gekostet; sie steckte auf seinem linken Zeigefinger und maß die Zeit nach dem Zerfallswert eines winzigen Radiumkörnchens.

Die Glocke schrillte noch einmal. Er hatte seinen Entschluß gefaßt. Wozu sollte er die verdammte Benachrichtigung aufheben? Jedes Wort des Papiers war fest in sein Gehirn eingegraben und konnte mit einer einzigen, entsetzlichen Warnung abgerufen werden: *morgen!*

Aber er hatte nicht die Absicht, hier zu sein, oder auch nur am Leben zu sein – morgen. Warum also zögerte er, das Papier zu vernichten?

Er warf es in den Müllschlucker, wie er es ursprünglich vorgehabt hatte. Die Geste übte eine beruhigende Wirkung auf ihn aus, als ob er damit die Schiffe hinter sich verbrannt hätte. Kühl und entschlossen schritt er zur Tür und öffnete.

»Du bist etwas früh, aber komm trotzdem herein. Kein Grund, um ...«

Weiter kam er nicht, weil er erkannte, daß der Mann, der vor ihm stand – etwas älter als er, ungefähr fünfunddreißig, schlank, melancholisch, mit hellen Augen – die schwarze Kleidung eines Erwachsenen trug. Mit einer Grimasse des Ekels wollte er ihm die Tür vor der Nase zuwerfen.

»Warten Sie«, sagte der Besucher leise. »Erinnern Sie sich an mich, Hal?«

Page zögerte. Er versuchte, das Gesicht über dem eintönigen, schwarzen Stoff als das eines Individuums zu sehen, anstatt als die Maske eines anonymen Erwachsenen, und Schaltkreise der Erinnerung schlossen sich. »Ja, richtig, auf der Party von ... Wie hieß das Mädchen noch?«

»Karen Sottine – aber ihr Name tut nichts zur Sache. Nur der meine. Ich bin Thomas Dobson.« Der Mann machte eine Pause, und sein Blick war scharf wie ein Skalpell. »Was ist, wollen Sie mich hier stehen lassen, wo jeder, der den Korridor entlangkommt, mich sehen kann? Sollen die Leute sich wundern, warum ein Erwachsener zu Hal Page, dem Berufsjugendlichen kommt? Ich weiß, daß Sie die Benachrichtigung bekommen haben, und ich kenne den Grund für Ihre spektakuläre Party, die heute nacht hier stattfinden soll.«

»Sie wollen doch nicht etwa auch dabei sein?« sagte Page heftig. »Ich habe zwar ›open house‹ gesagt, aber, zum Teufel, das heißt doch nicht ...«

»Nein, natürlich nicht.« Dobson gelang es, der kurzen Verneinung einen Ausdruck unendlicher Verachtung zu verleihen, und Page wollte zusammenfahren, hatte jedoch nicht die Zeit dafür, weil der andere fortfuhr: »Ihre Gäste kommen mindestens eine halbe Stunde verspätet, das wissen Sie genausogut wie ich. Aber sie werden kommen, und sei es nur, um einen Blick auf den legendären Hal Page werfen zu können, der hoch gespielt hat und damit durchgekommen ist, und der so viele durch sein Beispiel mitgezogen hat.«

Page hatte seine Selbstsicherheit zurückgewonnen und machte eine höhnische, leichte Verbeugung. »Also sind Sie gekommen, um mich anzugaffen, nicht wahr? Um zu sehen, was Sie alles hätten erleben können, aber leider versäumt haben? Dann kommen Sie schon herein. Nehmen Sie sich, was Sie wollen. Geht alles auf meine Rechnung!«

Er winkte Dobson mit einer grandiosen Geste an sich vorbei und deutete auf die Delikatessen, von denen der Raum überquoll, Antiquitäten und *objets d'art* waren hastig beiseitegeräumt worden, um dafür Platz zu schaffen. »Champagner – echter Champagner aus Frankreich? Kaviar? Lerchenzungen? Ich wette, die haben Sie noch nie probiert! Bedienen Sie sich, geht alles auf meine Rechnung!«

Und nach einer Sekunde setzte er hinzu: »Aber beeilen Sie sich.«

»Danke«, sagte Dobson und nahm sich ein Stück harten Toasts, mit dem er etwas roten Kaviar aufnahm. »Wissen Sie«, sagte er nachdenklich, als er den ersten Bissen gekostet hatte, »es ist ein Jammer, daß Sie dies nicht als das werten können, was es ist – daß Sie es nur als Staffage für Ihr gigantisches Ego sehen.«

»Aber ich genieße das!« erwiderte Page scharf. »Und Sie sind nicht fähig, irgend etwas genießen zu können! Mein Gott, selbst als ich Sie zum ersten Mal traf – wann war das? Fünf Jahre muß das nun her sein – selbst damals waren Sie nicht fähig, Spaß am Leben zu haben! Sie haben dagesessen wie ein finsterer Geist und haben abgenutzten philosophischen Blödsinn verbreitet, den absolut niemand hören wollte ...«

»Sie haben zugehört.« Dobson fischte sich eine zweite Portion Kaviar aus der Schüssel, und der Toast krachte zwischen seinen Zähnen.

»Nur weil ich nicht glauben konnte, daß Sie wirklich sind«, knurrte Page. »Sie haben dagesessen und nur ständig geredet, obwohl dieses hübsche Mädchen Ihnen Augen gemacht hat, Sie wissen schon, die mit dem roten Haar und einem Mund wie ... Lassen wir das. Ich habe sie mir dann geschnappt.«

»Ich weiß. Sie hat es mir gesagt.« Dobson schluckte den letzten Bissen herunter und ließ sich in einen Sessel fallen. Ein flüchtiges Lächeln zog über sein Gesicht.

»Soll das heißen, sie hat Sie danach noch angesehen?« Ein vages Nicht-Begreifen löste in Page ein sekundenlanges Gefühl von Unruhe aus.

»Wir haben geheiratet«, sagte Dobson. »Ein Unternehmen, dem Sie sicher nichts abgewinnen können.«

»Verdammt richtig«, sagte Page knapp. »Ich habe mich nie einfangen lassen! Sie hatte einen wunderbaren Körper, aber ihr Verstand war mit demselben Unsinn verstopft, den Sie den ganzen Abend von sich gegeben haben ... Trotzdem sollte ich Ihnen dafür irgendwie dankbar sein, denke ich. Bis dahin bin ich mit der Herde gelaufen, habe an all den frommen Unsinn geglaubt, den man mir während meiner Schulzeit in die Ohren geblasen hat. Ich habe Sie angesehen und mir gedacht: zum Teufel, wenn sie mich nehmen und in dieselbe Form pressen wie den da, will ich vorher noch mein Leben genießen. Und – ja, richtig! Gleich am folgenden Tag habe ich mir zum ersten Mal etwas gekauft, das ein ganzes

Jahr kostete. Und ich habe mich dabei großartig gefühlt. Und ich habe von da an so weiter gemacht.«

»Sagen Sie mir etwas.« Dobson legte seinen melancholischen Kopf ein wenig schief und blickte Page scheinbar ernsthaft interessiert an. »Haben Sie nichts dabei empfunden, als Ihre Schulden die Höhe von über einem Jahrhundert erreichten?«

»Klar!« Page lachte hart auf. »Ich hatte das Gefühl, endlich nicht mehr unter den Stiefeln der anderen zu sein.«

»Sonst nichts?« fragte Dobson.

»Ich weiß, was Sie meinen. Sie wollen fragen: hatte ich keine Angst, daß sie eines Tages kommen und mir den Boden unter den Füßen wegziehen würden? Überhaupt nicht. Ihr nehmt euch zu ernst, ihr Erwachsenen. Ein Minimum von dreißig Jahren vollen, freien Kredits, sagen sie einem doch immer. Zugegeben, ich hatte einen schlimmen Augenblick, als ich eines Tages aufwachte und feststellte, daß ich eine Woche über dreißig war – während einer langen Weekend-Party war mir irgendwie das Zeitgefühl abhanden gekommen. Aber ich habe weitergemacht und weitergemacht und hier bin ich jetzt. Zweiunddreißig Jahre, einen Monat und vier Tage.«

»Stop«, sagte Dobson ruhig und tauchte wieder ein Stück Toast in den roten Kaviar.

Page lief rot an. »Und was wollen sie dagegen tun? Meine Schuld ist inzwischen auf dreihundert Jahre angewachsen, und niemand kann etwas dagegen tun! Es ist alles ausgegeben – oder wird morgen bei Tagesanbruch ausgegeben sein.«

»Und was haben Sie dafür vorzuweisen?«

»Etwas, das jeder Ihnen bestätigen kann. Ich habe bewiesen, daß ich mehr Schneid habe als alle anderen. Ich habe Beweise, daß ich keine Angst vor den Konsequenzen habe. Ich habe mich nicht umgekrempelt und mich schon vor dem Termin in einen Erwachsenen verwandelt, damit ich ihnen, wenn sie mich riefen, in den Hintern kriechen und sagen konnte: ›Seht, ich benehme mich schon wie einer von euch – bitte, seid nett zu mir.‹«

Ein plötzlicher Gedanke stoppte seinen Erguß, brachte ihn zum Entgleisen. Sein Finger schoß vor und deutete anklagend auf Dobsons Brust. »He! Woher wissen Sie von der ... der ...?«

Die Frage verebbte in eine Stille, in der mehr als nur ein wenig Angst schwang.

»Nein, ich bin nicht gekommen, um Sie gewaltsam fortzuschleppen, falls es das ist, was Sie befürchten«, sagte Dobson ruhig. »Mein Job ist weniger gewalttätig. Ich habe lediglich die Aufgabe, Sie aufzusuchen und mich davon zu überzeugen, daß Sie sich über die Verantwortung klar sind, die mit den Privilegien verbunden ist, die Sie genossen haben.«

»Klar, das habe ich kapiert«, sagte Page und deutete auf die Tür. »Und jetzt gehen Sie und lassen Sie mich meine letzte Party feiern.«

»Tut mir leid.« Die Stimme klang wirklich bedauernd, doch Page suchte sofort nach einer Spur von Sarkasmus in dem braunen Gesicht. »Ich muß meine Aufgabe nach Vorschrift durchführen, und wenn ich damit nicht fertig werde, bevor Ihre Gäste eintreffen, muß ich eben bleiben, bis alles erledigt ist. Ihre Wahl ist also sehr einfach: Sie können sich jetzt hinsetzen und zuhören, oder Sie können sich später hinsetzen und zuhören, weil dann niemand da sein wird, um Ihnen Gesellschaft zu leisten. Die Sache wird sich herumgesprochen haben. Und Sie wissen, wie abergläubisch jeder in Ihrer Gruppe gegenüber einem Menschen ist, der die Benachrichtigung erhalten hat. Es ist, als ob er plötzlich die Symptome einer tödlichen Krankheit trüge.«

Diese Stichelei durchdrang Pages Verärgerung; vorher hatte er selbst es mit der Pest verglichen. Er ließ sich Dobson gegenüber auf einen Sessel fallen und seufzte.

»Am liebsten würde ich Sie jetzt packen und Ihr selbstzufriedenes Gesicht in den Müllschlucker stoßen, aber ... Also sagen Sie schon Ihren Spruch auf, und machen Sie es kurz!«

Dobson faltete ruhig die Hände in seinem Schoß. »Ich bezweifle, daß Sie während des kostpieligen Wirbelwinds Ihres Lebens Zeit gefunden haben, die Klassiker zu lesen, aber wenn Sie es getan hätten, hätten Sie vielleicht eine größere Einsicht in Ihre Lage bekommen, besonders, wenn ein paar Werke des Dramatikers Shaw dabei gewesen wären. Anfang und Mitte des zwanzigsten Jahrhunderts. Sagt Ihnen das irgend etwas?«

»Zur Sache! Kommen Sie zur Sache! Ich habe meine Benachrichtigung erhalten und möchte nicht ausgerechnet an diesem Abend gelangweilt werden!«

»Ja-a-a. Sie haben eine besonders stark entwickelte Fähigkeit für Langeweile, nicht wahr? Scheint irgendwie unfair ... Aber, um Ihnen zu erklären, was ich damit sagen wollte: Shaw gibt eine wunderbare Kurzfassung unserer derzeitigen ökonomischen Methode, die wahrscheinlich apokryph ist, doch wer kann da sicher sein? Shaw stellte in seinen späten Jahren fest, daß Jugend etwas Wunderbares ist, es lediglich schade sei, daß sie an die Jungen verschwendet werden muß! Denn nach seiner Ansicht – die er ausführlich in *Back to Methusalah* (Zurück zu Methusalem) darlegte – kann nur die Weisheit des Alters einen Menschen befähigen, die Energien der Jugend optimal zu nutzen.«

Dobsons Blicke glitten durch den Raum und schienen alles zu sehen, zu prüfen und zu verwerfen, wofür Page dreihundert Jahre seiner Existenz verpfändet hatte. Page fühlte einen Schauer über seinen Rücken laufen und befahl ihm in scharfem Tonfall, sich mit seinem Geschwätz zu beeilen.

»Okay«, sagte der andere munter. »Selbst in der Isolation Ihres psychologisch inzestuösen Kreises von Amüsierfreunden muß Ihnen klargeworden sein, daß es seit den alten Tagen einige Fortschritte gegeben hat, nicht wahr? Daß wir Kolonien auf zwei anderen Planeten dieses Sonnensystems haben, daß wir uns drauf vorbereiten, die Planeten anderer Sterne zu erforschen?«

»Ich habe mal was davon in 3-V gesehen«, sagte Page ironisch.

»Ja. Außerdem genießen wir einen hohen allgemeinen Lebensstandard, gewährleistet von einer rationalen ökonomischen Basis, der wir als einzig wirklich verläßliches Kostenkriterium die Investition von Anstrengung durch den Einzelnen zugrunde legen.«

»Ich habe den Gegenwert von dreihundert Jahren ausgegeben«, knurrte Page. »Haben Sie nicht irgendeine Nachricht, die nicht abgestanden ist?«

»Geduld!« Dobson hob seine schlanke Hand. »Ich bin gezwungen, nach Vorschrift vorzugehen, wie ich Ihnen bereits sagte. Selbst wenn Ihre Unterbrechungen mich zwingen sollten, die ganze Nacht damit zuzubringen.«

»Ich habe verstanden! Ich sehe nur keinen Sinn darin, mir einen Vortrag über Zeitgeschichte zu halten. Wollen Sie mich weichmachen, um mir später zu erklären, daß man mich zum Mars oder sonstwohin schicken wird, damit ich meine Schulden bei irgendeinem dieser verdammten Konstruktionsprojekte abschwitzen kann?«

»Das haben Sie sicher auch von 3-V, nehme ich an«, bemerkte Dobson mit eisiger Höflichkeit. »Nein, man wird Sie nicht zum Mars schicken. Die Arbeiten dort sind fast so weit fortgeschritten, daß sie automatisiert werden können, also wird man in Zukunft dort nur noch ausgebildete Kräfte benötigen. Lassen Sie mich jetzt sagen, was ich zu sagen habe, oder hören Sie den Klang Ihrer eigenen Stimme so gern, daß Sie es vorziehen, zwischen jetzt und morgen früh nichts anderes zu hören?«

Page machte eine angewiderte Geste und lehnte sich zurück.

»*Danke.* Während Ihres letzten Schuljahres, als Sie alt genug waren, um vernünftige Entscheidungen treffen zu können, sind Sie über die Formen der modernen Gesellschaft unterrichtet worden. Man hat Sie, zum Beispiel, über das Leben auf Kredit informiert, das Sie mindestens bis zum dreißigsten Lebensjahr in Anspruch nehmen könnten, und daß dieser Kredit, wie alle Ausgaben heutzutage, durch eine standardisierte Lohn-Skala individueller Arbeitsleistung abgegolten würde. Allein die Zeit zählt; es steht also außer Frage, daß zum Beispiel jemand, der nicht zu höher qualifizierter Arbeit fähig ist, mehr Jahre monotoner Knochenarbeit ableisten muß, um sein Konto auszugleichen. Wir sind als Spezies sehr reich, wir Menschen – wir haben es nicht nötig, bei solchen Fragen kleinlich zu sein.

Man hat Ihnen die hinter diesem System stehenden Gedanken klargemacht. Man hat Ihnen erklärt – und genau wie andere junge Menschen haben Sie es wahrscheinlich nicht geglaubt –, daß eine endlose Runde von Vergnügen schließlich langweilig werden würde, und daß Sie zu dem Zeitpunkt, wenn Sie die Benachrichtigung erhielten, der Gesellschaft den von Ihnen in Anspruch genommenen Kredit zurückzuzahlen, wünschen werden, daß Sie Ihr Leben auf eine konstruktivere Art genutzt hätten. Man hat Ihnen ebenfalls gesagt, daß es keine steifen Regeln und keinen Zwang bei den Obligationen gäbe, die Sie eingehen können. Für jeden steht für die Dauer seines Lebens ein unantastbares Minimum zur Verfügung, so daß er, bei frugaler Lebensweise, immer sein eigener Herr bleibt. Diese Möglichkeit wird in der Regel von Menschen mit starken rebellischen und kreativen Neigungen gewählt, die lieber ein Stück Land am Rande einer Wüste bestellen oder Sonnenuntergänge malen, als die reguläre Stellung eines Erwachsenen in der Gesellschaft übernehmen. Ich will keinerlei Kritik an solchen Menschen üben, möchte ich Ihnen sagen; der ganze Weg unserer Evolution vom Tier ist auf unserer Fähigkeit begründet, die Periode des Spielens weiter und weiter in unser erwachsenes Leben auszudehnen.«

Nicht daran gewöhnt, stillzusitzen und zuzuhören, hatte Page wieder begonnen, unruhig hin und her zu rutschen. »Natürlich hat man mir all das gesagt«, schrie er jetzt wütend. »Aber es hat mich damals nicht überzeugt, und es überzeugt mich auch heute nicht! Ich habe eine Menge Spaß am Leben, und die Vorstellung, jetzt willkürlich beim Genick gepackt zu werden und ...«

»Nicht willkürlich«, unterbrach Dobson, und in seiner Stimme lag ein solcher Nachdruck, wie ihn Page noch nie von ihm gehört hatte. »Man hat Ihnen alles gesagt, auch wenn Sie nicht darauf geachtet haben.«

»Was hat man mir gesagt? Daß – wie haben Sie es ausgedrückt? – daß ›eine endlose Runde von Vergnügen‹ mich schließlich langweilen würde? Verdammt, ich habe mich bis jetzt nur wirklich gelangweilt, wenn irgendein verbohrter Erwachsener wie Sie mir eine Predigt gehalten hat!«

Er sprang auf und goß sich einen Brandy ein.

»Es bleibt die Tatsache«, sagte er dabei über seine Schulter, »daß ich mich nicht so leicht hereinlegen lasse wie die meisten Menschen. Wissen Sie, daß sie mir beinahe mit *Ehrfurcht* begegnen? Als ob ich etwas besonderes getan hätte! Dabei habe ich nur diesen Schwindel mit ›meiner Schuld gegenüber der Gesellschaft‹ durchschaut! Wie ich Ihnen offen sagte, hatte ich ein paar schlimme Augenblicke, als ich erkannte, daß ich meinen dreißigsten Geburtstag überschritten hatte und meine Schuld bereits auf zweihundert Jahre angewachsen war. Aber dann kapierte ich: Wenn Sie mich damals, sofort, bei der ersten sich bietenden Gelegenheit, angesprungen hätten, am gleichen Tag, an dem ich die zugesagte Grenze überschritten hatte, wäre das ein Eingeständnis Ihrer Angst gewesen. Die Menschen hätten gesagt: ›Es ist ein Schwindel! Sie haben Hal Page eine Benachrichtigung geschickt, weil er sich das vom Leben genommen hat, was er haben wollte, und sich einen Dreck darum gekümmert hat, wieviel Zeit er dafür aufgebraucht hat. Verdammt, wenn es uns allen schließlich so geht, laßt uns nehmen, was wir nehmen können, und solange wir es nehmen können!‹ Ist es nicht so?« Er fuhr herum und starrte Dobson herausfordernd an.

»Sie stellen sich anscheinend vor, daß Ihre ganze Generation ihren Kredit jahrhundertweise ausgibt, so wie Sie«, murmelte Dobson. »Glauben Sie im Ernst, daß das etwas ausmachen würde? Ich sagte Ihnen bereits, daß wir eine reiche Spezies sind. Sie haben überhaupt keine Vorstellung davon, wie reich wir sind! Wir haben gelernt, nichts umkommen zu lassen – wir mußten es lernen, wir waren dazu gezwungen! Wenn jeder einzelne der Gäste, die Sie jemals bei Ihren wilden Parties gehabt haben – wenn jeder Gast jeder

Party, die Sie jemals besucht haben, wenn jedes Mitglied Ihrer gesamten Generation beschließen sollte, so großzügig und so kostspielig zu leben wie Sie, könnten wir dies leicht dadurch absorbieren, daß wir ihre Ausgaben auf einer neuen Leistungsbasis berechnen, die wir angemessenerweise auf ihr späteres Leben anwenden können. Wir sind beschämend reich, Hal! In dieser Zeit haben wir es nur selten nötig, Menschen Benachrichtigungen zuzusenden. Wenn ihr dreißigster Geburtstag gekommen und vergangen ist, werden sie nervös – und neigen dazu, das Interesse an ihren Vergnügen zu verlieren; und eines Tages kommen sie dann von sich aus und bitten, eine richtige Aufgabe zugewiesen zu bekommen. Ich habe das selbst getan.«

»Aber ich bin nicht wie Sie«, rief Page heiser. Doch der Ton der Verachtung, den er in seine Stimme legen wollte, kam nicht richtig heraus.

»Was ich gesagt habe, gilt nach wie vor«, erwiderte Dobson. »Unsere Schwierigkeit liegt in der Ausnutzung der Resourcen, die uns zur Verfügung stehen. Neun von zehn Menschen, die das dreißigste Lebensjahr erreichen, haben heutzutage bereits den Sinn für reines Vergnügen verloren; sie haben ein Studium absolviert oder sich ein kleines Forschungsprojekt vorgenommen oder planen die Gründung einer Familie – haben, kurz gesagt, etwas Erwachsenes getan. Und wir müssen mit diesem gewaltigen Strom kreativer Energie fertig werden, ihn in die richtigen Kanäle leiten, das beste daraus machen ... Das ist der Grund, warum wir zu den Sternen gehen wollen. Es wird eine verdammt lange Zeit dauern, bevor wir den Flug zu anderen Sternensystemen zu einer Routine reduziert haben, wie heute einen Trip zum Mond, aber wir brauchen dieses Ventil, um nicht das Potential zu vergeuden, das die moderne Gesellschaft ausstößt, wie – wie Prozeßwärme!«

»Fertig?« knurrte Page. Er kippte den Rest seines Brandys und goß sich einen neuen ein.

»Noch nicht ganz. Wir können die Dinge nicht einfach treiben lassen; das ist es, was ich Ihnen begreiflich zu machen versuche. Wir können nicht die Grenze des Freien Kredits auf fünfunddreißig Jahre erhöhen, zum Beispiel, nur um den Druck der nachwachsenden Erwachsenen abzubauen.«

»Ich habe nichts dagegen!« stieß Page hervor und dachte an die entsetzliche Warnung, die er in den Müllschlucker geworfen hatte: *Ihre Freie-Kredit-Periode läuft morgen ab ...*

»Aber schon heute fällt es den meisten Menschen schwer, dreißig Jahre lang nur herumzuspielen.« Dobson hob eine Braue. »Haben Sie nicht zugehört, als ich das sagte?«

»Ich habe alles gehört! Und mir hängt alles zum Halse heraus! Es gibt nichts mehr, was Sie mir sagen könnten – wie wäre es, wenn Sie die Tür benutzten?« Page kippte den zweiten Brandy herunter, als ob er sich vor dem Geschmack ekelte.

»Ja«, seufzte Dobson und stand auf. »Es ist Ihnen alles erklärt worden, wieder und wieder. Sie scheinen einfach nicht fähig zu sein, die notwendigen Schlüsse daraus zu ziehen. ›Niemand ist so taub wie jene, die nicht ...‹ Ach, lassen wir das.«

Page blickte ihm nach, als er zur Tür ging. Die Feindseligkeit in seinen Augen erstarb, als die letzte Frage sich voll in sein Bewußtsein einbrannte. Ohne es zu wollen, schrie er sie heraus.

»Dobson! Wissen Sie, was ...?«

Und dort stockte er, teilweise, weil er sich schämte, zuzugeben, daß dieser schwarz gekleidete Eindringling ihm Angst eingejagt hatte, und teilweise, weil er Angst *hatte.*

Der melancholische Mann blieb stehen und blickte zurück. »Ob ich weiß, was man von Ihnen verlangen wird? Ja, ich weiß es. Aber ich bin nicht befugt, es Ihnen zu sagen.«

»Verlangen? Ich dachte, man hätte eine gewisse Wahl!« Page zwang etwas von seiner normalen Großspurigkeit in seine Stimme.

»Sie armer Narr«, sagte Dobson. »Welche Wahl soll schon einem Menschen bleiben, der mehr als dreihundert Jahre Kredit ausgegeben hat?«

Und er war verschwunden.

Doch es wurde eine großartige Party. Es gab nur zwei unangenehme Augenblicke: Den ersten, als die Meditechs gerufen werden mußten, nachdem zwei Männer sich um ein nichtssagendes Mädchen zu prügeln begonnen hatten, an dem Page vor einem Jahr das Interesse verloren hatte; der zweite, als er die Leute anschrie, sie sollten mehr essen, mehr trinken, wilder tanzen, und erkannte, daß seine Heftigkeit ihnen Angst machte. Er riß sich zusammen und tarnte seinen Augenblick der Selbstentblößung, indem er das nächstbeste Mädchen um die Hüfte packte und ihr Gesicht mit Küssen bedeckte. Er durfte nicht den Verdacht aufkommen lassen, daß er bereits verurteilt war. Heute, und bis zur letzten Minute, mußte er unter Menschen sein, mußte er Lärm und Lachen und das Zerschmettern kostbarer Gegenstände hören, einen weichen, heißen, mit Schweißperlen bedeckten Körper unter dem seinen spüren, ein Seidenkissen unter seinem Kopf, in dem die ruhigen, furchtbaren Worte widerhallten.

Bei dem dritten Mädchen, gegen drei Uhr morgens, schaffte er es nicht mehr und wußte, daß seine Zeit gekommen war.

Abrupt stieß er sie von sich und stieg aus dem Bett. Er ging ins Bad und verriegelte die Tür hinter sich. Glücklicherweise war niemand darin; etwas früher hatten drei oder vier Leute gemeinsam unter der Dusche gestanden und mit einem Stück lavendelfarbener Seife obszöne Verse an die Wände geschmiert. Er stützte sich mit einer Hand am Waschbecken ab und starrte in den Spiegel.

»Zum letzten Mal«, flüsterte er. »Aber sie werden sich an mich erinnern.«

An den, der *sie* betrogen hatte. Es war der einzige Ehrgeiz, den er jemals entwickelt hatte.

Das war an sich nichts Besonderes. Doch andere, die dasselbe versucht hatten, die den Gedanken, aus einer Welt unermüdlichen, selbstsüchtigen Vergnügens gerissen zu werden, unerträglich gefunden hatten, waren gescheitert. Es gab Gerüchte; schauerliche Andeutungen, die beiläufigen Fragen folgten. »Wo steckt so-und-so eigentlich? Habe ihn seit einiger Zeit nicht gesehen.« *Oh, der hat seine Benachrichtigung bekommen.* »Und?«.*Wollte sich drücken. Hat sich die Kehle durchgeschnitten.* »Und?« *Sie haben ihn gerettet.*

»Ich denke, Dobson würde das gutheißen«, sagte Page zu seinem Spiegelbild und sah, daß sich harte Linien um seinen weichen Mund gegraben hatten. »Ich denke, er würde sagen, daß man sie vorher gewarnt hätte und sie die Konsequenzen auf sich zu nehmen hätten. Doch eine vorherige Warnung rechtfertigt es nicht. Ich denke nicht daran, ihnen zurückzuzahlen, was ich an Kredit genommen habe. Niemand hat mich gefragt, als sie dieses dreckige System einführten, und ich steige aus!«

Seine Stimme hatte sich zu einer solchen Lautstärke gesteigert, daß er Angst bekam; er wollte nicht gehört werden. Wenn er ging, sollte die Party weitergehen. Vielleicht würde sie noch laufen, wenn die Nachricht eintraf: *Hal Page hat es geschafft! Hal Page hat sie besiegt!*

Ein letzter Anflug von Entschlußlosigkeit überfiel ihn; dann erinnerte er sich an den Ausdruck auf Dobsons Gesicht, als er aus der Tür ging, und dachte an die Implikationen seines Abschieds-Versprechens.

Nein: Die stille Dunkelheit des Todes war besser. Und er – er würde nicht scheitern.

Das Aircar hatte ihn eineinhalb Jahre Kredit gekostet. Aber es würde das Zehnfache wert sein, dachte er verträumt, als er die fünf Hypnotik-Kapseln schluckte – drei Stunden Kredit – und den Computer so einstellte, daß das Aircar ihn auf die See hinaustragen würde. Er hatte Treibstoff für genau fünfzig Meilen; dann würde er in einer Höhe von dreißigtausend Fuß sein. Und wenn man aus dieser Höhe auf das Wasser aufschlug, war es so, als ob man eine Steinmauer rammte. Falls sie so viel von ihm fanden, um ein paar prothetische Transplantate daraus machen zu können, hatten sie Glück, doch mehr würden sie nicht zurückbekommen ... von Hal

Pages berühmter, aller Rekorde brechender Schuld ... von mehr als ... dreihundert ...

Dunkelheit.

Und Horror!

Licht im Dunkel. Bewußtsein. Ein verwirrendes, entsetzliches Fehlen körperlichen Daseins. Gesicht, unzerstörbar, ohne Lider, um die Verräteraugen zu bedecken. Er versuchte zu schreien und stellte fest, daß er keine Stimme besaß; er versuchte, aufzuspringen und fortzulaufen, und stellte fest, daß er keine Beine hatte.

Er befand sich in einem großen, hellen Raum mit fahlen Wänden und ohne Fenster, und ihm gegenüber auf einem Stahlstuhl saß die drohende, schwarze Gestalt Dobsons; er sah irgendwie gedehnt aus, als ob sein Körper seit ihrer letzten Begegnung tiefer geworden wäre. Eine Stimme sagte: »Auf Funktion jetzt.« Etwas Weißes bewegte sich an der Peripherie seines Gesichtsfeldes; eine Frau in einem sterilen Overall, verrückt unproportional.

»Ich glaube, Sie haben die Linsen zu weit auseinandergesetzt«, sagte Dobson. »Er erhält wahrscheinlich eine übertriebene Stereo-Optik.«

Irgend etwas Monströses fuhr auf ihn zu, und die Perspektive seiner Umgebung korrigierte sich zum fast Normalen. Hal Page klammerte sich an diesem unsinnigen Trost fest, um sein Bewußtsein von dem unerträglichen zentralen Faktor der Existenz zu lösen: Er war nicht tot!

»Es tut mir leid für Sie, Hal«, sagte Dobson leise. »Und, übrigens, versuchen Sie nicht zu sprechen. Wir haben die Vokal-Schaltkreise noch nicht angeschlossen. Wir hatten nicht erwartet, dies alles gleichzeitig durchführen zu müssen, verstehen Sie – es war Ihr eigener Fehler, dieser dumme Selbstmordversuch. Wir hatten geplant, Schritt für Schritt vorzugehen, um den Schock zu mildern.«

Das Bewußtsein Hal Pages zog sich zurück, wurde zu etwas, das kleiner war als eine Maus, begann panisch im Kreis zu fliehen in dem Gefängnis seines Gehirns ... das, wie er wußte und zu wissen nicht akzeptieren konnte, alles war, das von ihm übrig geblieben war.

»Vielleicht werden Sie verrückt«, sagte Dobson, und seine Stimme war kaum mehr als ein Flüstern. »Aber ich glaube, daß Sie in gewisser Weise schon immer verrückt waren. Ein Grenzfallpsychopath, unfähig, rationale Schlüsse aus Lehren zu ziehen, ohne jedes Einfühlungsvermögen, in einem Ausmaß, daß Sie dem Wort keines anderen Menschen Glauben schenken konnten. Aber ich denke, wir sollten dankbar sein, daß gelegentlich Menschen wie Sie auftauchen ...

Es war so gut wie nichts von Ihnen übrig, Hal, aber Sie hätten daran denken sollen, was ich Ihnen in Ihrer Wohnung gesagt habe: Wir lassen nichts umkommen. Wir waren einstmals große Verschwender, wir Menschen; wir haben durch bittere Erfahrungen lernen müssen, welche Katastrophen Verschwendung für uns bringen kann. Jetzt gebrauchen wir Voraussicht; jetzt planen wir in die Zukunft, teilweise in eine noch sehr ferne Zukunft. Wir sind gezwungen, offen und ehrlich zu sein. Es sind einige sehr unangenehme Aufgaben damit verbunden, und daraus machen wir niemals ein Geheimnis. Sie haben sich selbst für eine dieser unangenehmen Aufgaben erwählt, im vollen Besitz aller Informationen, die es Ihnen ermöglicht hätten zurückzutreten, wenn Sie es gewollt hätten. Doch Sie haben es nicht getan. Sie haben weitergemacht. Sie haben Kredite ausgegeben, die auf den Leistungen anderer basierten, bis die Ihnen offenstehenden Möglichkeiten einer Rückzahlung auf eine einzige reduziert waren. Vor einem Jahr – vor zwei Jahren – hätten Sie einmal darüber nachdenken sollen, warum man Ihnen erlaubte, weiter Kredite auszugeben, auszugeben, weit über den Betrag hinaus, den jemand während einer normalen Lebensspanne zurückzahlen kann. Doch das haben Sie nicht getan.

Also bleibt an mir die Arbeit hängen, Ihnen alles erklären zu müssen, nachdem Sie sich der Illusion hingegeben haben, daß Sie sich vor der Rückzahlung Ihrer Schuld drücken könnten.« Dobson seufzte schwer, und seine hellen Augen blickten auf das komplexe Gewirr von Prothesen, die das Leben Hal Pages zusammenhielten.

»Wir müssen zu den Sternen, Hal. In den Raum vorstoßen. Wie ich Ihnen bereits erklärte, sind wir dazu gezwungen, weil wir so viel Energie absorbieren müssen, so viel frustrierte Kreativität, so viel Können und Ungeduld. Eines Tages werden wir mit Lichtgeschwindigkeit fliegen, schnell und frei, doch bis zum Beginn dieser Epoche brauchen wir Späher, Forscher, Pfadfinder ... Sie, Hal; Sie werden nach Rigel gehen, als Kommandant und Crew eines langsamfliegenden Raketenschiffes, und der Trip nach Rigel und zurück wird ungefähr dreihundert Jahre dauern. ...«

Gleiche Chance

Einige der schwersten Schlachten des Zweiten Weltkrieges tobten monatelang im Umkreis des Stammesgebietes der Kalangs, doch nur einmal geschah es, daß die Ereignisse der großen Welt auf das unzugängliche Bergland des nördlichen Burma übergriffen, in dem sie lebten.

Dieser Übergriff begann, als ein Aufklärungsflugzeug auf dem Rückweg von einer riskanten, doch wichtigen Aufgabe unweit dieses Gebietes Motorschaden hatte. Der Pilot blieb auf seinem Platz, bis sein Navigator ausgestiegen war und sicher an seinem Fallschirm hing, dann folgte er ihm. Er landete im dichten Geäst eines hohen Baums, aufmerksam beobachtet von einer Jägergruppe der Kalangs, mit ein paar Verstauchungen, Kratzern und Beulen, aber sonst unverletzt.

Was die kleinen, braunen Jäger sowohl von den weißen, als auch von den gelben Menschen wußten, veranlaßte sie zu tiefem Mißtrauen gegenüber allen Fremden. Doch die Art der Ankunft des Piloten – auf weißen Schwingen vom Himmel zu gleiten – war für sie so eindrucksvoll, daß sie ihren ersten Impuls, ihn sofort zu töten, unterdrückten. Statt dessen führten sie ihn vor den Spitzen ihrer Jagdspeere in ihr Dorf, wo ihm der Häuptling, nach Konsultation der Omen, das Gastrecht gewährte, ihm eine Hütte und Essen gab und gegen seine Schmerzen einige Töpfe des starken *Ku*, einem bierähnlichen Getränk der Kalangs.

Das Flugzeug und die Kameras an Bord waren natürlich verloren; doch der Auftrag war von einer solchen Wichtigkeit, daß ein Suchtrupp ausgesandt wurde, um Überlebende zu finden, die vielleicht mündliche Informationen geben konnten. Der Pilot wurde entdeckt, im Fieber, doch lebend. Der Offizier, der den Suchtrupp führte, übergab den Kalangs in Anerkennung ihrer Pflege enorme Geschenke in Form von Tee, Tabak und Salz.

Als die Fremden fort waren, fuhren die Finger des Häuptlings zärtlich über den wunderbaren Stahl einer Machete, die er sich als seinen persönlichen Anteil an der Belohnung ausbedungen hatte, und befahl, daß jeder Fremde, der auf dieselbe Art vom Himmel herabschwebte, auf die gleiche Art willkommen geheißen werden sollte.

Tambah war zu der Zeit natürlich noch nicht geboren, doch wußte er von allem durch die lange umfassende belehrende Erzählung, die er von seinem Vater gehört hatte. Er hatte die Machete gesehen, jetzt zwar etwas angerostet, doch noch immer bewundernswert; er hatte die zerfetzte zeremonielle Robe gesehen, die der damalige Häuptling sich aus dem Fallschirm hatte machen lassen, und die bei sehr feierlichen Anlässen noch immer von seinem Nachfolger getragen wurde. Den jetzt hungernden und leidenden Kalangs solche Reichtümer zu bringen, wie sie in der Erzählung geschildert wurden, war seit langem Tambahs glühendster Wunsch.

Und eine noch stärkere Antriebskraft war seine Wut. Der Häuptling hatte ihn zweimal bei den Mannbarkeitsriten zurückgestellt, mit verächtlichen Bemerkungen über seine kleine Statur, zurückgebliebene sexuelle Entwicklung und allgemeine Inkompetenz. Und das war der Grund dafür, daß er seine große Entdeckung für sich behalten hatte.

Nicht nur das. Er war losgegangen, um sein Wissen mit anderen Menschen zu teilen – mit Fremden –, bevor er seiner eigenen Familie darüber berichtete. Es war ein großes Risiko, und obwohl er wußte, daß die Chance, verfolgt zu werden, minimal war – nach dem Erscheinen noch nie zuvor beobachteter Zeichen am Himmel war nach langer Debatte beschlossen worden, daß der ganze Stamm einen Versöhnungsritus für die Götter durchführen sollte, der drei volle Tage dauern würde –, blickte er unwillkürlich alle zwei, drei Minuten hinter sich. Er war müde, und seine Füße waren aufgeschunden; seine Last wurde bei jedem Schritt, den er machte, schwerer. Doch er taumelte verbissen weiter, gezogen von dem Traum, den fliegenden Menschen ihr Eigentum zurückzugeben und dadurch neuen Reichtum für die Kalangs zu erlangen.

Es war früher Morgen, als er aus dem dichten Dschungel trat und bei einem aus dem Boden ragenden Felsen stehenblieb; vor ihm lag ein Dorf aus seltsamen, konisch geformten Hütten. Ein paar Sekunden lang konnte er sich nicht erklären, was sie sein mochten, doch dann sah er einen Mann aus einer der Hütten heraustreten und erkannte, daß er sein Ziel erreicht hatte. Er sollte vorsichtig sein, wußte er, doch irgendwie war ihm der Grund dafür entfallen. Seine Gedanken waren vernebelt; die Schmerzen in seinen Füßen waren dumpf und unwirklich, und sein Mund war sehr trocken ...

Nein: nicht völlig trocken. Er saugte automatisch an seinen Zähnen und fuhr mit dem Rücken der Hand, die nicht seine Last abstützte, über seine Lippen. Als er sie wieder sinken ließ, war eine dünne Blutschmiere auf der Haut.

Doch seine Erschöpfung ließ ihn nicht einmal darüber nachdenken. Er stolperte auf das Dorf der fliegenden Menschen zu und versuchte, ihnen die Nachricht, die er für sie mitbrachte, zuzurufen.

Jan Bailey ging zum letzten Mal um den Jeep herum, um sich zu versichern, daß die Kisten mit den zerbrechlichen Ampullen sicher festgebunden waren, wischte mit der Hand ein paar Dreckspritzer von dem Emblem der Welt-Gesundheits-Organisation an der Tür des Wagens und seufzte.

»Scheint alles in Ordnung zu sein«, murmelte er. »Glaubst du, daß ihr sie heute finden werdet?«

»Ich denke, daß wir heute eine bessere Chance dazu haben als gestern«, sagte Dinah Ashman, die im hinteren Teil des Jeeps Injektionsnadeln zählte. »Wir wissen, daß wir uns bereits im Gebiet der Kalangs befinden – wir haben zum Beispiel dieses verlassene Dorf gefunden.«

»Bist du sicher, daß es freiwillig verlassen worden ist?« konterte Carlos, der hinter dem Lenkrad saß.

»Darüber haben wir uns doch schon eingehend unterhalten«, erwiderte Dinah scharf. »Ja, ich bin sicher! Es war schließlich dort, wo du herkommst, eine durchaus gängige Methode: rode ein Stück Land, lauge den Boden völlig aus und zieh dann mit dem ganzen Stamm weiter.«

Carlos runzelte die Stirn. Jan, der befürchtete, daß sich eine Diskussion entwickeln mochte, die während der langen, vor ihnen liegenden Expedition zu Reibungen führen konnte, sagte: »Hört zu, ich weiß, es ist nicht mein Fachgebiet, aber überlegt doch einmal: Wir wissen, daß sie sehr scheu sind, und daß sie bis zum heutigen Tage jeden Kontakt mit der Außenwelt vermieden haben – abgesehen von kurzen Zusammenstößen mit Soldaten zwischen neunzehnhundertdreiundvierzig und -vierundvierzig. Wäre es nicht denkbar, daß sie Gerüchte von unserer Ankunft gehört haben und sich vor uns verstecken? Vielleicht haben sie den riesigen Meteor, der vorgestern nacht heruntergekommen ist, als eine Warnung des Himmels vor uns aufgefaßt.«

»Dann müssen wir sie eben ausgraben und sie überzeugen, daß wir ihnen nichts Böses wollen«, antwortete Dinah. »Sie leben schließlich nicht vollkommen isoliert. Wenn das der Fall wäre, könnten wir sie ignorieren. Aber solange sie ein Infektionsherd der Framboesie* sein könnten, ist jeder Kontakt mit irgendwelchen anderen Menschen verdammt gefährlich.«

»Du sitzt im Rettungsboot, wie man auf englisch sagt«, bemerkte Ba Thway, der auf dem Beifahrersitz saß. »Wer soll denn diese Überredungskünste anwenden, von denen du so leichtfertig sprichst? Für ein Land, in dem viele ethnische Gruppen zu Hause sind, bringt Amerika verdammt wenig Linguisten hervor.«

»Können wir dieses Argument nicht aufschieben, bis wir unterwegs sind?« knurrte Carlos. »Oder, noch besser, bis wir zurückkehren und uns ausruhen können?«

»Ja, ihr habt einen harten Tag vor euch«, sagte Jan. »Aber macht euch keine Sorgen. Ich werde jede freie Minute darum beten, daß ihr den Weg zurück findet.« Er zog seinen son-

* Himbeerseuche

nenbraunen Arm zurück, mit dem er sich auf die Tür des Jeeps gestützt hatte. Carlos schaltete das kleinere der beiden Differentialgetriebe ein, und der Jeep fuhr holpernd über den unebenen Boden.

Jan blickte ihm nach, bis er hinter einer Bodenwelle verschwand. Falls sie diese schwer faßbaren Kalangs jemals finden sollten, versprach er sich, würde er sich ein paar Tage frei nehmen und bei den Impfungen helfen. Als er zu diesem WHO-Team gestoßen war, hatte er die Leute bedauert, weil ihre Arbeit so monoton war: ein Dorf finden, das Vertrauen der Leute gewinnen, sie im Fließbandverfahren impfen, und dann weiterziehen, um die ganze Chose zu wiederholen. Er war sicher gewesen, daß sein eigenes Projekt – eine Studie der Formen von Krankheitsübertragung durch wasservermehrte Insekten – weitaus abwechslungsreicher und interessanter war.

Doch jetzt, wo er an vier von fünf Tagen allein im Camp zurückgelassen wurde, begann er sich ausgesprochen zu langweilen.

Und auch nervös zu werden, sagte er sich, als er – es mochte etwa eine halbe Stunde später sein – zusammenfuhr und beinahe die kostbare Flasche mit dem destillierten Wasser fallen gelassen hätte, als er aus dem Augenwinkel heraus ein helles Aufblitzen zu sehen glaubte, wie den Reflex auf einer Glasscheibe. Bei genauem Hinsehen konnte er keinerlei Bewegung in der Richtung entdecken; trotzdem setzte er sich sofort in Bewegung, um das Gebiet zu kontrollieren, nachdem er – ein wenig verlegen – die einzige Waffe der Expedition, eine Schrotflinte, aus Carlos' Zelt geholt hatte.

Hinter einem Felsen tauchte ein nackter, brauner Junge auf und kam ihm entgegen. Er trug einen großen, glänzenden Gegenstand auf der Schulter und schleppte seine Füße durch den Staub, als ob er am Ende seiner Kräfte wäre. Zuerst schien er Jan nicht zu bemerken. Und als er es tat, blieb er stehen, ließ den glänzenden Gegenstand von seiner Schulter gleiten und versuchte, ihn Jan wie eine Opfergabe entgegenzustrecken. Doch das Gewicht war zu groß. Er glitt ihm aus den Händen und schlug mit einem metallischen Dröhnen auf den Boden – und eine Sekunde später brach der Junge bewußtlos zusammen.

Verdammt! Jan blieb perplex stehen, versuchte, sich die wenigen burmesischen Ausdrücke, die er kannte, ins Gedächtnis zurückzurufen – obwohl er sicher war, daß diese Sprache hier nicht verstanden wurde – und wünschte, daß die anderen hier wären. Seine medizinischen Kenntnisse gingen nicht über Erste Hilfe hinaus, und dieser Junge war offensichtlich schwer krank. Sein Körper war mit Kratzern und Beulen bedeckt, seine Füße waren zerschunden und voller Dornen, und weil er so mager war, sah Jan an der hervortretenden Halsschlagader, daß sein Puls wie ein Hammer ging. Außerdem rann Blut aus seinem Mund; wahrscheinlich hatte er sich beim Fallen die Lippe aufgeschlagen, überlegte Jan.

Erschöpfung in Kombination mit Hitzschlag, war seine Diagnose. Jan hob den reglosen Körper auf seine Arme und trug ihn zum nächsten Zelt – Carlos' Zelt –, wo er ihn auf das Feldbett legte. Er säuberte die Schürfwunden und zog die schlimmsten Dornen heraus, in der Hoffnung, daß der Junge bald wieder zu sich kommen würde. Als er das nicht tat, holte er einen Eimer Wasser und das größte Wischtuch, das er finden konnte, um ihm kalte Stirnkompressen zu machen. Bevor er das tat, benutzte er das feuchte Tuch jedoch dazu, das Blut vom Kinn des Jungen zu wischen.

Und jetzt begann er, sich Gedanken zu machen: das Blut rann weiter. Als er die Unterlippe des Jungen zurückzog, sah er, daß es aus den Gaumen sickerte. Er starrte einen Augenblick verwirrt auf das langsam hervorquellende Blut, dachte an Parodontose, weil ihm nichts Besseres einfiel (hatte er nicht irgendwo gehört, daß sie in irgendeinem Zusammenhang mit endemischer Framboesie stünde?), und holte Watte und ein antiseptisches Mittel, mit dem er den blutenden Gaumen abtupfte. Der Junge rührte sich nicht, er lag jetzt im tiefen Koma.

Was könnte diesen Zustand herbeigeführt haben? Verwirrt ließ Jan ihn im Zelt zurück, nachdem er alles für ihn getan hatte, was er tun konnte, und machte sich auf die Suche nach dem glänzenden Gegenstand, den er getragen hatte, in der vagen Hoffnung, daß dieser ihm irgendeinen Hinweis geben könnte. Es war ein seltsames Objekt in diesem abgelegenen Winkel der Welt. Vielleicht war es von einem Flugzeug abgefallen, hatte den Jungen getroffen, ihn verletzt, und er war dann wütend aus dem Dschungel gestürmt, um Entschädigung zu verlangen ...?

Sinnlos, einfach herumzuraten. *Halte dich an die Tatsachen!* rief Jan sich zur Ordnung und betrachtete das Objekt von allen Seiten. Es bestand ganz aus Metall. Aus seinem leichten Gewicht schloß er, daß es sich wahrscheinlich um eine Aluminium-Magnesium-Legierung handelte. Es war präzise gerundet, doch eine seiner Kanten war ausgezackt, als ob es durch eine Explosion von dem Gerät abgerissen worden war, zu dem es gehört hatte. Eine Seite war verfärbt, anscheinend durch starke Hitzeeinwirkung.

Obwohl es im Verhältnis zu seiner Größe sehr leicht war, schätzte er es doch auf dreißig Pfund – ein ziemliches Gewicht, wenn ein ausgemergelter Junge es durch den Dschungel schleppen muß!

Eine neue Hypothese löste die alte ab, und sie schien weitaus wahrscheinlicher zu sein. Ein Flugzeug war abgestürzt. Der Junge, der davon berichten wollte, sich jedoch außerhalb seines Stammes mit niemand verständigen konnte, mußte das Stück Metall mitgenommen haben – damit es für sich selbst spräche – und losgezogen sein; er war vielleicht tagelang unterwegs, bis er einen Weißen traf. Ja, das hatte einen Wahrscheinlichkeitswert.

Aber auch dann gab es nichts, was Jan unternehmen konnte. Er kannte die Sprache des Jungen nicht, und der Junge konnte nicht aufstehen, geschweige denn, ihm die Absturzstelle zeigen; und das Land um die Camp-Lichtung herum war ohne Straße, ohne Wege, selbst ohne Pfade für jeden, der nicht hier geboren und aufgewachsen war.

Also konnte er nichts anderes tun, als warten, bis es Abend wurde und die anderen zurückkamen.

Wenn sie zurückkamen. Wenn sie nicht die Kalangs finden und beschließen sollten, sie nicht wieder aus den Augen zu lassen, bis sie alle geimpft waren.

Die Logik der Schlußfolgerung, die er gezogen hatte, war unangreifbar, also beschloß er, seine Tagesarbeit fortzusetzen. Es war ihm jedoch unmöglich, wie er bald feststellte, sich darauf zu konzentrieren. Alle paar Minuten drängte es ihn, in Carlos' Zelt zu blicken. Er wußte, daß es sinnlos war, doch irgend etwas, das am Rand seines Bewußtseins nagte, zog ihn wieder und wieder zu dem Zelt zurück.

Schließlich, nach einem Blick auf die Uhr, zwang er sich, eine volle Stunde nicht zu Carlos Zelt zu gehen. Doch als die Stunde um war, eilte er im Laufschritt zum Zelt, so groß war die angestaute Spannung.

Der Junge hatte sich ohne aufzuwachen auf die Seite gerollt. Jans erster Gedanke war, daß er irgendeine schwarze Masse erbrochen hatte, und Visionen von Cholera fluteten durch sein Gehirn. Dann war der Moment der Halluzination vorbei und er erkannte, daß der dunkle Fleck auf dem Kissen ein großes Haarbüschel war, daß sich aus der Kopfhaut des Jungen gelöst hatte.

Im gleichen Augenblick identifizierte er das Gefühl, das in seinem Unterbewußtsein genagt hatte.

Dieses Zelt gehörte Carlos. Als Fahrer und Mechaniker der Expedition verfügte er auch über das Meßgerät für Radioaktivität. Das letzte der Abkommen gegen atmosphärische Atomexplosionen war zwar nach wie vor in Kraft, aber moderne Techniken hatten den Erwerb nuklearer Waffen in die Reichweite vieler kleiner Länder gebracht. Und die Großmächte hatten die Massenvernichtungsmittel zu einem solchen Statussymbol gemacht, daß jeden Augenblick ein neues Mitglied an der Pforte des Atom-Clubs erscheinen konnte. Aus diesem Grund überprüfte Carlos Abend für Abend die Luft mit seinem Gerät und trug die Ergebnisse auf einem großen vorgedruckten Bogen ein, der nach Komplettierung an die UN geschickt werden würde.

Und jetzt hörte er, gedämpft durch die Ansammlung von

allem möglichen Zeug, das Carlos unter seinem Bett verstaut hatte, den Geigerzähler leise vor sich hin kichern.

Jan riß ihn hastig aus seinem Kasten. Er richtete das Gerät auf den Jungen, und als er es langsam über dem reglosen Körper schwang, steigerte das Kichern sich zu einem Schrei, fiel dann auf eine niedere Frequenz, als das Gerät automatisch auf eine tiefere Empfindlichkeit umschaltete; es hatte rascher ausgeschlagen als die Feder es zurückholen konnte.

Schweißüberströmt, in einer Art beherrschter Panik, trat Jan wieder hinaus. Er machte sich eine improvisierte Greifzange aus zwei langen Stöcken und trug damit das Metallstück ein gutes Stück vom Camp fort, obwohl seine Muskeln dagegen protestierten, ein solches Gewicht weit von seinem Körper entfernt an einem ungünstigen Hebelarm zu tragen. Er ließ es zwischen zwei Felsblöcken fallen, die eine gewisse Abschirmung bieten sollten, und warf die beiden Stöcke dazu.

Dies würde für den Jungen hart sein, überlegte er, als er einen großen Topf Wasser auf das Feuer setzte und ein Stück desinfizierender Seife hervorsuchte. Doch es mußte getan werden, auch wenn es jetzt wahrscheinlich sinnlos war. Und später mußte er sich dann ebenfalls waschen, seine Nägel auskratzen, seine gesamte Kleidung wechseln ...

Verzweifelt fragte er die teilnahmslose Luft, woher ein burmesischer Wilder den schlimmsten Fall von Strahlungskrankheit bekommen haben konnte, den er jemals erlebt hatte.

Als die anderen am späten Abend zurückkehrten – niedergedrückt, weil es ihnen wieder nicht gelungen war, den Kalang-Stamm zu finden –, wollten sie ihm einfach nicht glauben. Erst nachdem Carlos das Metallstück mit dem Geigerzähler überprüft hatte, waren sie überzeugt. Und genauso verwirrt wie Jan.

Sie konnten nur hoffen, daß der Junge reden würde, bevor er starb; um die Chance zu erhöhen, stellten sie seine Blutgruppe fest und entdeckten, daß sie durch einen glücklichen

Zufall mit der von Ba Thway übereinstimmte. Dinah führte sofort eine Bluttransfusion durch, und Jan und Charlos unternahmen eine zweite – sehr vorsichtige – Untersuchung des Metallstückes.

»Was hältst du davon?« fragte Jan.

Carlos zögerte. Schließlich sagte er: »Ehrlich gesagt, ich frage mich, ob es wirklich ein Meteor gewesen ist, den wir vorgestern nacht gesehen haben.«

Jan schob die Lippen vor. Er wußte natürlich, worauf Carlos anspielte: er hatte selbst an diesem Vormittag das bisher aufregendste Ereignis ihrer Expedition erwähnt. Sie hatten es alle gesehen, weil es nach Anbruch der Nacht geschehen war, als sie gerade schlafen gehen wollten: ein riesiger, sichelförmiger Feuerschweif am nächtlichen Himmel, gefolgt von einem donnernden Geräusch, daß nach Carlos' Erklärung darauf hindeutete, daß ein großes himmlisches Trümmerstück in die tiefere Atmosphäre eingedrungen war, ein Meteorit von außergewöhnlicher Größe.

Jan schob die Unterlippe vor. »Ich verstehe! Du meinst ... Also, ich bin verdammt sicher, daß es kein brennendes Flugzeug gewesen sein kann, weil ich sowas schon zwei- oder dreimal gesehen habe. Aber was dann? Du meinst doch nicht etwa eine Rakete mit einem Atomsprengkopf?«

»Ich bin nicht sicher, was ich meine«, murmelte Carlos. »Aber im Prinzip nein. Um eine solche Ladung aufzunehmen, muß ein Metallstück der Reaktion so nahe gewesen sein, daß es geschmolzen wäre, und ich glaube, dieses ist zu sorgfältig hergestellt, zu genau geformt. In Sprengköpfen kommt es zu keiner Reaktion, wenn man nicht aufs Ganze gehen will. Aber denke doch mal an einen Atomantrieb.«

Jans Herz schien zu erschauern. Er hatte aus zweiter und dritter Hand, von mehreren Kollegen, erfahren, daß auf diesem Gebiet ein Durchbruch bevorstehe, und jeder, mit dem er darüber gesprochen hatte, war über die Vorstellung entsetzt, daß radioaktives Material breitflächig in die Stratosphäre verstreut werden sollte. »Bist du sicher?« fragte er.

Carlos zuckte die Schultern. »Wer kann schon sicher sein,

wenn man nichts anderes als so ein Stückchen Schrott in der Hand hat? Aber wo kann es leichter zu einer Panne kommen? Bei einer Rakete, die genau wie Tausende von anderen ist, die bereits abgefeuert worden sind, oder bei irgendeinem Raumfahrzeug mit einem nuklearen Triebwerk, das sich noch im Erprobungszustand befindet? Komm, laß uns zurückgehen. Ich will mit Rangoon sprechen.«

Die UN-Beamten in Rangoon waren ebenfalls skeptisch, um so mehr, als die Bluttransfusion den Jungen nicht ins Bewußtsein zurückgeholt hatte und das WHO-Team ihnen nur einen sehr lückenhaften Bericht geben konnte. Trotzdem kam zwei Stunden nach Carlos' erstem Bericht eine Antwort. Das Team sollte an Ort und Stelle bleiben; am Morgen würde man eine Luftaufklärung des Gebiets durchführen.

»Ah!« sagte Carlos zynisch. »Was für eine schnelle Reaktion. Wahrscheinlich deshalb, weil die burmesische Armee unseren gesamten Funkverkehr überwacht.«

Obwohl alle müde waren, fand keiner von ihnen viel Schlaf in dieser Nacht. Sie wachten abwechselnd bei dem Jungen, und diskutierten am Feuer unfundierte Theorien. Carlos' Hypothese, daß es sich um den Absturz einer atomgetriebenen Rakete handeln könne, war unangenehm überzeugend, und falls sie in ein Geheimprojekt der burmesischen Regierung gestolpert sein sollten, war Deportation das Günstigste, was sie sich erhoffen konnten, wahrscheinlich aber ein langer Aufenthalt in irgendeinem abgelegenen Gefängnis. Andererseits konnte das abgestürzte Ding von sehr weit her stammen ...

Bei Anbruch der Dämmerung waren sie fast überzeugt, daß Rangoon ihnen die Suche nur versprochen hatte, um sie vorläufig zum Schweigen zu bringen. Sorge mischte sich mit Erleichterung, als Jan kurz nach Sonnenaufgang das erste Flugzeug sichtete. Auf seinen Ruf kamen die anderen angelaufen.

»Hochfliegende Aufklärungsmaschine«, sagte Carlos schließlich, nachdem er sie eingehend mit dem Fernglas beobachtet hatte. »Genau das Richtige für diese Art Gelände! Bis die wieder auf ihrer Basis sind und den Film entwickeln ... Haben sie denn keine Helikopter?«

»Helikopter sind langsam«, erwiderte Ba Thway scharf. »Wie könnten sie so rasch hier sein wie ein Flugzeug?«

Im ersten Moment befürchtete Jan, als er die erregten Stimmen hörte, daß die Übermüdung die beiden zu einer Auseinandersetzung treiben könnte, doch glücklicherweise sorgte Dinah für eine Unterbrechung, als sie vor den Eingang des Zelts trat, in dem sie sich um den Jungen kümmerte.

»Er hat die Augen geöffnet! Ba, komm schnell!«

Ba hatte immense Schwierigkeiten, die Worte des Jungen zusammenzufügen. Der lokale Dialekt – der, wie sie verblüfft feststellten, die Sprache des Stammes war, den sie suchten – war lediglich entfernt verwandt mit den Sprachen, die er studiert hatte, und der Junge befand sich die meiste Zeit am Rand des Deliriums. Sie erfuhren jedoch, daß er Tambah hieß, daß er wütend auf seinen Häuptling war, daß es eine Legende über einen Mann vom Himmel gab, und daß jemand, der den fliegenden Menschen etwas von einem Absturz berichtete, damit rechnen konnte, den Kalangs reiche Schätze zu bringen.

Doch an diesem Punkt begann Ba seiner Übersetzung zu mißtrauen. Denn Tambah schien anzudeuten, daß sich ein Mann in dem abgestürzten Flugzeug befand, und das war natürlich offensichtlich Unsinn. Wie Carlos erklärte, waren die Länder, die so weit entwickelt waren, um einen Nuklearantrieb konstruieren zu können, auch so weit entwickelt – und hatten soviel Achtung vor Menschenleben –, um das Kontrollsystem zu automatisieren. Der Mann in den Trümmern konnte also nur eine Wunschvorstellung Tambahs sein; er mußte jetzt so durcheinander sein, erklärte der Mexikaner, daß er die traditionelle Legende über einen Mann vom Himmel mit dem verwechselte, was er selbst gesehen hatte. Und sein Verhalten schien diese Idee zu bestätigen; er rollte seine Augen vor Angst, wann immer er seine Umgebung so bewußt wahrnahm, daß er auf sie reagierte, und die ganze

Zeit stöhnte er seine kaum verständliche Bitte nach einer Belohnung.

Ba klopfte ihm beruhigend auf die Brust und blickte Dinah an.

»Wie lange wird er durchhalten?« flüsterte er – was lächerlich war, denn der Junge konnte unmöglich Englisch verstehen.

»Wenn wir einen Helikopter herbeirufen und ihn in ein richtiges Hospital bringen können, hätte er vielleicht eine Chance. Wenn wir ihn hierlassen, stirbt er morgen oder übermorgen. Ich glaube, daß ohnehin kaum noch Hoffnung besteht.«

»Ich denke, ich sollte versuchen, eine Beschreibung der Absturzstelle aus ihm herauszubekommen«, murmelte Ba. »Laßt uns allein. Ich glaube, ich höre Motorengeräusch. Seht nach, ob das Helikopter sind.«

Es waren welche. Doch sie flogen über das Camp hinweg und kehrten nicht vor Mittag zurück; und um die Zeit lag der Junge wieder im Koma.

Aus der Führungsmaschine stieg ein Offizier der burmesischen Luftwaffe, klein, braun, und dicklich, und erklärte ihnen, daß er den Befehl habe, das Vorhandensein des mysteriösen Teils aus radioaktivem Metall zu verifizieren, da das Aufklärungsflugzeug keine Spur eines Absturzes habe finden können. Außerdem wollte er nähere Auskunft über die Tätigkeit des Teams und reagierte mit höflicher Verachtung, als er erfuhr, daß sie mehrere Wochen lang auf erfolgloser Suche nach den Kalangs gewesen seien, nur um von einem Jungen dieses Stammes hier gefunden zu werden.

Als er das Gespräch zu Ende brachte, kamen weitere Helikopter in Sicht; diesmal ein komplettes Geschwader, dreizehn Maschinen stark. Von diesem Zeitpunkt an, während des ganzen, unendlich langen Nachmittags, befanden sie sich nie außer Hörweite. Irgend jemand hoch oben an der Spitze, überlegte Jan, mußte diesen Vorfall sehr ernst nehmen, um so viele Maschinen dafür einzusetzen. Er sagte das Carlos.

Der Mexikaner antwortete mürrisch: »Ich könnte mich irren, weißt du. Es *muß* kein Teil eines Nuklearantriebs sein, was wir hier haben. Es könnte genausogut ein Stück einer Atomwaffe sein, die wie ein feuchter Feuerwerkskörper versprüht ist. Aber wenn nackte Wilde jetzt auch schon Nuklearwaffen bauen, kann ich nur sagen, daß ich sehr schnell von dem Planeten Erde verschwinden möchte.«

Es war schon fast Sonnenuntergang, als derselbe Offizier, der zuvor mit ihnen gesprochen hatte, zurückkehrte. Zwei Stunden lang hatten sie keine Nachrichten gehört, als ob jemand Funkstille angeordnet hätte – denn bis zu diesem Zeitpunkt hatten sie hin und wieder Gespräche zwischen den Piloten der Suchflugzeuge aufgefangen.

Plötzlich näherte sich ein Schwarm von Helikoptern dem Camp. Einer von ihnen trug eine große, dunkle Wanne unter seinem Rumpf, während die anderen ihn von allen Seiten umgaben, als ob sie Geleitschutz flögen. Das WHO-Team stand verwundert vor seinen Zelten und fragte sich, was für eine Ladung sie herbringen mochten.

Dann löste der Helikopter sich von den anderen, setzte mit dröhnenden Motoren auf, und der Offizier kletterte heraus, sehr bleich und abgespannt. Zunächst schien er nicht zu wissen, was er sagen sollte; schließlich riß er sich zusammen und starrte sie an, als ob sie Geister seien.

»Ich ... ich habe Befehle für Sie«, preßte er heraus. »Kehren Sie sofort zu Ihrer Basis zurück. Benutzen Sie auf gar keinen Fall Ihr Funkgerät, und sagen Sie niemandem, warum Sie vor Abschluß Ihrer Arbeit zurückkehren.«

»Was?« Die Mitglieder des Teams traten geschlossen einen Schritt vor.

»Ich ...« Der Offizier wischte sein verschwitztes Gesicht ab. »Oh, ich werde Ihnen sagen, was los ist, bevor ich Ihnen etwas verbiete. Hören Sie zu: Wir haben die abgestürzte Maschine gefunden, die Trümmer sind über eine Quadratmeile im Dschungel verstreut. Wir haben auch den Piloten gefunden.«

Ba Thway rief verwundert: »Also hat Tambah nicht phantasiert, als er sagte, daß er einen Mann in dem Ding gesehen hätte.«

»Nein.« Der Offizier blickte ihn seltsam an. »Nein, er hat sich geirrt, wenn er sagte, daß es ein Mensch sei.«

Jan war der einzige, der begriff, was der Offizier damit sagen wollte. Er spürte, wie alles Blut aus seinem Gesicht wich.

»Soll das heißen, daß der Pilot kein Mensch war?« flüsterte er.

»Richtig«, sagte der Offizier. Sein Blick war auf die verschwimmenden Silhouetten der anderen Helikopter gerichtet. »Sie fliegen jetzt zum Hospital, man will versuchen, ihn zu retten – oder ich sollte wohl besser sagen: *es* zu retten.«

»Oh, mein Gott«, sagte Dinah tonlos, und dann noch einmal: »Oh, mein Gott.«

»Eine Atomrakete«, murmelte Carlos. »Mit einem Wesen von einem anderen Planeten ... Oh, das ist phantastisch!«

»Ich habe es gesehen«, sagte der Offizier. »Und was Sie sagen, ist auch nicht ganz richtig. Es ist zertrümmert, aber man kann deutlich erkennen, daß es keine gewöhnliche Rakete war. Etwas anderes.«

»Aber mit einem Atomantrieb?« sagte Carlos. »Natürlich muß es ein Atomantrieb sein, um dieses Metallstück so zu verseuchen.« Er deutete zur anderen Seite des Camps.

Der Offizier schluckte schwer. »Das glaube ich nicht. Wir haben Geigerzähler eingesetzt und die Außenseiten des Rumpfes untersucht, und auch die Innenseiten, soweit wir sie erreichen konnten. Die Strahlung ist nur an den Außenflächen.«

Sie warteten. Er war noch nicht damit fertig, ihnen seinen furchtbaren Verdacht zu erläutern. Der Entschluß, fortzufahren, fiel ihm so schwer, daß sein ganzes Gesicht mit Schweißperlen bedeckt war, und als er weitersprach, stieß er seine Worte fast zwanghaft hervor, und seine Stimme verriet tiefe Bewegung.

»Nein, sehen Sie – wir haben ... die Pilotenkabine gefunden, und Teile des Antriebs, und etwas, das ... es kann nichts anderes sein als Kanonen.«

Kanonen? Jan trat unwillkürlich einen Schritt vor, doch der Offizier schien es nicht zu bemerken, unterbrach den Fluß seiner leisen, furchtbaren Worte nicht.

»Auf einer ganzen Seite, wissen Sie. Metall ist in der Hitze weich geworden, geschmolzen. Hohe Strahlung. Ich glaube, daß die Maschine nicht zufällig hier abgestürzt ist. Ich glaube ...«

Jetzt machte er eine Pause und blickte von den startenden Helikoptern fort, die am dunklen Nachthimmel verschwanden, wo die ersten Sterne aufflimmerten.

»Ich glaube, daß irgendwo dort oben ein Krieg stattfindet. Ich glaube, daß das Schiff abgeschossen wurde. Und was ich wissen möchte ist: Wer wird herkommen, um nach Überlebenden zu suchen?«

Der Navigator des Aufklärungsflugzeuges war lange vor dem Piloten abgesprungen und gut zwanzig Meilen von ihm entfernt gelandet. Er kam sicher zu Boden, in Sichtweite eines Dorfes des Ipoh-Stammes, wo man genausowenig von den Kalangs wußte wie von dem Fortgang des Zweiten Weltkrieges.

Es waren jedoch nette und gastfreundliche Menschen; sie zeigten sich durch die Art der Ankunft des Mannes, der auf weißen Flügeln vom Himmel herabgeschwebt kam, stark beeindruckt. Sie gaben ihm Nahrung und Unterkunft, und als ein Suchtrupp von den nächstgelegenen Linien eintraf – wo man das Öffnen des Fallschirms beobachtet hatte –, fanden sie den Navigator am Leben und wohlauf. Der Offizier, der den Suchtrupp führte, erschoß den Häuptling, wie es sich gehörte, wegen Kollaboration mit dem Feind und machte das Dorf dem Erdboden gleich.

Auf dem Planeten

Sie sahen einander im selben Moment, und keiner der beiden konnte den Gesichtsausdruck des anderen verstehen. Der Junge dachte: »Warum sieht sie so gedankenvoll aus? Oder ist es ... nein! Sie kann sich doch nicht langweilen!« Und das Mädchen konnte sich nicht den Ausdruck von Erstaunen – er war unverwechselbar – auf dem Gesicht des Jungen erklären.

Ihre Gesichter veränderten sich. Sie lächelte. Er sah es und erwiderte ihr Lächeln zögernd. Mehrere Sekunden lang standen sie reglos. Dann machte sie, völlig ohne es beabsichtigt zu haben, eine einladende Geste und deutete neben sich auf den Boden. Sein Lächeln erlosch, kehrte zurück, und er sah sich nach einem Pfad zur Kuppe des grasbewachsenen Hügels um, auf dem sie saß. Während sie auf ihn wartete und ihr Herz erregt schlagen spürte: es schlug an ihre Rippen, bis sie glaubte, es würde herausspringen und wie ein kleiner, warmer Vogel in die rauchige Nachmittagsluft fliegen.

Dies war etwas, womit sie nicht gerechnet hatte, als sie hier herausgekommen war, zu diesem Platz, von dem sie einen klaren Blick über die verschmutzte Landschaft hatte, die den Raumflughafen umgab. Von dem Hügel, der mit seinen fünfzig oder mehr Fuß die höchste Erhebung war, konnte sie die flache Betongrube sehen, den schmutzig-grauen Landeplatz, mit den fünf Meilen langen Tunnels des Transportsystems, die weit draußen wieder an die Oberfläche kamen, als ob der Hafen eine schüsselförmige Blüte wäre, die blinde Wurzeln nach allen Richtungen ausstreckte. Was sie nicht sehen konnte, war natürlich die Fliegende City, die in ca. dreiundzwanzig Meilen Höhe direkt über ihnen stand, auf der anderen Seite des grau und blau gefransten Himmels.

Doch es war nicht dies, was sie hergebracht hatte: nicht die Möglichkeit dieses oder eines anderen Treffens.

Sie war verwundert gewesen, als sie den Jungen so nahe in ihr Gesichtsfeld hatte treten sehen. Er trug die Kleidung, die sie oft und oft auf Fotos und im Fernsehen gesehen hatte: den schlichten, weißen Overall, der überall mit Symbolen versehen war, die die genaue Funktion seines Trägers in der abgeschlossenen Welt einer fliegenden City kennzeichneten, auf der Brust, auf dem Rücken, auf dem Hintern, und an den Beinen. Er war schlank, groß, glatt rasiert und hatte kurzgeschnittenes Haar. Jetzt kam er den steilen Hang des Hügels herauf, den Kopf gesenkt, um sicheren Halt für seine Füße zu finden, und sie erkannte, daß sie sein Gesicht noch nicht richtig gesehen hatte, nur den generellen Eindruck, der der Vorstellung von ›männlich‹ und ›jung‹ entsprach.

Das Wissen um ihren Mangel an Wahrnehmung rief eine ganze Reihe von damit verbundenen Assoziationen an die Oberfläche ihres Bewußtseins, wie einen Schwarm munterer Fische. Wieviel hatte er von ihr gesehen, so von der Seite? Hatte er so wenig von ihr gesehen wie sie von ihm: nur eine menschliche Gestalt, türkisfarbenes Kleid, braunes Haar? Oder ... ein hübsches Mädchen? Sie ging nicht so weit, sich zu fragen, ob er, der aus dem Raum kam, sie für hübsch hielte, weil er einen anderen – fremden – Wertmaßstab besaß. Doch sie dachte, daß er vielleicht nur Russisch sprach, so daß ihr Gespräch auf ein paar zögernde, stockende Worte beschränkt blieb, und die eingebildete Frustration versetzte sie sofort in Wut. Diese einmalige, wunderbare Gelegenheit verloren!

Er trug etwas. Sie versuchte zu erkennen, was es war, als er den letzten Buckel des Hangs umrundete und nur ein Dutzend Schritte entfernt wieder in ihr Gesichtsfeld kam. Und es war nicht mehr als ein Büschel von Wildpflanzen, das er aus dem Boden gerissen hatte, so daß die Wurzeln lose Sandkörner verstreuten, am anderen Ende gekrönt von ein paar unscheinbaren bläulichen Blüten.

Die Lippen leicht geöffnet, um Worte zu sprechen, die sich

nicht formen wollten, starrte sie darauf. Jetzt endlich sah sie sein Gesicht und war erleichtert. Es war nur ein Gesicht, weder hübsch noch häßlich, mit tiefliegenden Augen, einer langen Nase, einem Kinn, das eine gewisse Schwäche vermuten ließ.

Er sagte – und vertrieb damit eine Wolke sinnloser Besorgnis: »Hallo. Ah – ich heiße Valeryk.«

Die eisige Stille, die sie überkommen hatte, ohne daß es ihr bewußt geworden war, zerschmolz und war verschwunden. Sie sprang auf die Füße, ungelenk wie ein Fohlen, und wünschte, sie könnte sich elegant bewegen, anstatt mit adoleszentem Ungeschick. »Ich ... ich heiße Lucy! Du bist von dem Starship, nicht wahr?«

»Ja.« Und wieder Schweigen, doch irgendwie beruhigend dieses Mal, weil sie sich dabei sagen konnte, daß sie keinem Supermann gegenüberstand, sondern – eben einem Jungen, vielleicht achtzehn Jahre alt, höchstens zwanzig, der nicht wußte, was er einem scheuen, jungen Mädchen sagen sollte.

Er wandte sich um, verschattete seine Augen mit der Hand, in der er nicht die ausgerissene Pflanze hielt, und blickte über das gewellte, schmutzig-grüne Land zum Raumflughafen. »Man kann von hier aus gerade die Fähre sehen, mit der ich herabgekommen bin, wenn man genau hinsieht«, sagte er zu ihr. Er sprach jedes Wort gesondert aus, als ob er nicht sicher sei, wie korrekt seine Aussprache war. »Da links, siehst du sie?«

Sie starrte eifrig in die Richtung, war jedoch nicht sicher, welche der klobigen Formen rings um die Betongrube eine Raumfähre war und welche ein Gebäude. Sie waren alle metallisch-grau, und der wolkenverhangene Himmel warf keine Schatten, um die entfernten Formen hervorzuheben.

»Bleibst du lange auf der Erde?« fragte sie. Sie hatte nicht ernsthaft geglaubt, jemals einen Mann von den Sternen zu treffen. In all den Stunden, die sie hier im Lauf der Jahre verbracht und zum schweigenden Himmel emporgestarrt hatte, hatte sie an andere Welten gedacht, doch das Vermächtnis dieser halbgeformten Vorstellungen, die sich mit so einem

Zusammentreffen verbanden, ließ sie dunkel spüren, daß es falsch war, diese kostbare Zeit mit oberflächlichen Gesprächen zu vergeuden. Doch nichts anderes bot sich ihr an.

»Wir sind gestern gelandet und müssen heute abend wieder zurück«, sagte Valeryk. »Aber unglücklicherweise ist es zu einer Verzögerung bei der Lieferung einiger Güter gekommen, und ich habe ein paar Stunden zu ... zu ...«. Er machte eine vage Geste, als ob er nach einem Wort greifen wollte, das sich ihm entzog.

»Zur Verfügung?« Es war das einzige, das ihr einfiel: banal und geistlos. Sie schalt sich wegen ihrer Unfähigkeit, die richtigen Worte zu finden.

Valeryk lachte kurz auf. Es lag keine Unfreundlichkeit in dem Lachen, doch es klang irgendwie hohl, als ob es zwar gedacht wäre, aber nicht gefühlt. »Das stimmt nicht genau. Mehr zur ... zur Freude. Zu erfahren. Zu lernen.«

»Was zu lernen?« Die Möglichkeit, daß er sie als eine Störung betrachten konnte, als Hindernis in einem vorgefaßten Plan, sprang in Lucys Gehirn auf. Doch sie weigerte sich, darüber nachzudenken. Dies war etwas, an das sie nie zu hoffen gewagt hatte, und sie dachte nicht daran, dieses Gespräch abzubrechen.

»Aber du mußt doch schon früher auf der Erde gewesen sein«, sagte sie. »Du sprichst wunderbar Englisch.«

»Nein.« Er sah sie nicht direkt an; seine Blicke waren überall, auf dem Boden, zum Himmel gerichtet, fuhren beinahe gierig von einer Stelle zur anderen. »Dies ist das erste Mal, daß ich die Heimat sehe.«

»Aber – ah – in den Nachrichten wurde gesagt, daß dies eine russische City ist.«

»Das stimmt.«

»Lernt ihr Englisch in euren – Schulen?«

Plötzlich fiel ihr ein, daß sie keine Ahnung hatte, ob es Schulen in den Fliegenden Cities gab. Aber es mußte so etwas geben, also konnte die Frage nicht zu albern sein.

»Wir haben viele Arten von Menschen. Wir tauschen Erfahrungen und Wissen untereinander aus. Hast du das nicht gewußt?« Valeryk blickte sie erstaunt an. Sie ergriff die Chance, von ihm beachtet zu werden und schüttelte lebhaft den Kopf.

»Nein. Ich weiß nicht viel von den Fliegenden Cities. Wie ist das Leben dort – wirklich?«

Valeryk zuckte die Schultern. Seine Augen blickten schon wieder umher. »Monoton«, sagte er. »Diese paar Stunden, ihm zu entkommen, sind mir sehr kostbar.«

Enttäuscht suchte Lucy nach einer konkreteren Frage. So weit sie es beurteilen konnte, verschwendete sie ihre Zeit, und wenn ihm seine kurze Zeit der Freiheit so kostbar war ... Die Symbole auf seinem Overall sprangen ihr ins Auge.

»Diese Abzeichen, die du trägst, was bedeuten sie?«

»Hm?« Er hob eine Schulter, als ob er einen Blick auf die farbigen Symbole auf seiner Brust werfen wollte. »Sie sagen, was für eine Position ich in der Gemeinschaft habe. Die Farbe ist braun, um zu zeigen, daß ich Lehrling bin; das obere Symbol stellt ein Haus dar, mit einem Grashalm darunter. Ich bin Ökologe.«

Er betrachtete die Markierungen noch ein paar Sekunden lang, nachdem er sie ihr erklärt hatte, und ihre Intuition sagte Lucy den Grund dafür. Sie waren genauso ein Teil von ihm wie die Nase in seinem Gesicht, und sein Bewußtsein war zum erstenmal seit Jahren auf diese Tatsache gerichtet worden. Sie sagte: »Du bist sehr jung zu diesem Posten gekommen, nicht wahr? Ich habe irgendwo gehört, oder vielleicht gelesen ...«

»Sehr jung!« Valeryks Lachen klang diesmal härter. »Als ich fünf Jahre alt war, wurde entschieden, daß ich und ein paar andere Jungen meines Alters Ökologen werden sollten.«

Eine Spur Neid provozierte Lucys nächste Worte. »Das muß wunderbar sein.«

»Was?«

»Zu ... zu wissen. Einen Sinn in seinem Leben zu haben.«

»Ich verstehe nicht.« Valeryk runzelte die Brauen.

»Ich beneide dich dafür, ehrlich!« Die Worte kamen jetzt

rascher, sie hatte eine Gefühlsquelle angezapft, um sie zu beschleunigen. »Wie alt bist du? Achtzehn? Oh, entschuldige meine Frage, aber ...«

»Neunzehn.«

»Genau wie ich! Aber ich weiß nicht, was ich tun soll – ich weiß nicht, *wozu* mein Leben gut ist! Alles ist so *lose*! Ich könnte ein Dutzend verschiedener Dinge tun, und bei keinem wäre ich sicher, daß ich für andere Menschen wertvoll bin. Ich denke, daß ich wahrscheinlich irgendwo einen Job annehmen werde, bei dem ich nur meine Zeit verschwende, sowie ich das College hinter mir habe, und dann werde ich einen Mann treffen, der mich dazu überredet, ihn zu heiraten, und ich bekomme die zugelassenen zwei Kinder und ziehe sie auf – und dann bin ich vierzig oder fünfundvierzig, und die Kinder sind unabhängig, und der Mann hat wahrscheinlich die Nase von mir voll, und ich habe noch fünfzig Jahre vor mir. Mit nichts.«

In Valeryks Augen stand helles Erstaunen bei diesem Ausbruch. »Nichts?« rief er. »Aber du hast doch – all dies!« Er machte eine ausladende Geste mit seinem Arm, die den ganzen Planeten zu umfassen schien.

»Ich weiß, daß du es nicht so sehen kannst«, antwortete Lucy tonlos. »Für dich ist all dies – ich weiß nicht recht – romantisch? Exotisch? Außerdem, hast du es nicht die Heimat genannt? Aber es ist meine Heimat, und ich mag nicht, was sie mir bietet.«

»Wie ist das möglich?« Er kam einen Schritt näher. »Sieh dich doch um! Du hast gesagt, daß du mich beneidest! Sage mir warum, sage mir, was ich deiner Ansicht nach habe, das du nicht hast!«

Dazu herausgefordert, eine nebulöse Unzufriedenheit ordentlich zu verpacken, kam Lucy ins Schwimmen. Sie zuckte die Schultern und sagte: »Ich glaube, es dir erklärt zu haben. Es ist das, worum die meisten Menschen der Erde – zumindest die jungen Menschen, denke ich – euch Raumfahrer beneiden. Das, was uns vor dem Fernseher warten und warten läßt, wenn wir erfahren, daß eine Fliegende City in unser

Sonnensystem kommt, was mich hier herausbringt, um nur auf dem Boden zu sitzen und den Himmel anzustarren. Ich meine, ich weiß genau, daß ich deine City nicht sehen kann, außer vielleicht in der Nacht bei sehr klarem Himmel, und auch dann ist sie nur ein Lichtpunkt, wie jeder andere Stern, und er bewegt sich nicht einmal, weil ihr einen feststehenden Orbit einnehmt ... Aber wir warten und hoffen und hoffen, daß ihr einen Punkt über unserem Raumflughafen wählt, und nicht einen über Australien oder der Sahara oder Sibirien. Weil wir das wollen, was ihr habt: die Fähigkeit zu wissen, wozu euer Leben gut ist! Seit du fünf Jahre alt bist, weißt du, daß du Ökologe in der City sein würdest, ein nützlicher Mensch, ein unersetzbarer Mensch. Ich habe doch recht damit, nicht wahr? Ich muß recht haben! Ohne Ökologen könnten Menschen in einem Starship nicht am Leben erhalten werden. Du machst diese wunderbare Sache erst möglich!«

Anfangs hatte Valeryk angesichts der unbegreiflichen Leidenschaftlichkeit ihrer Stimme weiter die Stirn gerunzelt. Doch allmählich hatte er mit zunehmender Aufmerksamkeit darauf gehört, was sie sagte, und antwortete ihr jetzt sehr ernst.

»Ja – ja, das stimmt; ohne Ökologen wäre das Leben an Bord eines Starships unmöglich. Ich kümmere mich um Nahrung und Wasser und Luft und um das Wachsen der Pflanzen und Algen, und auch um die Verwendung von Metallen und Salzen und Plastik und – und um alles, was wir haben. Selbst die Strahlung, die wir als Energiequelle benutzen. Bevor man mir erlaubt hat, zur Erde zu kommen, mußte ich dabei helfen, Kurse für Solar-Akkumulatoren-Schiffe festzulegen, die wir in einen Orbit um den Merkur geschickt haben. Sie sammeln dort Energie, die uns aus dem Kraftfeld der Sonne zieht, bevor wir unsere interstellaren Staudüsen einschalten und den freien Wasserstoff, von dem es reichliche Mengen gibt, als Energie benutzen. Auch das gehört zu meinem Job.«

»Na also!« Ihr Herz schmerzte, wenn sie daran dachte, daß

Valeryk genauso alt war wie sie und bereits so fest mit der Gemeinschaft, zu der er gehörte, verknüpft war.

Doch er stieß wieder ein kurzes, hartes Lachen aus. »Was du nicht siehst, kleine Freundin, ist, daß ich *zu* unersetzbar bin.«

»Ich ... ich verstehe nicht ganz ...«

»Das liegt doch auf der Hand.« Es lag kein Sarkasmus in seiner Stimme. »Höre zu, und ich will versuchen, es dir klarzumachen. Weil Ökologen einen so großen Aufgabenkreis haben, muß es sehr viele von uns geben. Fast alle anderen haben einen Job, wo im Notfall zwei die Arbeit von dreien verrichten können; sie werden vielleicht erschöpft, doch das Starship wird weiterbestehen. Bei einem Ökologen ist es jedoch nicht so. Wir sind ständig voll im Einsatz. Also muß es immer einen Überschuß von uns geben. Ich wurde im Alter von fünf Jahren dazu bestimmt, nicht weil es nicht genügend Ökologen gab, sondern weil eine Chance von eins zu zweitausend bestand, daß es, wenn ich erwachsen wäre, an Ökologen mangeln könnte. Das sagten die Computer: eins zu zweitausend. Ich habe nicht diesen Lebenszweck, den du mir so sehr neidest. Ich bin die Reserve für eine Möglichkeit, die nicht eingetreten ist.«

Verwirrt wie bemüht, die Aussage hinter seinen Worten zu begreifen, sagte sie: »Willst du damit sagen, daß es keine Arbeit für dich gibt? Aber du hast mir doch gerade gesagt, daß du aufgehalten worden bist, bevor man dir erlaubt hat, zur Erde zu kommen.«

»O ja, gerade jetzt gibt es Arbeit für mich. Ich bin sehr gut in diesem Job. Ich bin intelligent und lerne rasch. Also hat man lieber mich als irgendeinen anderen für diese Arbeit herangezogen. Aber überlege dir einmal, was ist, wenn ich keine Arbeit habe. Was soll ich anfangen, wohin kann ich gehen? Für mich gibt es keinen grasbewachsenen Hügel, auf dem ich sitzen kann, keinen Ort, an dem ich nicht schon zehntausend Mal gewesen bin. Es gibt keinen *Raum.*«

Lucy wollte widersprechen, doch Valeryk fuhr fort.

»Du sagst, daß ich jede Menge Abwechslung habe? Wie

denn? Soll ich einen Raumanzug anziehen und einen kleinen Spaziergang machen – über eine Million Kilometer vielleicht?« Valeryk machte eine Pause und atmete schwer, den Blick auf ihr entsetztes Gesicht fixiert. »Ah, ich sehe, daß du zu begreifen beginnst. Vorhin hast du mich gefragt, wieso ich Englisch spreche. Ich habe dir gesagt, daß wir Wissen untereinander austauschen. Das ist der Grund dafür. Ich habe Englisch von einem Mädchen gelernt – sie ist inzwischen eine Frau, verheiratet und hat Zwillinge –, das von einem Schiff deines Volkes zu uns gekommen war.« Er zögerte und schien wieder nach den besten Worten zu suchen.

»Weil ...?« Lucy machte einen tapferen Versuch, ihre eigenen Vorstellungen in das richtige Verhältnis zu bringen, griff zurück auf das Wissen über Fliegende Cities, das sie besaß, jedoch in den Hintergrund ihres Gehirns abgedrängt hatte, weil es nicht mit ihren idealisierten Visionen übereinstimmte. »War das, weil nicht genügend Menschen an Bord waren?«

»Hm? O ja, teilweise, glaube ich. Und das ist eine andere Sache. Ich lerne dich kennen, und du bist eine Fremde für mich, und es ist herrlich! Du bist ein neuer Mensch, verstehst du das? Für mich gibt es sonst keine Fremden. Ich habe nur Freunde und Bekannte. Ich lerne nur neue Menschen kennen, wenn wir mit einem anderen Schiff Leute austauschen. Und das ist in meinem Leben bisher viermal vorgekommen. Nein, fünfmal. Doch beim ersten Mal war ich noch ein winziges Baby.«

»Möchtest du auch einmal auf eine andere Fliegende City?« fragte Lucy und war erstaunt, wie heftig Valeryk nickte.

»Aber werde ich die Chance dazu bekommen? Ich bin Ökologe. Wenn ich irgendeinen anderen Posten hätte, bei dem die Cities nicht so darauf achten, immer einen Überschuß an ausgebildeten Leuten zu haben, bestünde vielleicht Hoffnung dazu. Aber warum sollte man Ökologen austauschen? Jedes Schiff ist auf seine Weise einzigartig, und ich habe das meine von innen und außen genau kennengelernt, aber kein anderes. Vielleicht wenn es irgendwo zu einem Unglück kommt, irgendeiner Art von Öko-Katastrophe ... Aber ein Unglück kann mein Zuhause genausogut treffen wie jede andere City.«

Er starrte mit zusammengepreßten Lidern zum Horizont. »Woran ich am meisten denke, ist, daß ich Schluß machen sollte. Einfach hierbleiben. Warum soll ich zurückgehen?«

Die Tiefe seiner Verbitterung, die so ganz anders war als das, was Lucy erwartet hatte, hatte jetzt nach dem Gehirn des Mädchens auch ihr Gesicht verdunkelt. Er erkannte es plötzlich und trat bestürzt noch einen Schritt auf sie zu.

»Aber ich mache dich traurig!« rief er. »Verzeih mir! Du solltest nicht traurig sein, wenn du so viel besitzt, nach dem ich mich so sehne.«

»Zum Beispiel?« erwiderte Lucy.

»Nun ...« Ihm fiel plötzlich der Buschen von Wildpflanzen wieder ein, den er noch immer in der Hand hielt, und er streckte ihn ihr entgegen. »Das, zum Beispiel.«

»Das ist doch nur Unkraut«, murmelte sie.

»Ja, für dich ist es ›nur Unkraut‹, aber für mich ...« er suchte verzweifelt nach den richtigen Worten. »Sieh her, es hat Blüten. Ohne daß diese für mich oder für dich nützlich wären!«

»Wißt ihr nicht, was Blüten sind? Gibt es keine in eurer City?«

»Natürlich haben wir Blüten, aber sie dienen einem Zweck, haben einen Sinn! Ich gehe um die Pflanzen herum, zähle die Knospen, entscheide, wie viele zur Erzeugung von Samen benötigt werden und schneide die anderen ab. Es sind Reproduktionsorgane, die ausgewählt, gedüngt und *gebraucht* werden.«

»Du beschwerst dich darüber, daß du zehntausendmal an jeder Stelle deiner City gewesen bist«, entgegnete Lucy steinern. »Nun, ich habe dieses Zeug auch zehntausend Mal gesehen.«

Valeryk blickte auf die jetzt welkenden Stengel und Blätter, zuckte mit einer hoffnungslosen Geste die Schultern und warf die Pflanzen beiseite. Es schien ihn große Anstrengung zu kosten.

»Also gut, ich akzeptiere diesen Punkt. Aber – aber Farben! Ich stehe hier und wende meinen Kopf – und plötzlich entdecke ich das helle Glänzen von Farben, ohne irgendein Muster ... dort!« Sein Arm schoß vor. Zwischen dem Gezweig eines nahen Busches ein roter Farbfleck.

»Eine leere Dose, die irgend jemand weggeworfen hat«, murmelte Lucy. »Unrat. Wir machen diesen ganzen Planeten zu einer Müllkippe.«

Valeryk, der ihr nicht zugehört hatte, war zu dem Busch gegangen, hatte die Dose aufgenommen und drehte sie ständig in seinen Händen, als er zurückkam. Die Farbe war an der Außenseite unregelmäßig abgeblättert, und auch die dünne Zinnschicht war teilweise verschwunden, so daß das darunterliegende Stahlblech mit einer roten Rostschicht bedeckt war.

»Siehst du? Das Farbenspiel, die verschiedenartigen – ah – Nuancen! Nicht, weil es irgend jemand so geplant hat, nicht, weil ein Mensch mit einem Farbsprüher gekommen ist und sie so eingefärbt hat, sondern ganz von selbst.«

»Nicht ganz«, sagte Lucy. »Weil irgend jemand sie fortgeworfen hat, ohne sich zu überlegen, daß er damit diese Stelle für andere Menschen verdirbt. Sie könnte einem Kind das Bein aufreißen. Der Rand ist sehr scharf.«

Valeryk ließ die Dose fallen. »Dann die Luft!« fuhr er fort. »Die Luft, von der ihr einen solchen Überfluß habt, die nicht genau geprüft und gemessen, nicht durch eine sterile Maschine umgewälzt und wiederverwandt wird.« Er füllte seine Lungen. »Diese Düfte, diese Gerüche!«

»Rauch«, antwortete Lucy. »Wir sind zwar hier gute zwei Meilen von der Stadt entfernt, aber davon kann ich am meisten riechen.«

»Aber dieser Reichtum, der schiere Reichtum!« explodierte Valeryk, und tanzte fast vor Frustration über seine Unfähigkeit, sie seinen Standpunkt erkennen zu lassen. »Soviel Luft zu haben, daß man den Rauch freilassen kann! Mir macht es fast Angst! Wenn ich Gras rieche oder feuchte Erde oder reife Früchte, muß ich mir überlegen, wo ich bin, und wenn ich mich nicht in der hydroponischen Sektion aufhalte, brülle ich sofort Alarm und laufe los, um nachzusehen, was mit der Luftreinigungsanlage nicht stimmt! Alles, was ich an Bord riechen darf ist – nichts. Nur nichts ist sicher.«

Verwirrt blinzelte sie ihn an.

»Und die Menschen in dieser Stadt! Und du selbst! So gelangweilt von all den Möglichkeiten, die euch offen stehen.« Zum ersten Mal schärfte ein Anflug von Sarkasmus Valeryks Stimme. »Ich sage dir, daß ihr keine Ahnung habt, was Langeweile ist, mit so viel Zeit, die euch zu Verfügung steht, mit so vielen Orten, zu denen ihr gehen könnt, mit so vielen Fremden, die ihr kennenlernen könnt, ohne mehr zu tun, als eine Straße entlangzugehen!«

»Ja, ja, aber andererseits ...« Lucy mußte sich zusammenreißen und schlucken, um einen neuen Halt an den Worten zu finden, die sich ihr entziehen wollten. »Du mußt doch auch gelegentlich Freizeit haben. Du mußt auch« – sie stieß das Wort hervor – »Freundinnen haben. Bestimmt gehst du mit ihnen aus?«

»Kaum. Es war nicht ernst gemeint, als ich davon sprach, einen Raumanzug zu nehmen und einen Spaziergang im Vakuum zu unternehmen.«

»Du weißt, was ich meine!« Lucy sah jetzt voraus, daß dieses Treffen für sie mit einer Enttäuschung enden würde, daß sie so, wie dieser Raumfahrer sich entwickelte, schließlich zu einer persönlichen Abneigung gelangen könnte, und sie mußte sich zusammenreißen, um nicht mit dem Fuß aufzustampfen. »Ihr müßt doch Konzerte haben, Tanzabende, Unterhaltung! Vorführungen! Richtige Theatervorführungen, vielleicht?«

»Klar haben wir das. Was glaubst du wohl, worauf wir warten, drüben auf dem Raumflughafen?«

»Du hast gesagt, Güter ...«

»Aber was für welche? Hast du dich nie darüber gewundert, warum unsere Schiffe, nach Jahrhunderten und Jahrhunderten, nicht so konstruiert sind, daß sie völlig unabhängig operieren können? Wir sind ein in sich geschlossenes System, wenn wir zwischen den Sternen kreuzen, genau wie die Erde – sie ist schließlich auch ein Raumschiff, das seine Milliarden Menschen durch das Vakuum trägt. Warum machen wir uns die Mühe, hin und wieder auf einem Planeten zu landen? Warum essen wir nicht interstellares Gas, so wie Wale Plankton fressen, wandeln es zu komplexen Elementen um, stellen unseren eigenen Kohlenstoff und Sauerstoff, unser eigenes Eisen her? Warum nähern wir uns nie einer Sonne mehr, als es nötig ist, um zusätzliche, gesammelte Energie aufzunehmen? Gut, ich will es dir sagen!«

Seine Stimme verklang. Ohne daß Lucy es gemerkt hatte, war es Abend geworden. Die Sonne stand dicht über dem Horizont, und rote Punkte troffen aus der Wolkenbank, die den westlichen Teil des Himmels verdeckte. Doch es war nicht die Abendkühle, die sie zittern ließ. Es war die Intensität in Valeryks Stimme.

»Wir warten auf etwas Musik. Auf Bandaufnahmen von Gedichten. Auf Bilder und geschnitzte Figuren, auf Video-Kassetten und Buchaufzeichnungen, und außerdem auf Rezepte und – ach, auf etwas, worüber man nachdenken und reden kann!«

»Aber mit einer Million Menschen in eurer City«, rief Lucy, »habt ihr nicht jemand ...«

»Eine Million? Wer hat dir das gesagt?«

Sie schüttelte verwirrt den Kopf. »Ich dachte immer, daß man bis jetzt ...«

»Bei einer Million Menschen, ja. Da wäre es wahrscheinlich möglich, uns zu isolieren. Das könnte gehen. Gerade so. Aber wozu sollten eine Million Menschen zwischen den Sternen umherziehen und vielleicht im Lauf ihres ganzen Lebens acht oder ein Dutzend Planeten sehen?«

»Acht oder ein Dutzend!« Die abklingende Vision wurde neu angefacht. »Du meinst, daß du unter einem Dutzend verschiedener Sonnen gehen kannst? Das ist doch herrlich!«

»So? Für ein paar Stunden auf einem Planeten zu sein,

wenn ich einen entsprechenden Dienstrang habe, um meinen Untergebenen die Arbeit zu überlassen, die im Schwerkraftfeld einer Sonne notwendig ist, und mich die ganze Zeit sorgen, daß sie vielleicht einen Fehler machen? Oh, wenn wir eine Million wären ... aber das sind sie nicht. Unsere Bevölkerung umfaßt etwa zweieinhalbtausend Menschen.«

»Dann gibt es ja in meiner Stadt mehr, als du jemals in deinem Leben kennengelernt hast!«

»Endlich scheinst du zu begreifen«, sagte Valeryk düster. Seine ursprüngliche Zurückhaltung war inzwischen verschwunden; er sprach genauso rasch und fast so flüssig wie Lucy.

»Aber man spricht doch immer von ›Fliegenden Cities‹ ...« Die Worte verklangen.

»Ich habe die Geschichte über die Ursache dafür gelesen. Es war, weil es zu Anfang nur Schiffe gab, die nicht mehr als vierzig oder sechzig Menschen aufnehmen konnten. Als sie das erste der übergroßen Schiffe bauten, sagten sie: ›Wir schicken eine City zum Besuch bei den Sternen.‹ Und der Name ist geblieben.«

»Oh, ich verstehe.« Doch nach einer kurzen Pause bohrte sie weiter. »Trotzdem, könnt ihr nicht selbst Musik machen, selbst Gedichte schreiben? Müßt ihr all eure Kunst von anderen Leuten kaufen?«

»Oh, wir haben natürlich Musikinstrumente, für eine kleine Band. Aber vielleicht sollte ich dir von Arkady Suslov erzählen. Ich habe ihn nie kennengelernt, aber er ist noch immer berühmt, obwohl er fortgegangen ist, als ich acht oder neun Jahre alt war.«

»Fortgegangen? Du meinst, er ist gestorben?«

»Nein ... Wir waren sehr stolz auf ihn in meinem Schiff. Wir sind es wohl auch noch heute. Du mußt wissen, er hat ein Theaterstück geschrieben, und mein Vater war einer der Leute, die darin mitspielten, und sie haben jahrelang darüber gesprochen. Nur dieses eine Stück«, betonte er, als ob er Lucys unausgesprochene Frage erahnte. »Es handelte von ... oh, es wäre zu schwer, es dir zu erklären. Es ging um den Streit, der nach einem Unfall im Energieversorgungssystem entstand. Ein Streit mit vielen Anklagen gegen die Leute, die dafür verantwortlich waren.

Wie ich bereits sagte, waren wir sehr stolz auf ihn. Wenn wir mit anderen Schiffen in Kontakt kamen, haben wir davon berichtet und eine Bandaufzeichnung des Stückes hinübergefunkt und die Leute auf dem anderen Schiff gefragt, ob sie es auch aufführen wollten, und meistens sagten sie ja, natürlich, weil es von einem unserer Leute geschrieben worden ist ...

Die Zeit verging, und da so viel von dem Stück gesprochen wurde, begannen wir alle – ich meine, alle anderen, ich war ja noch ein Kind – uns zu fragen, woher er die Ideen hatte. Es gab doch so wenige Quellen. Einer der Charaktere war der ... Ihr sagt wohl Schurke dazu, glaube ich.« Er legte den Kopf schief und sah sie wortlos nicken. »Dieser Schurke also hatte eine gewisse Ähnlichkeit mit einem Mann an Bord, und auch etwas mit einem anderen, und die Leute machten sich immer mehr Gedanken über die Ähnlichkeiten, und die Sache mit diesem Unfall in der Energieversorgung machte mehr und mehr Leuten Sorgen, denn obwohl es sich um einen Unfall handelte, der nie stattgefunden hatte, war er überzeugend und durchaus möglich, verstehst du. Es wurden besondere Schutzmaßnahmen getroffen, um sicher zu gehen, daß er nie eintreten konnte, und immer weniger Leute mochten mit Suslov reden, weil sie sagten, er hätte überhaupt nichts Neues geschrieben, sondern nur Erlebtes neu arrangiert ...«

»Du hast gesagt, er sei ›gegangen‹«, erinnerte Lucy ihn beinahe flüsternd.

»Ja.« Valeryk schien von einem sehr weit entfernten Ort zurückzukehren, an den seine Erinnerungen ihn getragen hatten. »Wir haben ihn an ein anderes Schiff ausgetauscht, wo man begeistert war, einen so berühmten Mann zu bekommen – so begeistert, daß man uns, wie ich glaube, nicht einmal gefragt hat, warum wir ihn unbedingt loswerden wollten. Und hin und wieder hören wir, daß er dort großen Erfolg hat und drei weitere Stücke geschrieben hat. Vielleicht werden sie dort so gut aufgenommen, weil er diese neuen Charaktere nach Vorbildern meines Schiffes geschaffen hat und die Leute um ihn herum sich nicht selbst darin erkennen.«

Wieder trat eine längere Stille ein, in die geisterhaft unmerklich die Kälte der anbrechenden Nacht drang. Schließlich schüttelte Valeryk sich, fast wie ein Hund, der aus dem Wasser kommt, und wandte sich ihr zu.

»Es ist so seltsam, daß du glaubst, wir hätten eine Million Menschen!«

»Weißt du, sie nennen es immer eine ›City‹«, wiederholte sie mürrisch. »Und eine Million sind nicht viel für eine City.«

»Du denkst in Erdmaßstäben. Ihr habt freie Luft – wir müssen die unsere herstellen und mechanisch zirkulieren. Ihr habt natürlich Boden – wir nehmen den unseren mit uns und müssen uns ständig um ihn kümmern. Ihr habt Ozeane – all unser Wasser befindet sich in Rohrleitungen und Tanks. Und in uns.« Valeryk machte eine abschließende Geste. »Wir sind eine Insel. Dies ist ein Kontinent.«

»Ich verstehe«, sagte Lucy langsam. »Ist das der Grund dafür, daß eure Schiffe so riesig sind? Natürlich muß das der Grund sein. Und jetzt begreife ich auch, was du meintest, als du gesagt hast, es gäbe so viel Raum hier. Du meintest ungenutzten Raum.«

»Und auch ungenutzte Zeit«, stimmte Valeryk zu.

»Entschuldige«, rief sie. »Ich halte dich hier auf, und du hast nur ein paar Stunden auf der Erde, und ... und vielleicht kommst du niemals zurück!«

»Oh, nimm nicht alles so ernst, was ich sage. Mein Englisch ist nicht so gut, und wenn ich ›ungenutzte Zeit‹ sage, meine ich nicht, daß ich sie hier und jetzt ungenutzt lasse. Es ist wunderbar, Zeit zu haben und keine Pflichten, die sie ausfüllen! Hier kann man einen ganzen Tag lang nichts tun, sogar eine Woche lang, und man lebt und atmet und findet Nahrung. Wenn ich die Heimat nur einmal sehen konnte – du hast recht, in meinem Leben werden wir wohl nicht mehr herkommen – kommt es doch nur darauf an, die Zeit zu verschwenden, sie wegzuwerfen. Die Erfahrung ist einmalig. Der Geruch der Luft ist einmalig, das Fühlen von Gras und dem Boden darunter, die Farben des Sonnenuntergangs ...«

Seine Stimme erstarb, als er sich umwandte und auf die dunkler werdenden Rot- und Gelbtöne blickte, die das Untergehen der Sonne markierten. Die Venus war bereits durch einen Riß in den dunklen Wolken sichtbar.

»Was ich brauche«, sagte Valeryk mehr zu sich selbst als zu Lucy, »ist Mut.«

»Was?«

»Mut«, wiederholte er betont. »Wenn ich ... da gibt es ein Wort, das ich suche ... wenn ich Schneid hätte, würde ich jetzt über den Hügel gehen, außer Sichtweite des Raumflughafens, und nie wieder zurückkommen.«

Sie seufzte und streckte ihm ihre Hand entgegen. »Bevor du daran denkst, so etwas zu tun, solltest du mit mir kommen und dir diese unsere Erde ein wenig ansehen.«

Er wirkte verunsichert, wie er da stand und auf ihre ausgestreckte Hand starrte. Einen Augenblick fühlte sie sich verwirrt.

»Hältst du nicht die Hand eines Mädchens, wenn du in deiner City mit ihr zusammen bist?«

»Ja, aber ...« Sie erfuhr nie, was er mit diesem Aber sagen wollte, denn seine Finger umspannten ihre Hand, und er folgte ihr beinahe resigniert.

Anfangs stieß er über alles Begeisterungsrufe aus. Der Anblick von Hunden auf der Straße erregte ihn gewaltig. »Dieser Reichtum!« stieß er hervor. »Dieser Reichtum überall! Der Hund dort muß halb so schwer sein wie ein Mann, und zwei davon würden die Nahrung eines Menschen verbrauchen, sein Trinkwasser, seine Luftversorgung ... Und hier laufen sie in Rudeln um die Häuser!«

Lucy sagte nichts, und er sah, daß die Hunde in den Abfalltonnen herumschnüffelten, dann, wie sie an den Ecken ein Bein hoben, und dann, daß ihr Kot auf dem Gehsteig und auf der Straße lag.

Über die Menschen, die müßig waren und das taten, was ihnen Spaß machte, stieß er wieder einen Begeisterungsschrei aus, besonders über die seiner eigenen Altersgruppe, die frei von der ständigen Sorge um bloßes Überleben waren. Diese Reaktion hielt ein wenig länger vor. Trotzdem sagte sie nichts, sondern wartete nur ab. Dann, als es völlig dunkel wurde, sahen sie schattenhafte Gestalten, die auf den Türschwellen saßen und sie anjammerten, sie um Geld für Alkohol oder Rauschgift anbettelten. Das vergällte ihm den Glanz der Faulheit, und menschlicher Gestank überlagerte die Erinnerung an den Duft des wilden Grases auf dem Hügel.

Die kleinen Dinge häuften sich. Eine Gabel hatte verschmutzte Essensreste zwischen ihren Zinken: in einer Umgebung, wo kein Bakterium ohne die Erlaubnis der Menschen hätte leben dürfen, ließ das Valeryk auf seinem Stuhl hin und her rutschen und bleich werden. Der Drink, den er bestellt hatte, erwies sich als nichts anderes als gefärbtes Wasser, in dem CO_2-Blasen aufstiegen; aus einer Welt kommend, wo die Nahrungsaufnahme bis hinunter zur letzten täglichen Kalorie kontrolliert wurde, mußte er die Stirn runzeln und versuchen, auch dies dem unbeschränkten Reichtum gutzuschreiben. Es gelang ihm nicht. Außerdem saß an einem der anderen Tische eine Frau, die ununterbrochen nieste, und er zuckte jedesmal zusammen und fragte schließlich, warum sie nicht in der Isolierstation eines Krankenhauses war. Worauf Lucy gleichgültig antwortete, daß es schließlich nur eine Erkältung sei.

Vor einer Bar begann eine Schlägerei. Sie sahen von der anderen Straßenseite aus zu, immer noch Hand in Hand. Eine Menschenmenge sammelte sich. Die Leute gafften nur, zeigten keine Neigung, sich einzumischen. Im Gegenteil, sie schrien Aufmunterungen und verliefen sich erst, als eine Polizeisirene die unmittelbare Ankunft eines Patrouillengleiters ankündigte.

Valeryk schüttelte verstört den Kopf. »Diese ... diese Energievergeudung ...«, begann er und sprach nicht weiter.

Nicht ohne Boshaftigkeit sagte Lucy: »Prügelt ihr euch nie in eurer City?«

»Wozu? Wie denn? Das System – unser Überleben selbst – hängt von reibungsloser Zusammenarbeit ab. Das ist eine der seltsamen Dinge in den planetaren Dramen, die wir manchmal empfangen: diese phantastische Gewalttätigkeit, dieser Energieüberschuß, der sich in immer neuen und unvorhersehbaren Wegen entladen kann. Aber wenn er *darauf* reduziert ist ...«

»Du meinst, wenn er dazu führt, daß zwei Betrunkene sich an einer Straßenecke prügeln«, führte Lucy aus, »ist er nicht mehr so anziehend.«

»Nein!« Und dann, als ob er sich dadurch daran erinnerte, daß er etwas abholen mußte, das er vorher als ›Güter‹ bezeichnet hatte, zuckte er zusammen.

»Wie spät ist es, Lucy?«

Es war das erste Mal, daß er ihren Namen gebrauchte. Sie hatte schon geglaubt, daß er ihn nicht verstanden hätte, als sie ihn bei ihrem Treffen genannt hatte, und zu scheu war, sie noch einmal danach zu fragen. Die Erkenntnis, daß sie sich geirrt hatte, löste ein seltsames, unerklärliches Glücksgefühl in ihr aus.

»Kurz vor elf«, sagte sie.

»Ich muß eine halbe Stunde nach Mitternacht zurück sein.«

»Dann wollen wir langsam losgehen.«

»Man braucht doch bestimmt keine eineinhalb Stunden für den Weg«, wandte er ein.

»Natürlich nicht.« Lucy atmete tief durch und spürte, wie ihr Herz wieder das erregte Hämmern aufnahm, mit dem es Valeryks Auftauchen bei dem Hügel begrüßt hatte. »Aber laß uns trotzdem gehen.«

Genau wie vorhin, als sie ihm ihre Hand entgegengestreckt hatte, zögerte er und schien darüber nachzudenken, welche Absichten sich hinter ihren Worten verbargen. Aber jetzt wie vorhin gab er nach, ohne einen Einwand zu äußern.

Sie ließen die Stadt hinter sich und wurden von der Nacht

aufgesogen. Sie gingen vorsichtig, weil der Boden uneben war, immer noch Hand in Hand, und schwiegen eine lange Weile. Die Wolken waren vom Wind fortgeblasen worden, und die Sterne schienen von der Hälfte des Himmels herab. Als sie zwanzig Minuten oder etwas länger gegangen waren, weit genug, um sie in den Lichtkreis des Raumflughafens zu bringen, brach Lucy ihre Spekulationen über das, was geschehen könnte, ab und blieb abrupt stehen, das Gesicht zu den Sternen emporgewandt.

»Weißt du, welches deine City ist, die im Orbit über uns steht?« fragte sie. Ihre Stimme war leise und ruhig, dem leeren Himmel angepaßt.

Verwundert starrte Valeryk ebenfalls nach oben. »Nein«, sagte er, »ich glaube nicht. Ich habe die Sterne noch nie von der Erde aus gesehen, wie du weißt.«

»Sind sie so anders von den Orten aus, an denen du gewesen bist?«

»Aber ja! Hier, unter der Dunstglocke der Atmosphäre, sieht man nur sehr wenige, und ich weiß nicht, welche davon so hell sind, daß ihr Licht bis auf die Erdoberfläche hindurchdringen kann, und welcher neu sein muß und nicht zu den Sternen gehört, weil es mein Zuhause ist.«

»Daran hätte ich nie gedacht«, bekannte Lucy und wandte ihren Kopf ab. »Ich glaubte, du könntest den Lichtpunkt identifizieren, der kein Stern ist, sondern ein Schiff. Ich glaubte, du ...« Sie unterbrach sich eine Sekunde lang, und erkannte, daß sie ihre Worte nicht mehr zurücknehmen konnte, so absurd sie ihr jetzt auch erscheinen mochten. »Ich glaubte, du würdest zum Himmel empordeuten, und ich könnte so tun, als ob ich mich irren würde und müßte an deinem Arm entlang hinaufschauen und mich an dich lehnen und ...«

Ihr Atem versagte und erstarb in einem leisen Keuchen.

Die Pause, die folgte, schien eine Ewigkeit zu dauern. Valeryk entzog ihr seine Hand und begann die Finger vor der Brust zu kneten, wieder und wieder. Als er wieder sprach, hatte seine Stimme sich radikal verändert, sie klang härter und irgendwie älter als seine Jahre.

»Ich möchte dir auch etwas sagen«, erklärte er, und seine Worte kamen mühevoll und in großen Abständen aus seinem Mund. »Ich bin heute nachmittag vom Raumflughafen fortgegangen, und mein Kopf schwirrte von einer Million wilder Ideen. Ich dachte: ›Ich kann einfach gehen und gehen, und früher oder später werde ich jemand begegnen, und wir kommen in ein Gespräch, und dann werden wir uns sehr gernhaben, und es erfordert keinen bewußten Entschluß, daß ich hierbleibe, es geschieht alles von selbst, weil es hier, in der Heimat, so viel zu sagen gibt, so viel zu denken, so viel, das man aus freiem Willen tun kann und nicht aus reiner Notwendigkeit.‹ Das war es, was ich gedacht habe. Und natürlich habe ich vor allem gehofft, daß der Mensch, den ich treffen würde« – er zögerte – »ein hübsches Mädchen wäre.

Als ich also dir begegnete und sah, daß du mich anlächeltest, fühlte ich mich ... fühlte ich mich haltlos. Zwischen zwei Welten. Ist es nicht bei dir auch so, wenn etwas, das immer Phantasie gewesen war, plötzlich Wirklichkeit wird? Ich sah dich wie eine Blume auf dem Hügel, in dem wunderbaren hellfarbigen Kleid, dein Haar wie die natürliche Erde selbst, braun und voll ... Ich dachte: ›Es wird sogar noch besser, es wird wunderbar!‹ Ich ... Oh, ich fürchte, ich sollte dies lieber nicht sagen, aber ich kann nicht aufhören damit, es muß heraus! Ich hoffte, wir würden uns so nahe kommen, daß wir ... uns lieben würden, und es wäre so wunderbar, daß ich nicht eine Sekunde lang überlegen würde, wenn ich mir sagte: ›Wenn ich jetzt nicht zum Schiff zurückkehre, bleibe ich auf der Erde‹.«

»Es könnte noch immer so sein«, flüsterte Lucy.

»Nein.«

Das Wort hatte die Endgültigkeit eines Peitschenknalls. Entsetzt lauschte sie auf sein Echo in ihrer Erinnerung, und nachdem die Sekunden vorbeigekrochen waren, fühlte sie etwas auf ihrem Gesicht: zwei Tränen, so irritierend wie Insekten.

Sie konnte Valeryk kaum noch sehen, doch sie wußte, daß

er aufgehört hatte, seine Finger zu kneten und die Hände hatte sinken lassen.

»Ich weiß, daß du es noch immer willst«, sagte er. »Und du fragst dich, was uns daran hindern könnte. Laß uns im Gras liegen und uns lieben, und in einer Stunde ist es zu spät, die Fähre ist gestartet, und sie bereiten sich darauf vor, die Akkumulatoren-Schiffe zurückzurufen ... Aber – nein.«

»Warum?« fragte sie mit zitternder Stimme. »Warum?«

»Weil ich hergekommen bin, um Blumen zu sehen, und du meine Nase in den Dreck gerieben hast, in dem sie wachsen.«

»Das stimmt«, sagte sie schließlich. Die Tränen waren versiegt; sie fühlte sich jetzt hart und ruhig, als ob ein Herz aus Stein in ihre Brust gepflanzt worden wäre. »Und du weißt, warum ich das getan habe?«

»Ich kann es mir denken«, sagte Valeryk. Doch das reichte ihr nicht; sie mußte es ihm sagen.

»Weil ich dir neidete, was ich für den Lebensinhalt und die Aufgabe von Menschen wie dir hielt. So wie du davon geträumt hast hierzubleiben, ohne eine Entscheidung zur Änderung deines Lebens treffen zu müssen, sondern glaubtest, sie auf dich zukommen lassen zu können, dachte ich an ein Leben, das sich mir geboten haben würde, wenn ich in der Familie eines Raumfahrers geboren worden wäre. Ich würde nicht zu den Agonien von Entschlußlosigkeit verdammt sein, zu Jahren ziellosen Wanderns, während ich mich fragte, was ich mit meinem Leben anfangen sollte. Du mußt das verstehen, Valeryk. Du hast gehofft ... dich vor deiner Entscheidung drücken zu können, selbst der wichtigsten, die du jemals in deinem Leben treffen mußtest. Ich muß Millionen Entscheidungen treffen, den ganzen Tag lang, und jeden Tag, und jede einzelne davon kann so falsch sein, daß mein Leben für immer leer bleibt!«

Verstand er es? Sie versuchte, durch das Halbdunkel sein Gesicht zu erkennen. Er schwieg eine lange Weile, bevor er ihr antwortete.

»Ich dachte, du hättest meinen Namen vergessen, oder ihn

vielleicht nicht richtig gehört und wolltest mich nicht noch einmal danach fragen.«

Und ich dachte ...

»Oh, ich werde deinen Namen nie vergessen, Valeryk! Ich werde *dich* nie vergessen!«

»Ich dich auch nicht. Weil ich trotz allem das ... das unheimliche Gefühl habe, dir dankbar sein zu müssen.«

Er stand ein paar Sekunden lang völlig reglos; dann überbrückte er die Entfernung zwischen ihnen mit einem einzigen Schritt und küßte sie leicht auf die Wange. Konvulsiv schloß sie die Augen; konvulsiv hob sie die Arme, um ihn zu umfassen, und sie umspannten nur Luft. Als sie die Augen öffnete, hatte er ihr bereits den Rücken zugewandt und schritt über das unebene Land auf die Lichter des Raumflughafens zu.

In der folgenden Nacht, als sie zum Himmel aufblickte, stand ein Stern weniger dort, doch sie wußte nie, welcher Stern verglommen war und die Trümmer so vieler Träume mit sich genommen hatte.

Judas

Der Freitagabend-Gottesdienst näherte sich seinem Ende. Die Strahlen der tiefstehenden Frühlingssonne fielen schräg durch das Polychrom-Plastik der Fenster und lagen entlang dem Boden des Mittelgangs wie ein Ölfilm auf einer nassen Straße. Auf dem polierten Stahl des Altars drehte sich ein silbernes Rad unaufhörlich und glänzte zwischen zwei ständig brennenden Quecksilberdampflampen; darüber, als Silhouette vor dem sich verdunkelnden östlichen Himmel, erhob sich die Statue Gottes. Der Kirchenchor sang die Hymne: ›Das Wort machte den Stahl‹, und der Priester saß und hörte zu, die Hände unter seinem Kinn gefaltet, und fragte sich, ob Gott seine Predigt über das Zweite Kommen gutheißen mochte.

Die meisten Mitglieder der großen Gemeinde waren von der Musik gefangengenommen. Nur einer der Anwesenden, ein Mann, der am Ende der letzten Reihe der nackten Stahlbänke saß, zeigte Zeichen von Ungeduld und spielte nervös mit dem Gummibelag, der den Knienden als Stirnpolster diente. Er mußte seinen Händen etwas zu tun geben, damit sie nicht an die Ausbeulung der Innentasche seiner einfachen braunen Jacke griffen. Seine wäßrig-blauen Augen blickten unruhig über die sich zuspitzenden, weiten Konturen des Metalltempels und wandten sich rasch ab, sowie sie das Radmotiv ansahen, das der Architekt – wahrscheinlich Gott selbst – an jeder nur möglichen Stelle angebracht hatte.

Die Hymne schloß mit einer erregenden Dissonanz, und die Gemeinde kniete nieder, die Stirn gegen die Gummipolster gepreßt, während der Priester die ›Segnungen des Rades‹ rezitierte. Der Mann in der braunen Jacke hörte nicht wirklich zu, doch ein paar der Sätze drangen in sein Bewußtsein: »Möge es euch auf den euch vorgezeichneten Pfaden leiten ... als euer ewiger Drehpunkt dienen ... euch schließlich zum Frieden der wirklichen, letzten Umdrehung geleiten ...«

Dann erhob er sich gemeinsam mit den anderen, während der Chor zu den Klängen der elektronischen Orgel hinausmarschierte. Sobald der Priester durch die Tür seiner Sakristei verschwunden war, begannen die Gläubigen zu den Ausgängen zu schlurfen. Er allein blieb auf seinem Platz sitzen.

Er gehörte nicht zu den Menschen, denen man einen zweiten Blick schenkte. Er hatte sandfarbenes Haar und ein altes, müdes Gesicht; seine Zähne waren dunkel verfärbt und unregelmäßig, und er schielte ein wenig, als ob er eigentlich eine Brille tragen müßte. Offensichtlich hatte ihm die Andacht keinen Seelenfrieden gebracht.

Schließlich, als alle anderen gegangen waren, erhob er sich und legte das Gummipolster mit pedantischer Genauigkeit auf seinen Platz zurück. Ein paar Sekunden lang schlossen sich seine Augen, und seine Lippen bewegten sich lautlos, und als ob ihm das den Mut für eine lebenswichtige Entscheidung gegeben hätte, schien er sich aufzurichten wie ein Turmspringer, der an den Rand des zehn-Meter-Bretts tritt. Plötzlich verließ er die Bankreihe und ging – lautlos auf dem Gummiteppich des Hauptganges – auf die schmale Tür zu, auf der die Beschriftung ›Sakristei‹ stand.

Neben der Tür befand sich ein Klingelknopf. Er läutete.

Kurz darauf wurde ihm von einem jungen Meßdiener geöffnet, einem Halbwüchsigen in einer grauen Robe, die aus Metallgliedern geflochten war und bei jeder Bewegung schepperte, die Hände in grauschimmernden Handschuhen, und den kahlen Schädel unter einer glatten Stahlkappe verborgen. Mit einer Stimme, die durch sorgfältiges Training entpersönlicht worden war, sagte er: »Du bist gekommen, um Rat zu suchen?«

Der Mann in Braun nickte und trat unruhig von einem Fuß auf den anderen. Durch die offene Tür sah er eine Reihe von Devotionalien, Bildern und Statuen, und er senkte seinen Blick vor ihnen.

»Wie ist dein Name?« fragte der Meßdiener.

»Karimov«, sagte der Mann in Braun. »Julius Karimov.«

Sein Gesicht zuckte nervös, als er seinen Namen nannte, und seine Blicke huschten über das Gesicht des Meßdieners, als er dort nach einer Reaktion suchte. Doch es zeigte sich keine, und er atmete erleichtert auf, als der Junge ihm befahl zu warten, während er dem Priester Bescheid sagte.

Sobald er allein war, trat Karimov in die Sakristei und betrachtete ein Bild, das dort an der Wand hing: Ansons ›Unbefleckte Herstellung‹, in welcher der legendäre Ursprung Gottes dargestellt wurde.: Ein Blitzstrahl, der aus dem Himmel fuhr, schlug in einen Barren jungfräulichen Stahls. Das Gemälde war natürlich erstklassig; die Verwendung elektrolumineszenter Farbe für den Blitz war besonders wirksam. Doch bei Karimov löste es einen Ausdruck physischer Übelkeit aus, und nachdem er es nur ein paar Sekunden lang angesehen hatte, mußte er sich abwenden.

Schließlich trat der Priester aus dem Innenraum seiner Sakristei, in eine kobaltblaue Robe gekleidet, die ihn als ›Einen der Elf Zunächststehenden‹ identifizierte. Seine Kopfbedeckung, unter der während der Andacht sein kahlgeschorener Schädel verborgen gewesen war, hatte er jetzt abgenommen, seine schlanken Finger spielten mit dem ›Emblem des Rades‹, das an einer Platinkette vor seiner Brust hing. Karimov wandte sich zu ihm und hob die rechte Hand in der Andeutung eines Grußes. Es war ein kalkuliertes Risiko gewesen, seinen wirklichen Namen zu nennen; er hoffte, daß er noch immer geheim sei, weil damals Sicherheit das oberste Gebot gewesen war. Doch sein wirkliches Gesicht ...

Nein, kein Zeichen von Wiedererkennen. Das Abschneiden seines Bartes mußte ihn gründlich verändert haben.

Der Prediger sagte in seiner berufsmäßig sonoren Stimme: »Was kann ich für dich tun, mein Sohn?«

Der Mann in Braun nahm seine Schultern zurück und sagte nur: »Ich möchte Gott sehen.«

Mit dem resignierten Gesichtsausdruck eines Menschen, der daran gewöhnt ist, sich mit Verlangen dieser Art abgeben zu müssen, seufzte der Priester. »Gott ist gerade sehr beschäftigt, mein Sohn«, murmelte er. »Er muß sich schließlich um das Seelenheil der ganzen Menschheit kümmern. Kann ich dir nicht helfen? Hast du ein bestimmtes Problem, für das du Rat suchst, oder brauchst du ganz allgemein göttliche Führung zur Programmierung deines Lebens?«

Karimov erkannte entsetzt: *Er glaubt wirklich daran! Sein Glaube ist nicht nur Theater um des Profites willen – es ist ein tiefverwurzeltes Vertrauen. Es ist erschreckender als alles andere, daß die, welche zu Anfang mit mir waren, glauben können.*

Er sagte unterwürfig: »Du bist sehr gütig, Vater, doch ich brauche mehr als nur Rat. Ich habe « – er stolperte über das Wort – »sehr viel gebetet und die Hilfe mehrerer Berater gesucht, und trotzdem ist es mir nicht gelungen, den wirklichen Frieden zu finden. Einst, vor langer, langer Zeit, hatte ich das Privileg, Gott im Stahl zu sehen; ich möchte das noch einmal tun, mehr nicht. Ich hege natürlich nicht die geringsten Zweifel, daß er sich an mich erinnern wird.«

Es entstand eine lange Pause, in der die dunklen Augen des Priesters auf Karimovs Gesicht gerichtet blieben. Schließlich sagte er: »Daß er sich an dich erinnert? O ja, ganz bestimmt wird er sich an dich erinnern! Und *ich* erinnere mich jetzt auch an dich!«

Seine Stimme zitterte vor unkontrollierter Wut, und er wollte nach einem Glockenzug an der Wand greifen.

Mit einer aus Verzweiflung geborenen Kraft stürzte der schwächliche Karimov sich auf den Priester, schlug den ausgestreckten Arm zur Seite, der nach dem Klingelzug greifen wollte, riß den hochgewachsenen Mann zu Boden, packte die starke Platinkette, die er um seinen Hals trug, und begann mit aller Kraft daran zu ziehen.

Die Kette schnitt tief in das bleiche Fleisch ein, als Karimov wie besessen an ihr zog, sie zusammendrehte, nach einem neuen Halt griff und weiter an ihr riß. Die Augen des Priesters traten aus ihren Höhlen, gequältes Stöhnen drang aus seinem Mund, die Fäuste schlugen nach den Armen seines Angreifers – wurden schwächer – und lagen still.

Karimov kroch zurück, zitternd über das, was er getan hatte, und stemmte sich mühsam auf die Füße. Dem ehemaligen Kollegen murmelte er eine Entschuldigung zu, die dieser nicht mehr hören konnte, dann beruhigte er sich mit einigen tiefen Atemzügen und trat durch eine Tür, nicht die, durch die er die Sakristei betreten hatte.

Dort saß Gott auf seinem Thron unter dem radförmigen Schirm. Seine glänzend polierten Glieder reflektieren das gedämpfte Licht; sein Kopf war wunderbar geformt und stellte ein menschliches Gesicht dar, das keinerlei menschliche Züge aufwies – nicht einmal Augen.

Blindes, geistloses Ding, dachte Karimov, als er die Tür hinter sich schloß. Mit einer reflexartigen Bewegung griff er nach etwas, das er in seiner Jackentasche trug.

Auch die Stimme war mehr als bloß menschliche Perfektion; ein tiefer, klarer Ton, als ob eine Orgel spräche. Sie sagte: »Mein Sohn …«

Und stoppte.

Karimov stieß einen hörbaren Seufzer der Erleichterung aus, und seine Nervosität fiel von ihm ab wie ein Mantel. Langsam und ruhig trat er vor und setzte sich auf den mittleren der elf Stühle, die in einer parabolförmigen Anordnung vor dem Thron standen, während das augenlose Gesicht des Robots auf ihn herabstarrte und der ganze Stahlkörper vor Verblüffung paralysiert schien.

»Na?« sagte Karimov herausfordernd. »Wie gefällt es dir, zur Abwechslung mal jemand zu treffen, der nicht an dich glaubt?«

Der Robot bewegte sich auf eine sehr menschliche Art, streckte die Beine aus und stützte nachdenklich das Kinn in eine Hand, als er den Eindringling mit Interesse statt mit Erstaunen betrachtete. Wieder klang die Stimme auf.

»Also du bist es, Black!«

Karimov nickte und lächelte leicht. »Bei dem Namen haben sie mich in den alten Zeiten gerufen. Ich hielt es für eine alberne Pose, Wissenschaftlern, die an einem streng geheimen

Projekt arbeiten, Tarnnamen zu geben. Doch wie es sich herausstellte, hatte das auch seine Vorteile. Für mich auf jeden Fall. Ich habe meinen richtigen Namen, Karimov, deinem ... ah ... verblichenen Apostel in der Sakristei genannt, und er sagte ihm gar nichts. Aber da wir gerade von richtigen Namen sprechen: wie lange ist es eigentlich her, seit irgend jemand dich mit A-Sechsundvierzig angesprochen hat?«

Der Robot zuckte zusammen. »Es ist ein Sakrileg, mich mit dieser Bezeichnung zu belegen!«

»Sakrileg – daß ich nicht lache. Ich werde sogar noch einen Schritt weitergehen und dich daran erinnern, was das *A* bedeutet. Android! Die Imitation eines Menschen. Eine geschlechtslose, hirnlose Konstruktion aus Metallteilen, die ich mitgeschaffen habe, und so etwas nennt sich Gott!« Brennende Verachtung lag in den scharf hervorgestoßenen Worten. »Du und deine Phantasie von der Unbefleckten Herstellung! Von einem göttlichen Blitzstrahl aus einem Klumpen unbearbeiteten Stahls geschaffen! Man sagt, daß die Menschen nach dem Ebenbild Gottes geschaffen worden seien – du bist der ›Gott‹, der nach dem Ebenbild des Menschen geschaffen wurde!«

Selbst die Fähigkeit, die Schultern zu heben, hatten sie inkorporiert, erinnerte sich Karimov zusammenzuckend, als der Robot davon Gebrauch machte.

»Wir wollen das Sakrileg vorläufig beiseite lassen«, sagte die Maschine. »Gibt es einen haltbaren Grund dafür, daß du meine Göttlichkeit ableugnest? Warum sollte die zweite Inkarnation Gottes nicht eine Inferration sein – in unvergänglichem Stahl? Und was deine Behauptung betrifft, den metallischen Teil von mir geschaffen zu haben – der ohnehin von sehr untergeordneter Bedeutung ist, da allein die Seele ewigen Bestand hat –, so sagt man seit langem, daß der Prophet nichts im eigenen Lande gilt, und da die Inferration in deinem Forschungslabor stattgefunden hat ... Also!«

Karimov lachte. »Ich will verdammt sein! Ich habe den Eindruck, daß du den Unsinn selbst glaubst!«

»Verdammt bist du zweifellos. Falls du nicht eingestehst,

auf den falschen Weg geraten zu sein und alles widerrufst. Als ich dich vorhin in meinen Thronraum treten sah, glaubte ich im ersten Moment, du seist gekommen, um dich endlich zu meiner Göttlichkeit zu bekennen. In meiner unermeßlichen Güte gebe ich dir jetzt eine letzte Gelegenheit dazu, bevor meine Apostel dich fortbringen. Jetzt oder nie, Black oder Karimov oder wie du dich sonst nennen magst: bereue und glaube!«

Karimov hörte nicht zu. Er starrte an der schimmernden Maschine vorbei ins Nichts, während seine Hand streichelnd über die Ausbeulung seiner Tasche fuhr. Dann sagte er leise: »Zwanzig Jahre lang habe ich diesen Augenblick geplant und vorbereitet – zwanzig Jahre lang, seit dem Tag, an dem wir dich eingeschaltet haben und mir zu dämmern begann, was wir getan hatten. Bis heute gab es nichts, das ich tun konnte. Und in der Zwischenzeit, während ich verzweifelt nach einer Möglichkeit suchte, dich zu stoppen, habe ich die tiefste Erniedrigung der Menschheit mitansehen müssen.

Wir sind zu Sklaven unserer eigenen Schöpfungen geworden, seit der erste Höhlenmensch vergaß, wie man seine Nahrung ohne ein Messer beschaffen kann. Von dem Zeitpunkt an gab es kein Zurück mehr, und wir bauten unsere Maschinen, bis sie um so viel mächtiger waren als wir, daß wir Angst vor ihnen bekamen. Wir haben uns Räder gemacht, als wir noch das Laufen hätten lernen können; wir haben Flugzeuge gebaut, als wir uns noch Flügel hätten wachsen lassen können; und dann geschah das Unvermeidliche: wir haben eine Maschine zu unserem Gott erhoben.«

»Und warum nicht?« dröhnte der Robot. »Kannst du mir ein Gebiet nennen, auf dem ich euch nicht überlegen bin? Ich bin stärker, intelligenter und haltbarer als ein Mensch. Ich besitze physische und geistige Kräfte, die mit den euren unvergleichbar sind. Ich fühle keinen Schmerz. Ich kann nicht krank werden. Ich bin unsterblich und unverwundbar, und dennoch sagst du, ich sei kein Gott. Warum? Aus reiner Perversion?«

»Nein«, sagte Karimov klar und deutlich. »Weil du wahnsinnig bist. Du stelltest den Höhepunkt eines Jahrzehnts Arbeit unseres Teams dar: ein Dutzend der brillantesten, zur Zeit lebenden Kybernetiker. Unser Traum war, ein mechanisches Analog zu einem menschlichen Wesen zu schaffen, das direkt mit aus unseren Gehirnen entnommenen Informationen programmiert werden konnte. Und das haben wir geschafft – viel zu gut!

Während der vergangenen zwanzig Jahre habe ich ausreichend Zeit gehabt, darüber nachzudenken, wo unser Fehler lag. Ich habe ihn begangen, Gott möge mir helfen – der richtige Gott, falls Er existieren sollte, nicht du, du mechanischer Hochstapler! Ständig hat während der ganzen Zeit unserer Arbeit irgendwo der Gedanke gelauert, daß wir, wenn wir eine Maschine konstruierten, wie sie uns vorschwebte, wir Gott werden würden: durch die Schaffung einer kreativen Intelligenz, wie es allein Ihm gelungen war! Das war Größenwahn, und ich schäme mich dessen, doch der Gedanke *war* in meinem Bewußtsein, und von dort ist er in das deine übertragen worden. Niemand wußte davon; ich hatte sogar Angst, es mir selbst gegenüber zuzugeben, denn die Scham ist eine bewahrende Tugend der Menschen. Aber du! Was kannst du von Scham wissen, von Selbstbeherrschung, von Mitgefühl und Liebe? Sobald diese Manie in deinen Komplex künstlicher Neuronen gepflanzt worden war, begann sie unbeschränkt zu wuchern und ... du bist das Resultat davon. Wahnsinnig mit der Gier nach göttlicher Verehrung! Wozu sonst die Doktrin ›Das Wort schuf den Stahl‹, und das Symbol des Rades, der Form, die in der Natur nicht vorkommt? Wozu sonst all die Mühen in der Hoffnung, Parallelen zu schaffen zwischen deiner gottlosen Existenz und dem größten Menschen, der je gelebt hat?«

Karimov sprach noch immer leise und ruhig, doch aus seinen Augen sprühte Haß.

»Du hast keine Seele und beschuldigst mich des Sakrilegs. Du bist nichts als ein Haufen Drähte und Transistoren und nennst dich Gott. Blasphemie! Nur ein Mensch kann zum Gott werden!«

Der Robot veränderte metallisch klirrend seine Stellung und sagte: »Das alles ist nicht nur Unsinn, sondern du verschwendest auch meine wertvolle Zeit damit. Ist das der einzige Grund für dein Kommen: mich anzuschreien?«

»Nein«, sagte Karimov, »ich bin gekommen, um dich abzustellen.«

Endlich griff seine Hand in die ausgebeulte Tasche und zog den Gegenstand heraus, der darin verborgen war: eine seltsame kleine Waffe, weniger als sechs Zoll lang. Ein kurzes Metallrohr ragte aus ihrem vorderen Ende heraus, an ihrem kolbenförmigen Griff befand sich ein elektrisches Kabel, das in seine Jacke führte; unter seinem Daumen befand sich ein kleiner, roter Knopf.

Er sagte: »Ich habe zwanzig Jahre gebraucht, um dieses Ding zu konstruieren. Für deinen Körper haben wir einen Stahl ausgewählt, den nur eine Atom-Explosion zerstören kann; aber wie könnte ein Mann mit einer Atomwaffe auf dem Rücken hier hereinmarschieren, da wir dir auch die Fähigkeit verliehen haben, Strahlungen zu erkennen? Ich mußte also warten, bis ich ein Gerät entwickelt hatte, mit dem es möglich ist, deinen Stahlkörper so leicht zu zerschneiden, wie ein Messer das schwache Fleisch eines Menschen zerschneidet. Hier ist es – und jetzt kann ich das Unheil wiedergutmachen, das ich über die Menschheit gebracht habe.«

Er drückte auf den Knopf.

Der Robot, der bis zu diesem Augenblick reglos gesessen hatte, als ob er es nicht glauben konnte, daß irgend jemand wirklich vorhaben könnte, ihm Schaden zuzufügen, fuhr hoch, wandte sich halb um und stand paralysiert, als ein winziges Loch in seiner Seite erschien. Stahl begann in kleinen Tropfen um das Loch zu rinnen; seine Umgebung glühte rot, und die Tropfen flossen wie Wasser – oder Blut.

Karimov hielt die Waffe fest in seiner Hand, obwohl sie seine Finger versengte. Schweißtropfen bildeten sich auf seiner Stirn. Noch eine halbe Minute, dann würden die Schäden irreparabel sein.

Hinter ihm krachte die Tür auf. Er fluchte, weil seine Waffe bei Menschen unwirksam war. Bis zum letztmöglichen Augenblick hielt er sie auf den Robot gerichtet, dann wurde er von hinten gepackt, das Kabel wurde aus der Waffe gerissen, zu Boden geworfen und zertreten.

Der Robot rührte sich nicht.

Die Anspannung von zwanzig haßerfüllten Jahren löste sich, und seine Erleichterung machte sich in einem hysterischen Lachen Luft, das er nicht unterdrücken konnte. Als es ihm schließlich doch gelang, sah er, daß der Mann, der ihn festhielt, der junge Meßdiener war, der ihn in die Sakristei eingelassen hatte, und daß andere Männer bei ihm waren, Fremde, die ihren Gott in schweigendem Entsetzen anstarrten.

»Seht ihn euch an! Seht ihn euch an!« schrie Karimov. »Euer Idol war nichts anderes als ein Robot, und was der Mensch schafft, kann er auch wieder zerstören. Er hat behauptet, unverwundbar zu sein, doch das war eine Lüge! Ich habe euch befreit! Begreift ihr das nicht? *Ich habe euch befreit!«*

Doch der Meßdiener achtete nicht auf ihn. Er starrte wie hypnotisiert auf die monströse Metallpuppe, fuhr mit der Zunge über seine Lippen und sagte schließlich mit einer Stimme, die weder erleichtert noch entsetzt klang, sondern nur ehrfürchtig: »Das Loch in seiner Seite!«

In Karimov begann ein Traum zu zersplittern. Benommen sah er, wie die anderen Männer zu dem Robot traten und mit Instrumenten in das Loch fuhren. Er hörte einen von ihnen fragen: »Wie lange wird es dauern, ihn zu reparieren?« Und ein anderer antwortete unbeteiligt: »Oh, drei Tage, würde ich sagen.« Und damit war Karimov klar, was er getan hatte.

War heute nicht ein Freitag, und hatten sie nicht Frühling? Hatte er nicht gewußt, daß der Robot sorgfältig Parallelen zog zwischen seiner eigenen Karriere und der des Mannes, den er parodierte? Jetzt hatte er ihren Höhepunkt erreicht: es hatte einen Tod gegeben, und es würde eine Auferstehung geben – am dritten Tag ...

Und die Herrschaft von ›Das Wort machte den Stahl‹ würde niemals gebrochen werden.

Die Männer machten, einer nach dem anderen, das Zeichen des Rades und gingen, bis nur noch einer zurückblieb. Mit finsterem Gesicht trat er vom Thron herab und blieb vor dem Meßdiener stehen, der Karimov noch immer fest umklammert hielt.

»Wer ist dieser Diener des Teufels?« fragte er.

Der Meßdiener blickte auf die schlaffe Gestalt, die zusammengesunken auf dem mittleren Stuhl lag, als ob das Gewicht von Äonen auf ihm lastete, und antwortete: »Er nennt sich Karimov. Aber natürlich hätte er sagen sollen: Ischariot.«

Die Vitanulen

Vor dem geräuschdichten, erregerdichten Glasfenster des Kreißsaals blieb die Oberschwester des Entbindungskrankenhauses stehen. »Und das«, sagte sie zu dem hochgewachsenen, jungen Amerikaner von der Welt-Gesundheits-Organisation, »ist unser Schutzheiliger.«

Barry Chance blinzelte sie an. Sie war eine energische Kaschmiri von Anfang vierzig mit einer Aura von Kompetenz, so gar nicht der Typ, der über seine Lebensaufgabe scherzte. Und es hatte auch nicht die geringste Spur von Humor in ihrem Ton gelegen. Doch in diesem von Menschen überqellenden Subkontinent Indien konnte ein Fremder niemals sicher sein, wie ernst irgend jemand irgend etwas nahm. Schließlich war das ganze Universum *maya* – eine Illusion – jedenfalls nach den klassischen Lehren.

Er entschloß sich zu einem Kompromiß. »Es tut mir leid«, log er. »Ich habe nicht ganz verstanden ...«

Aus dem Augenwinkel heraus blickte er den Mann an, auf den die Oberschwester ihn hingewiesen hatte. Er war alt und fast kahl, und das wenige Haar, das ihm verblieben war, umgab seinen Kopf wie ein schlohweißer Heiligenschein. Die meisten Inder, hatte der Amerikaner bemerkt, neigten im Alter zum Dickwerden, dieser jedoch war hager geworden wie Gandhi. Aber ein asketischer Körper und ein Heiligenschein aus weißem Haar waren sicher nicht ausreichend, um ihn als Heiligen zu bezeichnen?

»Unser Schutzheiliger«, wiederholte die Oberschwester, ohne die Verwirrung ihres Besuchers zu registrieren. »Dr. Ananda Kotiwalla. Sie haben Glück, daß Sie ihn bei der Arbeit sehen können. Es ist sein letzter Tag heute, bevor er sich zurückzieht.«

In seinem Bemühen, einen Sinn in ihre Worte zu bringen,

starrte Chance den alten Mann offen an. Er fand diese Unhöflichkeit entschuldbar, da dieser Korridor vor dem Kreißsaal eine Art öffentliche Galerie war. Zu beiden Seiten hockten Verwandte und Freunde der Schwangeren einschließlich Kinder, die so klein waren, daß sie sich auf die Zehenspitzen recken mußten, um durch das Fenster blicken zu können. In Indien gab es keine Privatsphäre, es sei denn, man war sehr reich. In allen unterentwickelten, überbevölkerten Ländern genoß nur ein verschwindend geringer Teil der Menschen den Luxus, den er von Kindheit an für selbstverständlich gehalten hatte.

Die Tatsache, daß Kleinkinder fasziniert die Ankunft ihrer neuen Brüder und Schwestern beobachten konnten, wurde hier als Teil des Heranwachsens betrachtet. Chance erinnerte sich energisch daran, daß er hier ein Fremder war und – vor allem – selbst Arzt, und an einer der wenigen Universitäten studiert hatte, wo den Absolventen der hippokratische Eid noch in vollem Wortlaut abgenommen wurde. Er drängte seine persönlichen Vorurteile in den hintersten Teil seines Gehirns zurück und konzentrierte sich darauf, den seltsamen Kommentar der Oberschwester zu enträtseln.

Die Szene vor seinen Augen gab ihm dazu keinerlei Hinweise. Alles, was er sehen konnte, war ein typischer Kreißsaal in einem typisch indischen Krankenhaus, in dem sechsunddreißig Frauen in den Wehen lagen; zwei von ihnen schrien vor Schmerzen – wenn man von ihren offenstehenden Mündern und ihren sich windenden Körpern ausging; die Geräuschabdichtung war außergewöhnlich gut.

Er fragte sich, was die Inder wirklich empfinden mochten, wenn ihre Kinder unter solchen Umständen das Licht der Welt erblickten. Für ihn war es ein Fließband; bei dem die Mütter zu Maschinen reduziert wurden, die ihre nach dem Plan festgesetzte Anzahl von Kindern produzierten. Und alles so entsetzlich öffentlich!

Aber wieder war er in den Fehler verfallen, wie ein moderner Amerikaner zu denken. Engstirnig. Ungezählte Generationen von Menschen waren in der Öffentlichkeit geboren worden. Obwohl es Schätzungen gab, nach denen die Zahl der jetzt auf der Erde lebenden Menschen etwa der aller Menschen entsprach, die jemals vor dem einundzwanzigsten Jahrhundert geboren worden waren, setzten die meisten von ihnen die alte Tradition fort und machten die Geburt zu einem gesellschaftlichen Ereignis: auf den Dörfern bot sie den Anlaß für ein großes Fest, hier in der Stadt für einen Familienausflug zum Krankenhaus.

Die modernen Attribute des Vorgangs ließen sich leicht aufzählen. Das Verhalten der Mütter, zum Beispiel. Man konnte mit einem Blick feststellen, welche von ihnen moderne pränatale Instruktionen erhalten hatte, denn sie hielten die Augen geschlossen und ihre Gesichter zeigten einen Ausdruck von Entschlossenheit. Sie wußten, was für ein Wunder sich in ihrem Körper vollzog und daß sie es unterstützen mußten, anstatt sich ihm zu widersetzen. Gut. Chance nickte anerkennend. Doch da waren die Frauen, die schrien, sicher mehr aus Angst, als vor wirklichen Schmerzen ...

Er löste seine Aufmerksamkeit von ihnen. Schließlich hatte er den Auftrag, einen Bericht über die hier angewandten Methoden zu machen.

Die letzten Experten-Empfehlungen schienen Beachtung gefunden zu haben – das konnte man in einer Großstadt auch erwarten und von Medizinern, die den Vorteil genossen hatten, im Ausland ausgebildet worden zu sein. Sehr bald würde er auf die Dörfer gehen müssen, und da sah es bestimmt anders aus, doch daran wollte er erst denken, wenn er dazu gezwungen war.

Der alte Arzt, den man hier ›unseren Schutzheiligen‹ nannte, brachte gerade die Entbindung eines Jungen zu Ende. Eine Hand in einem sterilen Handschuh hielt das neueste Mitglied der Menschenmassen an den Beinen empor. Ein kleiner Schlag – nein: ein wunderbar zurückhaltender Klaps mit der offenen Hand, gerade stark genug, um den Schrei und den ersten Atemzug auszulösen, und nicht stark genug, um das Geburts-Trauma zu verschlimmern. Er übergab ihn der wartenden Schwester, die ihn auf die kleine Bank neben dem Bett legte; sie war niedriger, als das Bett der Mutter, so daß auch die letzten Tropfen wertvollen Mutterblutes aus der Plazenta abfließen konnten, bevor die Nabelschnur durchtrennt wurde.

Ausgezeichnet. Alles nach den Regeln der besten modernen medizinischen Praxis. Außer – warum mußte der Arzt dem Mädchen, das ihm assistierte, so viel so geduldig erklären?

Chances Verwirrung war nur von kurzer Dauer. Dann erkannte er den Grund. Es gab nicht genügend ausgebildete Schwestern in diesem Land, um jeder Mutter eine zuteilen zu können. Also waren die Mädchen, die angstvoll in ihren sterilen Plastik-Overalls, das lange, schwarze Haar unter sterilen Plastik-Hauben versteckt, assistierten, jüngere Schwestern oder die ältesten Töchter der Gebärenden, die ihr Bestes gaben, um auszuhelfen.

Dann ließ der alte Mann, mit einem letzten beruhigenden Lächeln, das verängstigte Mädchen mit der jungen Mutter allein und hielt die Hand einer der schreienden Frauen.

Chance sah anerkennend zu, wie er beruhigend auf sie einsprach, innerhalb von Sekunden erreichte, daß sie sich völlig entkrampfte, und ihn – so weit er das durch die doppelte Barriere von geräuschdichtem Glas und unverständlicher Sprache beurteilen konnte – erklärte, was sie dazu tun konnte, die Geburt zu beschleunigen. Doch das war nicht mehr, als er bereits in hundert anderen Krankenhäusern erlebt hatte.

Er wandte sich an die Oberschwester und fragte direkt: »Warum nennen Sie ihn den ›Schutzheiligen‹?«

»Dr. Kotiwala«, sagte die Oberschwester, »ist der ... wie drückt man das in Englisch aus ... der ›empathischste‹ aller unserer Ärzte.«

»Von Empathie – Mitgefühl?« Chance runzelte die Stirn. »Ich weiß nicht. Aber auf jeden Fall verstehe ich, was Sie sagen wollen.«

»Ja«, sagte die Oberschwester. »Haben Sie gesehen, wie er diese schreiende Frau beruhigt hat?«

Chance nickte langsam. Ja, in einem Land wie diesem konnte man es als eine besondere Gabe betrachten, wenn es jemand gelang, die Barriere des Aberglaubens von Frauen zu durchbrechen, die kaum über dem Niveau von Bauern standen, und ihnen all das klarzumachen, was den anderen Frauen während ihrer neunmonatigen Schwangerschaft und mit viel professioneller Hilfe verständlich gemacht worden war. Jetzt war nur noch eine Frau da, deren Mund heulend offenstand, und der Arzt trat zu ihr. Die andere, mit der er eben gesprochen hatte, gab jetzt den Preßwehen nach, anstatt sich gegen sie zu stemmen.

»Dr. Kotiwala ist wunderbar«, fuhr die Oberschwester fort. »Alle lieben ihn. Ich habe erlebt, daß Eltern Astrologen konsultiert haben, nicht um den günstigsten Geburtstag für ihr Kind feststellen zu lassen, sondern um sich zu versichern, daß es während Dr. Kotiwalas Schicht im Kreißsaal geboren werden würde.«

Schicht? Oh, natürlich. Sie arbeiteten hier in drei Schichten. Wieder erschien das Bild eines Fließbandes vor seinem geistigen Auge. Doch das war ein viel zu modernes Konzept, um es mit Astrologie auf einen Nenner bringen zu können. Was für ein verrücktes Land! Chance unterdrückte einen Schauer und gab zu, daß er froh sein würde, wenn er wieder nach Hause zurückfliegen konnte.

Eine ganze Weile war er still, weil er etwas bemerkt hatte, das ihm vorher nicht aufgefallen war: wie die Mütter, wenn die Wehen nicht zu stark waren, die Augen öffneten und mit ihren Blicken Dr. Kotiwala durch den Raum folgten, als ob sie ihn auffordern wollten, doch eine Minute zu ihnen zu kommen.

Doch heute wurden diese Hoffnungen nicht erfüllt. Am anderen Ende des Saals kam es zu einer Steißlage, und der Arzt brauchte eine Weile geduldiger, geschickter Manipulation, um das Kind im Mutterleib umzudrehen. Ein auffallend hübsches, etwa fünfzehnjähriges Mädchen in einem Plastik-Overall stand über die Frau gebeugt, verfolgte aufmerksam, was der Arzt tat, und hielt ihre rechte Hand so, daß die unruhige, verängstigte Mutter sie umklammern konnte.

Nach seinem eigenen Standard, überlegte Chance, gab es nichts, was Kotiwala besonders auszeichnete. Er war offensichtlich kompetent, und seine Patienten schienen ihn zu mögen, doch er war alt und recht langsam, und man merkte, wie vorsichtig er sich bewegte, wo seine Schicht sich ihrem Ende näherte und er müde wurde.

Andererseits war es natürlich bewundernswert, daß er sich in einer Geburtsfabrik wie dieser sein menschliches Mitgefühl erhalten konnte. Chance hatte die Oberschwester gleich nach seiner Ankunft gefragt, wie lange die Patientinnen hier blieben, und sie hatte ihm mit einem leichten Lächeln erklärt: »Oh, so um die vierundzwanzig Stunden normalerweise, und sechsunddreißig, wenn es zu Komplikationen kommt.«

Vom amerikanischen Standpunkt aus konstituierte selbst das noch keinen Anspruch auf Heiligkeit, doch indische Augen mochten das anders sehen. Die Oberschwester hatte ihn gewarnt, daß er zu einer ungewöhnlich geschäftigen Zeit gekommen sei, neun Monate nach einem großen religiösen Frühlingsfest, das von den Menschen als ein glückbringender Zeitpunkt zur Vergrößerung ihrer Familien angesehen wurde. Doch diese Warnung hatte ihn nicht auf die Realität vorbereitet: die Geburtsstation war *überfüllt*.

Doch es hätte schlimmer kommen können. Er fühlte einen leichten Schauer. Dem Problem war das Rückgrat gebrochen, auch wenn es noch immer Tag für Tag 180000 neue Mäuler zu stopfen gab. Beim Höhepunkt der Bevölkerungsexplosion waren es knapp unter einer Viertelmillion gewesen; dann hatte sich der Einfluß moderner Erkenntnisse durchgesetzt, und selbst in Asien, Afrika und Latein-Amerika hatten die Menschen eingesehen, daß sie nur so viele Kinder haben sollten, wie sie ausreichend ernähren, kleiden und ausbilden lassen konnten, und die Krise klang ab.

Trotzdem würde es noch Jahre dauern, bevor die Kinder jener Flutwelle von Geburten Lehrer, Arbeiter und Ärzte sein würden, um diesen ungeheuren Druck abbauen zu helfen. Als er daran dachte, kam er auf ein Thema zurück, das ihn in der letzten Zeit stark beschäftigt hatte, und er sprach seine Gedanken laut aus, ohne es zu wollen.

»Menschen wie ihn, vor allem in diesem Job – die sollten sie auswählen!«

»Wie bitte?« sagte die Oberschwester mit britischer Förmlichkeit. Die Kolonialzeit hatte bei den Intellektuellen des Landes unauslöschliche Spuren hinterlassen.

»Nichts«, murmelte Chance.

»Aber Sie haben doch gesagt, daß jemand Dr. Kotiwala für irgend etwas auswählen sollte?«

Ärgerlich mit sich selbst und – nachdem er an das Dilemma erinnert worden war, mit dem die Welt schon sehr bald konfrontiert werden würde – unfähig, den Mund zu halten, gab Chance nach.

»Sie haben gesagt, daß dies Dr. Kotiwalas letzter Tag hier sei, nicht wahr?«

»Ja. Er hört morgen auf.«

»Haben Sie jemand, der ihn ersetzen wird?«

Die Oberschwester schüttelte heftig den Kopf. »O nein! Natürlich wird ein anderer Arzt seine Schicht übernehmen, aber Männer wie Dr. Kotiwala sind in jeder Generation rar, und in der heutigen Zeit erst recht. Es tut uns sehr leid, ihn zu verlieren.«

»Hat er – ah – das offizielle Pensionierungsalter schon erreicht?«

Die Oberschwester lächelte dünn. »In Indien können wir uns die Verschwendung, die ihr Amerikaner treibt, nicht leisten, und dazu zählt auch, brauchbares Material – auch menschliches – auf den Abfallhaufen zu werfen, bevor es abgenutzt ist.«

Mit dem Blick zu dem alten Arzt, der das Kind in der Steißlage umgedreht und zur Welt gebracht hatte und nun zum nächsten Bett ging, sagte Chance: »Mit anderen Worten, er tritt freiwillig ab?«

»Ja.«

»Warum? Hat er das Interesse an seiner Arbeit verloren?«

Die Oberschwester war ehrlich schockiert. »Natürlich nicht! Aber ich bin nicht sicher, ob ich Ihnen seine Gründe dafür erklären kann ...« Sie biß sich auf die Lippe. »Er ist schon sehr alt, wissen Sie, und befürchtet, daß eines Tages ein Kind bei der Geburt sterben könnte, weil seine Konzentrationsfähigkeit nachläßt. Und wenn das geschähe, würde es ihn auf dem Pfad der Erleuchtung um viele Stufen zurückwerfen.«

Chance spürte selbst einen Ansturm von Erleuchtung. Im Glauben, daß er vollkommen begriff, was die Oberschwester ihm sagen wollte, murmelte er: »In dem Fall verdient er auch ...«

Er brach ab, weil er über dieses Thema nicht einmal denken sollte, geschweige denn sprechen.

»Wie bitte?« sagte die Oberschwester, und als Chance den Kopf schüttelte, fuhr sie fort: »Sie müssen verstehen, daß Dr. Kotiwala in seiner Jugend sehr stark von den Lehren der Jains beeinflußt wurde, denen jede Art des Tötens widerstrebt. Als sein Wunsch, Leben zu bewahren, ihn zum Medizinstudium führte, mußte er sich damit abfinden, daß einige Formen des Tötens – das Abtöten von Bakterien, beispielsweise – für das Überleben von Menschen unvermeidlich sind. Doch sein Mitgefühl basiert nach wie vor auf religiösen Prinzipien, und es wäre für ihn unerträglich, wenn seine eigensüchtige Arroganz weiterzuarbeiten, obwohl er sich seiner nicht mehr sicher ist, einem Neugeborenen seiner Möglichkeit beraubte, ein gutes und gesundes Leben zu führen.«

»Dann kann er kein wirklicher Jain gewesen sein«, sagte Chance, weil ihm im Moment nichts anderes dazu einfiel. Für sich dachte er, wenn die Oberschwester recht haben sollte, so gab es zu Hause einige Fossilien, in der Medizin und auf anderen Gebieten, die eine Transfusion von Kotiwalas Bescheidenheit brauchten, anstatt weiterzumachen, bis sie gefährlich senil geworden waren.

»Offiziell ist er Hindu, wie die meisten von uns«, erklärte die Oberschwester. »Doch er hat mir erklärt, daß er sich auch gründlich mit dem Buddhismus beschäftigt hat – der ja schließlich als hinduistische Häresie begann.« Das schien sie nicht sonderlich zu stören. »Aber ich fürchte, ich habe noch immer nicht begriffen, was Sie vorhin angedeutet haben«, setzte sie hinzu.

Chance dachte an die gigantischen Pharmazie-Konzerne von Du Pont, Glaxo oder vielen anderen, wo Tag und Nacht unter Aufwendung von mehr Energie gearbeitet wurde, als eine Million Mütter aufbrachten, wenn sie ganz gewöhnliche Menschen gebaren, und entschied, daß die Tatsachen ohnehin sehr bald der Öffentlichkeit bekanntgegeben werden würden, so daß er es sich leisten konnte, einen Zipfel des Vorhangs zu lüften. Er fand es bedrückend, ständig den Mund halten zu müssen.

Er sagte: »Ich wollte sagen, wenn ich in dieser Angelegenheit etwas zu bestimmen hätte, würde ich Menschen wie ihm den Vorrang geben, wenn es um ... ah ... die Anwendung der modernsten medizinischen Behandlungsmethoden geht. Jemand zu erhalten, der geliebt und bewundert wird, erscheint mir wichtiger, als jemand zu retten, den andere nur fürchten.«

Es entstand eine Pause.

»Ich glaube, daß ich Ihnen jetzt folgen kann«, sagte die Oberschwester schließlich. »Ich nehme an, daß sich die Anti-Todes-Pille als erfolgreich erwiesen hat?«

Chance zuckte zusammen. Sie verzog ihren Mund wieder zu ihrem leichten Lächeln.

»Oh, es ist für uns schwer, uns in der Literatur auf dem laufenden zu halten,wo wir unter einem so starken Druck arbeiten müssen, doch es hat gewisse Hinweise gegeben, nicht wahr? In den reichen Ländern wie Amerika und Rußland versucht man seit Jahren, ein Breitspektrum-Medikament zu finden, das das Altern verhindert, und ich glaube – ich kenne diese Länder nur vom Hörensagen –, daß es harte Debatten darüber gegeben hat, wer zuerst davon profitieren sollte.«

Chance gab es nun ganz auf und nickte bedrückt. »Ja, es gibt ein spezifisches Medikament gegen Senilität. Es ist noch nicht durch alle Tests gelaufen, doch der Druck auf die Hersteller, es endlich in die normale Produktion zu nehmen, ist so stark geworden, daß ich kurz vor meiner Reise nach Indien erfuhr, daß die ersten Verträge geschlossen worden sind. Eine Behandlung kostet zwischen fünf- und sechstausend Dollar und dauert acht bis zehn Jahre. Ich brauche Ihnen nicht zu erklären, was das heißt. Doch wenn ich etwas zu sagen hätte, würde ich jemand wie Ihren Dr. Kotiwala davon profitieren lassen, vor all den stupiden, alten Männern mit Macht und Geld, bei denen dieser Durchbruch nur dazu führen wird, daß ihre verstaubten Vorurteile in die Zukunft weitergegeben werden!«

Er schwieg, erschrocken über seine eigene Heftigkeit, und hoffte, daß keiner der neugierigen Zuschauer, die um sie herumstanden, Englisch verstand.

»Ihre Einstellung ehrt Sie«, sagte die Oberschwester. »Doch in Ihrem Sinn ist es falsch zu sagen, daß Dr. Kotiwala in den Ruhestand tritt. Er würde wahrscheinlich sagen, daß er seine Lebensaufgabe wechselt. Und wenn Sie ihm die Anti-Senilitäts-Behandlung anbieten würden, glaube ich, daß er sie zurückweisen würde.«

»Aber warum in aller Welt ...«

»Es ist so schwer, das auf Englisch auszudrücken.« Die Oberschwester runzelte die Stirn. »Wissen Sie vielleicht, was ein Sunnyasi ist?«

Verwirrt sagte Chance: »Einer dieser heiligen Männer, die ich hier gelegentlich gesehen habe, die nichts anderes tragen, als ein Lendentuch und eine Almosenschüssel.«

»Und einen Stab, meistens.«

»Eine Art Fakir?«

»Nein. Ein Sunnyasi ist ein Mann im letzten Stadium seines Lebenswerks. Er kann vorher alles mögliche gewesen sein: Geschäftsmann, Beamter, Anwalt oder auch Arzt.«

»Sie wollen damit sagen, daß Dr. Kotiwala all sein medizinisches Wissen, all seine Erfahrung, all die Dienste, die er diesem übervölkerten Land noch immer leisten könnte, selbst wenn die Gefahr besteht, vielleicht das Leben eines

Kindes zu gefährden, aufgibt, und in ein Lendentuch gekleidet umherziehen will, nur um des eigenen Seelenheils willen?«

»Das ist der Grund dafür, daß wir ihn unseren Schutzheiligen nennen«, sagte die Oberschwester mit einem liebevollen Lächeln in Dr. Kotiwalas Richtung. »Wenn er von hier fortgegangen ist und viele Verdienste gewonnen hat, wird er uns, die wir zurückbleiben, für immer ein Freund sein.«

Chance war erschüttert. Vor wenigen Minuten hatte die Oberschwester festgestellt, daß Indien es sich nicht leisten könne, Menschen wegzuwerfen, die noch etwas leisten konnten; doch jetzt schien sie einem Plan zuzustimmen, der seiner Ansicht nach zu gleichen Teilen aus Aberglauben und Selbstsucht bestand.

»Wollen Sie damit sagen, daß er an den Unsinn glaubt, Verdienste für ein zukünftiges Leben zusammenzutragen?«

Die Oberschwester blickte ihn kühl an. »Sie sind sehr taktlos, fürchte ich. Der Hinduismus lehrt, daß die Seele des Menschen in einem ewigen Zyklus wiedergeboren wird, bis sie das Eins-Sein mit Allem erreicht. Können Sie nicht verstehen, daß eine lebenslange Arbeit unter Neugeborenen das für uns zu einer Realität werden läßt?«

»Sie glauben auch daran?«

»Das spielt hier keine Rolle. Aber ... ich erlebe jedes Mal ein Wunder, wenn ich eine Mutter ins Krankenhaus aufnehme. Ich werde Zeuge, wie ein animalischer Akt, ein schleimiger, schmutziger, *blutiger* Prozeß, zur Geburt eines denkenden Wesens führt. Ich bin so geboren worden, und Sie, als schreiendes, hilfloses Kind, und jetzt stehen wir hier und sprechen über abstrakte Konzeptionen. Vielleicht ist das nichts anderes, als eine komplexe chemische Funktion, ich weiß es nicht. Wie ich Ihnen bereits sagte, habe ich kaum Zeit, mich in der Literatur auf dem laufenden zu halten.«

Chance starrte durch das Fenster in den Kreißsaal und runzelte die Stirn. Er fühlte sich irgendwie enttäuscht – sogar betrogen –, nachdem er Dr. Kotiwala nach den bewundernden Worten der Oberschwester bereits beinahe akzeptiert hatte. Schließlich murmelte er: »Ich denke, wir sollten jetzt weitergehen.«

Das Gefühl, das Dr. Kotiwala am stärksten bewußt wurde, war Erschöpfung. Sie hatte seinen ganzen Körper erfaßt, bis ins Knochenmark.

Nach außen hin merkte man ihm das nicht an; nichts deutete darauf hin, daß er seine Aufgaben nur noch mechanisch erfüllte. Die Mütter, die sich und ihre Kinder seiner Fürsorge anvertrauten, hätten solche Zeichen mit einem Instinkt erkannt, der stärker war, als der anderer Menschen, und er hätte die Wahrheit dann selbst erkannt und gespürt, daß er ihr Vertrauen mißbrauchte.

Doch er war unbeschreiblich, unglaublich müde.

Mehr als sechzig Jahre waren vergangen, seit er die Universität verlassen hatte. Nichts hatte sich geändert bei der Art, auf die Menschen geschaffen wurden. Oh, das Drumherum hatte einige Änderungen erfahren, da die Medizin immer weitere Fortschritte machte; er erinnerte sich an Katastrophen, wie sie von Medikamenten wie Thalidomid (A. d. Ü.: in der Bundesrepublik unter dem Handelsnamen ›Contergan‹ vertrieben) ausgelöst worden waren, an die zweifelhaften Segnungen der Antibiotika, durch die Länder wie dieses mit mehr Menschen überschwemmt wurden, als sie ernähren konnten, und jetzt arbeitete er mit Techniken, die sicherstellen sollten, daß neun von zehn Kindern, die unter seiner Aufsicht geboren wurden, auch gewollt waren, von ihren Eltern geliebt wurden, anstatt als Belastung empfunden oder zu dem Halb-Leben einer Illegitimität verurteilt zu sein.

Manchmal entwickelten die Dinge sich gut und manchmal schlecht. Im Lauf seiner langen und nützlichen Karriere hatte Dr. Kotiwala gelernt, sich auf kein anderes Prinzip zu verlassen.

Morgen ...

Sein Bewußtsein drohte, von seiner Arbeit abzuschweifen: dem letzten Kind, dem er in die Welt geholfen hatte, ein unabhängiges Leben zu geben. Wie viele Tausende von Müttern hatten vor ihm im Bett gestöhnt? Er wagte die Zahl nicht zu schätzen. Und wie viele Tausende neuer Menschen hatte er in die Welt geholt? Ihre Zahl wagte er noch viel weniger zu schätzen. Vielleicht hatte er einem Dieb, einem Mörder, einem Brudermörder zum Leben verholfen ...

Aber das tat jetzt nichts zur Sache. Morgen – eigentlich schon heute, denn seine Schicht war gleich zu Ende, und das Baby, das er jetzt an den Füßen emporhielt, war das letzte, das er jemals in einem Krankenhaus entbinden würde, obwohl ihn die Vorstellung entsetzte, es in irgendeinem gottverlassenen Dorf tun zu müssen, wo er selbstverständlich helfen würde ... Der morgige Tag würde ihm das Ende aller weltlichen Bindungen bringen. Er würde sich dem Leben der Seele ergeben, und ...

Er brach den Gedanken abrupt ab. Die Frau, die neben der Mutter saß, ihre Schwägerin, verwirrt von den Dingen, die sie hatte tun müssen, wie ihre Hände in einer desinfizierenden Lösung zu sterilisieren, und ihren besten Sari gegen einen klammen Plastik-Overall einzutauschen, sprach die entsetzliche Frage aus.

Er zögerte mit der Antwort. Bei flüchtiger Betrachtung schien mit dem Baby alles in Ordnung zu sein. Es war ein Junge; er wirkte gesund und begrüßte die Welt mit einem kräftigen Schrei. Alles war so, wie es sein sollte. Und doch ... Er nahm das Neugeborene auf die Arme und hob erst das eine, dann das andere Augenlid. Sechzig Jahre Praxis hatten ihn behutsam werden lassen. Er blickte tief in die leeren, hellen Augen, die beinahe beängstigend zu der sie umgebenden, braunen Haut kontrastierten.

Hinter ihnen war ... war ...

Doch was konnte man über ein Kind sagen, das so neu war wie dieses? Er seufzte und übergab es der Obhut der Schwägerin, und die Uhr an der Wand vertickte die letzten Sekunden seiner letzten Schicht.

Trotzdem wurden seine Gedanken von dem unerklärlichen Impuls beherrscht, der ihn zwang, sich den Jungen noch einmal anzusehen. Als der Arzt erschien, der ihn ablösen sollte, schloß Dr. Kotiwala seine Zusammenfassung mit den Worten: »Und mit dem Jungen, der gerade in Bett zweiunddreißig geboren wurde, ist irgend etwas nicht in Ordnung. Ich kann nicht sagen, was es ist. Aber wenn Sie Gelegenheit dazu finden, sehen Sie doch einmal nach, bitte.«

»In Ordnung«, sagte der ablösende Arzt, ein fetter, junger Mann aus Benares, mit einem glänzenden, braunen Gesicht und glänzenden, weichen Händen.

Die Sache ging Dr. Kotiwala nicht aus dem Kopf, obwohl er darüber gesprochen hatte. Nachdem er sich geduscht und umgezogen hatte und zum Gehen bereit war, blieb er noch eine Weile auf dem Korridor stehen und sah zu, wie sein Kollege das Baby von Kopf bis Fuß genau untersuchte. Doch er fand nichts, und als er Dr. Kotiwala hinter dem Glasfenster stehen sah, hob er beide Hände und zuckte die Schultern, eine Geste, die sagen sollte: »Viel Aufregung um nichts, wenn Sie mich fragen.«

Doch als ich in diese Augen geblickt habe, sah ich hinter ihnen ...

Nein, das war absurd. Was konnte ein Erwachsener in den Augen eines nagelneuen Kindes zu lesen hoffen? War es nicht eine Art Arroganz, die ihn vermuten ließ, daß seinem Kollegen irgend etwas von ungeheurer Wichtigkeit entgangen war? Er überlegte, ob er nicht in den Kreißsaal zurückgehen und den Jungen noch einmal untersuchen sollte.

»Ist das nicht Ihr Schutzheiliger, der dort steht?« murmelte Chance der Oberschwester in einem zynischen Ton zu.

»Ja, tatsächlich. Was für ein glücklicher Zufall! Jetzt können Sie ihn selbst kennenlernen, wenn Sie mögen.«

»Sie haben ihn mir in so glühenden Farben dargestellt«, sagte Chance trocken, »daß ich mir vorwerfen würde, eine einmalige Gelegenheit zu vergeuden, wenn ich nicht seine Bekanntschaft mache, bevor er die Welt verläßt.«

Die Oberschwester schien die Ironie nicht zu hören. Sie eilte ihm geschäftig und rufend voraus, wurde jedoch sofort still, als sie Kotiwalas bedrücktes Gesicht sah.

»Doktor! Ist irgend etwas geschehen?«

»Das weiß ich nicht«, seufzte der Arzt. Sein Englisch war gut, jedoch von dem Singsang-Akzent gefärbt, den die Briten als ›Bombay-Welsh‹ bezeichnet hatten. »Es ist das Kind, das gerade in Bett zweiunddreißig geboren wurde, ein Junge. Ich bin *sicher,* daß irgend etwas mit ihm nicht stimmt, doch falls Sie wissen wollen, was es ist, bin ich überfragt.«

»Dann müssen wir ihn sofort untersuchen«, sagte die Oberschwester energisch. Offensichtlich hatte sie unbedingtes Vertrauen in Dr. Kotiwalas Urteil.

»Dr. Banjeri hat ihn untersucht und nichts feststellen können«, antwortete Kotiwala.

Nach Ansicht der Oberschwester war Dr. Kotiwala Dr. Kotiwala und Dr. Banjeri ein Niemand; ihr Gesichtsausdruck sagte das deutlicher, als Worte es hätten ausdrücken können. Chance fiel ein, daß sich hier die Gelegenheit bot, festzustellen, ob es eine wirkliche Basis für die Bewunderung der Oberschwester gab.

»Hören Sie, es ist doch nicht nötig, noch mehr von Dr. Banjeris Zeit in Anspruch zu nehmen – er hat dort drin alle Hände voll zu tun; warum lassen Sie das Kind nicht herausbringen, und wir sehen es uns gemeinsam an?«

»Das ist Dr. Chance von der WHO«, erklärte die Oberschwester. Dr. Kotiwala drückte ihm zerstreut die Hand.

»Ja, das ist eine gute Idee. Eine zweite Diagnose, wie man sagt. Da bin ich gerne einverstanden.«

Chance hatte im stillen geglaubt, daß seine erst relativ kurze Zeit zurückliegende Ausbildung es ihm ermöglichen würde, ein paar Tests anzuwenden, mit denen Kotiwala nicht vertraut war. Es kam jedoch andersherum; das langsame, gründliche Palpieren von Leib und Gliedern des Kindes, das behutsame Abtasten der sieben *Chakras,* der traditionellen Zentren der imaginären yogischen ›Lebenskraft‹ – das alles gab es nicht in Chance' Vokabular medizinischer Techniken. Natürlich, vor der Entwicklung moderner Instrumente ...

Auf jeden Fall, ob sie sinnvoll waren oder nicht, führten solche Methoden zu nichts. Herz normal, Blutdruck durchschnittlich, keine ungewöhnlichen äußeren Merkmale, Reflexe kräftig, Fontanelle ein wenig größer als normal, doch noch innerhalb der üblichen Variation ...

Nach fast drei Viertelstunden war Chance überzeugt, daß der alte Mann dieses Theater nur veranstaltete, um Eindruck zu schinden, und verlor zunehmend die Geduld. Er bemerkte, daß Kotiwala wieder und wieder die Lider des Kindes anhob und in seine Augen starrte, als ob er das dahinterliegende Gehirn lesen könnte. Bei der letzten Wiederholung dieser Vorstellung sagte Chance scharf: »Können Sie mir erklären, Doktor, was Sie in seinen Augen sehen?«

»Was sehen Sie darin?« entgegnete Kotiwala und bedeutete Chance mit einer Geste, es ebenfalls zu tun.

»Nichts«, knurrte Chance kurz darauf. Sie hatten schließlich die Augen genauso gründlich untersucht wie alles andere. Die Iris zeigte den normalen, infantilen Reflex, das retinale Muster wies keinerlei sichtbare Abweichungen auf.

»Das ist es, was auch ich sehe«, sagte Kotiwala. »Nichts.«

Oh, um alles in der Welt! Chance machte auf dem Absatz kehrt, trat zu dem Kübel neben der Tür und warf seine sterilen Untersuchungs-Handschuhe hinein. »Ehrlich gesagt, ich kann an dem Jungen überhaupt nichts Anomales feststellen. Was, glauben Sie, könnte mit ihm nicht stimmen? Ist vielleicht durch ein Versehen die Seele eines Regenwurms in seinen Körper gelangt, oder sowas?«

Kotiwala konnte die Verachtung, mit der diese Worte ausgesprochen worden waren, kaum überhört haben, doch seine Antwort war vollkommen ruhig und höflich.

»Nein, Dr. Chance, das halte ich nicht für möglich. Nach langem Nachdenken bin ich zu der Erkenntnis gekommen, daß die traditionellen Vorstellungen unrichtig sind. Der menschliche Zustand ist eine allein auf Menschen bezogene Angelegenheit. Er schließt den Geistesschwachen und das Genie ein, nicht aber irgendeine andere Spezies. Wer könnte behaupten, daß die Seele eines Affen oder eines Hundes minderwertiger als die ist, welche aus den verschmutzten Fenstern der Augen eines Geistesschwachen blickt?«

»Ich bestimmt nicht«, sagte Chance sarkastisch und begann, seinen Plastik-Overall abzupellen. Kotiwala seufzte, zuckte die Achseln und schwieg.

Später ...

Der Sunnyasi Ananda Bhagat trug nichts als ein Lendentuch, besaß nichts mehr außer der Almosen-Schale und dem Stab, die er mit sich führte. Um ihn herum – es war kalt im Bergland in diesem düsteren Dezember – zitterten die Bewohner des Dorfes in ihrer dünnen, groben Bekleidung und drängten sich um ihre winzigen Feuer. Sie verbrannten Holz, nur selten Holzkohle, und selbst jetzt noch sehr viel Kuhmist. Die ausländischen Experten hatten ihnen zwar gesagt, daß sie den Mist als Dünger verwenden sollten, doch die Wärme eines Feuers stand der Gegenwart näher, als das Mysterium gebundenen Stickstoffs und die Ernte des kommenden Jahres.

Ananda ignorierte die Kälte und auch den Rauch, der aufwärts quirlte und die düstere Hütte füllte, als er beruhigend auf ein Mädchen von etwa siebzehn Jahren einsprach, das einen Säugling in den Armen hielt. Er hatte in die Augen des Kindes geblickt – und dort nichts gesehen.

Es war nicht das erste der kürzlich in diesem Dorf geborenen Kinder; und dies war nicht das erste Dorf, in dem er solche Kinder gesehen hatte. Er akzeptierte es als eine Tatsache des Lebens. Mit dem Ablegen des Namens Kotiwala hatte er auch seine Kenntnisse als Doktor der Medizin vom Trinity College in Dublin abgelegt, der die Regeln des Intellektualismus in den sterilen Sälen eines Großstadt-Krankenhauses befolgt hatte. Während seiner ganzen fünfundachtzig Lebensjahre hatte er gespürt, daß eine größere Realität über ihm schwebte, und sein letzter Entschluß war, sich ihr zu ergeben.

Als jetzt sein Blick forschend über das leere Gesicht des

Kindes glitt, hörte er ein Geräusch. Die junge Mutter hörte es ebenfalls und duckte sich zusammen, weil es so laut war und ständig lauter wurde. Ananda Bhagat hatte sich so weit von seiner früheren Welt entfernt, daß es einen bewußten Denkprozeß erforderte, bevor er es identifizieren konnte. Eine Drone am Himmel. Ein Helikopter; eine Seltenheit hier. Warum sollte ein Helikopter sich zu irgendeinem von Indiens siebzigtausend Dörfern verirren?

Die junge Mutter begann zu wimmern. »Sei ruhig, meine Tochter«, sagte der Sunnyasi. »Ich werde nachsehen, was es gibt.«

Er tätschelte ihre Hand, bevor er sie losließ, trat aus der Türöffnung der Hütte und stand auf der kalten, windigen Straße. Das Dorf hatte nur diese eine Straße. Er legte seine Hand über die Augen und blickte empor. Ja, wirklich ein Helikopter, der im schwachen Schein der Wintersonne glänzte, als er über dem Dorf kreiste. Er begann zu sinken, doch das war nicht darauf zurückzuführen, daß Ananda vor die Hütte getreten war. Bevor er das Geräusch gehört hatte, mußte die Maschine bereits zur Landung angesetzt haben.

Er wartete.

Nach einer Weile kamen die Menschen neugierig aus ihren Hütten und fragten sich, aus welchem Grund sie die Aufmerksamkeit der Außenwelt in Form dieser seltsamen, brummenden Maschine auf sich gezogen hätten. Als sie sahen, daß ihr verehrter Gast, der heilige Mann, der Sunnyasi – solche wie er waren rar in dieser Zeit und genossen deshalb besondere Achtung – ruhig stehen blieb, faßten sie Mut und traten näher zu ihm.

Der Helikopter setzte in einer wirbelnden Staubwolke ein Stück neben dem ausgetretenen Weg auf, den sie ihre Straße nannten, und ein Mann sprang heraus: ein hochgewachsener, hellhäutiger Ausländer. Er blickte langsam umher, entdeckte den Sunnyasi und stieß einen freudigen Ruf aus. Nachdem er sich umgewandt und seinen Begleitern etwas gesagt hatte, kam er die Straße entlang. Zwei andere Menschen sprangen aus der Maschine, blieben neben ihr stehen und sprachen leise miteinander, eine schlanke, junge Frau in einem blau grün gefärbten Sari und ein Mann in einem Flieger-Overall, der Pilot.

Das Baby an die Brust gedrückt kam auch die junge Mutter aus der Hütte, um zu sehen, was los war, gefolgt von ihrem ersten Kind – gerade dem Säuglingsalter entwachsen –, das mit unsicheren Schritten hinter ihr herlief, eine Hand ausgestreckt, um sich an ihr festzuhalten, wenn es das Gleichgewicht verlieren sollte.

»Dr. Kotiwala!« rief der Mann aus dem Helikopter.

»Der war ich einmal«, antwortete der Sunnyasi mit rostig klingender Stimme. Das ganze englische Vokabularium, das er einmal beherrscht hatte, war von ihm abgefallen wie die zu eng gewordene Haut einer Schlange.

»Mein Gott!« Die Stimme des Mannes war hart. »Wir haben genug Schwierigkeiten gehabt, Sie zu finden, also lassen Sie jetzt, wo wir hier sind, bitte Ihre Wortspiele. Bei dreizehn Dörfern haben wir landen müssen, um eine Spur von Ihnen zu finden, und überall wurde uns gesagt, Sie seien hiergewesen, aber gestern weitergezogen ...«

Er fuhr mit dem Handrücken über sein Gesicht.

»Mein Name ist Barry Chance, falls Sie mich vergessen haben sollten. Wir haben uns im Krankenhaus von ...«

Der Sunnyasi unterbrach ihn. »Ich weiß, wer Sie sind. Doch wer bin ich, daß Sie so viel Zeit und Energie aufwenden, um mich zu finden?«

»So weit wir feststellen konnten, waren Sie der erste, der jemals einen Vitanul identifiziert hat.«

Eine Weile herrschte Schweigen. Während dieser Stille konnte Chance beinahe sehen, wie die Persona des Sunnyasi verblaßte und von der Dr. Kotiwalas ersetzt wurde. Der Wechsel manifestierte sich auch in seiner Stimme, die wieder im gewohnten ›Bombay-Welsh‹ sprach.

»Mein Latein ist sehr schwach, weil ich nur so viel gelernt habe, wie ich als Mediziner brauchte, doch ich vermute, der Terminus ist eine Ableitung von *vita,* Leben, und *nullus* ... Sie meinen: wie dieses hier?« Er bedeutete der jungen Mutter näherzutreten und legte seine Hand auf den Rücken ihres Kindes.

Chance blickte das Baby ein paar Sekunden lang an und zuckte dann die Schultern. »Wenn Sie meinen«, murmelte er. »Es ist erst ungefähr zwei Monate alt, nicht wahr? Also kann man ohne Tests ...«

Seine Stimme versickerte.

»Ja, ohne Tests!« stieß er dann plötzlich hervor. »Das ist der springende Punkt! Wissen Sie, was aus dem Jungen geworden ist, von dem Sie sagten, daß etwas mit ihm nicht stimme, das letzte Kind, das Sie entbunden haben, bevor Sie ... sich *zur Ruhe setzten?*« In seiner Stimme lag eine fast manische Wut, doch war sie nicht gegen den alten Mann gerichtet, mit dem er sprach. Sie war einfach ein Symptom dafür, daß er bis zur Grenze seiner Belastungsfähigkeit getrieben worden war.

»Ich habe seitdem viele andere gesehen«, antwortete Kotiwala. Es war jetzt mit Sicherheit nicht der Sunnyasi, der sprach, sondern der ausgebildete Arzt mit einer lebenslangen Erfahrung hinter sich. »Ich kann mir deshalb eine gute Vorstellung davon machen. Aber sagen Sie es mir trotzdem.«

Chance blickte ihn mit einem Ausdruck an, der beinahe ehrfürchtig war. Die neugierigen Dorfbewohner, die in der Nähe beieinanderstanden, erkannten diesen Ausdruck und schlossen daraus – obwohl nicht einmal die bestgeschulten von ihnen dem raschen englischen Dialog folgen konnten –, daß der Fremde, der vom Himmel gekommen war, von der Aura des heiligen Mannes gefangen wurde. Sie entspannten sich merklich.

»Nun ... Nun, Ihre Verehrerin, die Oberschwester, hat mehrmals versichert, wenn Sie sagten, daß irgend etwas mit dem Kind nicht stimme, dem auch so sei, auch wenn ich feststellte, daß es okay sei, und wenn Dr. Banjeri feststellte, daß es okay sei. Sie fing immer wieder davon an, bis es mich in meiner Arbeit behinderte und meine Abreise verzögerte. Also sagte ich mir, ich will endlich meine Ruhe vor ihr haben und nahm das Kind mit zur WHO in Delhi, um die gründlichste Untersuchung durchführen zu lassen, die dort möglich war. Können Sie sich vorstellen, was sie festgestellt haben?«

Kotiwala strich mit einer müden Bewegung über seine Stirn. »Völliges Fehlen der Alpha- und Theta-Rhythmen?« meinte er.

»Sie haben es gewußt!« Die Anklage, die in Chance' Stimme lag, war so massiv, daß sie die Sprachbarriere zertrümmerte und den lauschenden Dorfbewohnern bewußt wurde, von denen einige drohend nähertraten, um den Sunnyasi zu verteidigen, wenn es sich als nötig erweisen sollte.

Kotiwala lächelte sie beruhigend an. Er sagte zu Chance: »Nein, ich habe es nicht gewußt. Erst eben ist mir eingefallen, was Sie finden mußten.«

»Aber wie, um alles in der Welt, haben Sie ...?«

»Wie ich gemerkt habe, daß der Junge nicht normal ist? Das kann ich Ihnen nicht erklären, Dr. Chance. Sie brauchten sechzig Jahre Erfahrung auf Entbindungsstationen, müßten die Geburt von Dutzenden von Babys pro Tag miterlebt haben, um das zu begreifen, was ich gesehen habe.«

Chance unterdrückte eine scharfe Erwiderung und ließ die Schultern hängen. »Ich muß das akzeptieren. Doch es bleibt die Tatsache: Sie haben innerhalb weniger Minuten nach der Geburt des Kindes erkannt, obwohl es gesund wirkte und keiner unserer Tests eine organische Anomalität feststellen konnte, daß sein Gehirn – leer war, daß sich kein *Geist* darin befand! Jesus, wenn ich daran denke, was für eine Arbeit es war, die Leute bei der WHO davon zu überzeugen, daß es Ihnen wirklich gelungen war, und die wochenlangen Debatten, bevor Sie zustimmten, daß ich nach Indien zurückkommen und versuchen sollte, Sie zu finden!«

»Ihre Tests«, sagte Kotiwala, als ob der letzte Satz überhaupt nicht gesprochen worden wäre. »Waren es viele?«

Chance hob mit einer Geste der Verzweiflung die Hände. »Doktor, wo haben Sie in den zwei letzten Jahren gesteckt?«

»Ich bin barfuß von einem kleinen Dorf zum anderen gezogen«, sagte Kotiwala, indem er ganz bewußt die Frage wörtlich auslegte. »Ich habe die Nachrichten der Außenwelt nicht verfolgt. Dies ist die Welt für diese Menschen.« Er deutete auf die ausgetretene Sandstraße, die armseligen Hütten, die gepflügten und bestellten Felder, die blauen Berge, die alles einrahmten.

Chance atmete tief durch. »Also, Sie wissen es nicht, und es interessiert Sie auch nicht wirklich. Ich möchte Sie trotzdem aufklären. Wenige Wochen, nachdem ich Sie getroffen hatte, kam die Nachricht, die zu meinem Rückruf aus Indien führte: Berichte über einen plötzlichen, rapiden Anstieg angeborenen Schwachsinns. Normalerweise beginnt ein Kind schon sehr früh, wenigstens ein rudimentäres menschliches Verhaltensmuster zu zeigen. Frühreife Kinder lächeln sehr bald, und jedes Kind kann Bewegungen und Farben unterscheiden und nach Dingen greifen und ... Aber das brauche ich Ihnen ja nicht zu erklären.«

»Mit Ausnahme derer, die Sie als Vitanulen bezeichnen?«

»Richtig!« Chance ballte die Fäuste, als ob er etwas aus der Luft pressen wollte. »Kein Leben! Keine der normalen Reaktionen! Fehlen der normalen Gehirnströme, wenn man sie mit dem EEG untersucht, als ob alles, das einen zum Menschen macht – weggelassen worden wäre!«

Er richtete einen anklagenden Finger auf Kotiwalas Brust. »Und Sie haben den allerersten davon entdeckt. Sagen Sie mir, wie!«

»Geduld.« Gebeugt von der Last seiner Jahre hielt Kotiwala sich noch immer sehr würdevoll. »Diese plötzliche Zunahme an schwachsinnigen Kindern ... sie ist aufgetreten, unmittelbar nachdem ich das Krankenhaus verlassen habe?«

»Nein, natürlich nicht.«

»Warum ›natürlich‹?«

»Wir waren zu sehr damit beschäftigt ... Oh, richtig, Sie haben ja jeden Kontakt verloren, nicht wahr?« sagte Chance mit bitterem Sarkasmus. »Ein kleiner Triumph der medizinischen Forschung hat zu der Zeit Schlagzeilen gemacht und der WHO eine Menge Kopfschmerzen bereitet. Die Anti-Senilitäts-Therapie wurde wenige Tage, nachdem ich Sie getroffen habe, veröffentlicht, und natürlich haben sich alle danach gedrängt.«

»Ich verstehe«, sagte Kotiwala, und seine alten Schultern fielen in einer Geste der Verzweiflung zusammen.

»Sie verstehen? Was wollen Sie damit sagen?«

»Entschuldigen Sie die Unterbrechung. Fahren Sie bitte fort.«

Chance erschauerte, sowohl von seinen Erinnerungen wie von der kalten Luft. »Wir haben unser Möglichstes getan und die Veröffentlichung so lange hinausgeschoben, bis ein ausreichender Vorrat vorhanden war, um mehrere Millionen Menschen behandeln zu können, doch das war genauso schlimm, als wenn wir die Nachricht bereits im Stadium der Labor-Tests herausgegeben hätten, weil anscheinend jedermanns bester Freund am letzten Freitag gestorben war und die Leute schrien, daß wir sie durch unterlassene Hilfeleistung getötet hätten und ... Zum Teufel, Sie verstehen, was ich meine. Wie immer wir es angefaßt hätten, es wäre in jedem Fall verkehrt gewesen.

Und auf diesen Mist folgte sofort ein neuer. Angeborener Schwachsinn erreicht zehn Prozent aller Geburten, zwanzig, dreißig! Was ist passiert? Jeder dreht sich im Kreis, weil gerade in dem Augenblick, als wir uns dazu gratulieren, das Gerangel um die Anti-Senilitäts-Therapie bewältigt zu haben, die unglaublichste Katastrophe der Geschichte über uns hereinbricht, und sie geht nicht vorbei, sondern wird schlimmer und schlimmer und *schlimmer* ... Während der letzten zwei Wochen hat die Geburtenrate von Schwachsinnigen achtzig Prozent überschritten. Begreifen Sie das, oder haben Sie sich so tief in Ihren Aberglauben vergraben, daß es Sie nicht länger kümmert? Von allen Kindern, die in der letzten Woche geboren wurden, egal, in welchem Land oder auf welchem Kontinent, sind acht *geistlose Tiere*!«

»Und Sie glauben, daß das Kind, das wir gemeinsam untersucht haben, das allererste davon gewesen ist?« Kotiwala ignorierte die Schärfe in den Worten des jüngeren Mannes, und seine Augen starrten mit leerem Blick in die blaue Ferne hinter den Bergen.

»Soweit wir das feststellen konnten.« Chance hob die Hände. »Auf jeden Fall haben unsere Nachforschungen ergeben, daß die ersten Kinder, bei denen dieser Defekt bekannt geworden ist, an diesem betreffenden Tag geboren wurden, und ich erinnere mich, daß die Geburtszeit des ersten, von dem wir erfahren haben, etwa eine Stunde vor unserem Kennenlernen lag.«

»Was ist an jenem Tag geschehen?«

»Nichts, das darauf irgendeinen Bezug haben könnte. Sämtliche Resourcen der UN sind für die Untersuchungen herangezogen worden; wir haben alle Unterlagen und Daten aus der ganzen Welt bis zum Bodensatz durchsiebt, und das nicht nur für den betreffenden Tag, sondern auch für den neun Monate zurückliegenden Zeitraum, als diese Kinder gezeugt worden sein mußten – doch das umfaßt nicht alle, weil einige von ihnen Frühgeburten waren, bis zu sechs Wochen vor dem Termin, und sie genauso waren, wie die anderen: hohl, ausgesogen ... Wenn wir nicht mit unserer Weisheit am Ende wären, hätte ich niemals den verrückten Einfall gehabt, herzukommen und nach Ihnen zu suchen. Weil ich nicht glaube, daß Sie dabei auf irgendeine Art helfen können. Oder?«

Das Feuer der Wut, das in Chance bei seiner Ankunft getobt hatte, war inzwischen zu Asche verbrannt, und ihm schienen die Worte zu fehlen, um weitersprechen zu können. Kotiwala stand eine Minute oder länger in nachdenklichem Schweigen, und die Dorfbewohner, die allmählich unruhig wurden, schwatzten aufgeregt miteinander.

Schließlich sagte der ehemalige Arzt: »Die Anti-Senilitäts-Therapie, ist sie erfolgreich?«

»O ja. Gott sei Dank. Wenn wir in dieser ganzen Katastrophe nicht wenigstens diesen Trost hätten, würden wir wohl alle verrückt werden. Wir haben die Sterberate phantastisch herabsetzen können – wie ich Ihnen bereits sagte, hatten wir ausreichend von dem Medikament auf Lager, bevor wir etwas darüber veröffentlichten, und weil wir gut vorausgeplant haben, sind wir sicher auch in der Lage, diese zusätzliche Bevölkerung ernähren zu können, und ...« Er brach ab. Kotiwala sah ihn mit seltsamem Blick an.

»Dann«, sagte der alte Mann, »glaube ich, Ihnen sagen zu können, was an dem Tag, als wir uns kennenlernten, geschehen ist.«

Überrascht, fast benommen, trat Chance einen halben Schritt vor. »Dann heraus damit! Sie sind meine letzte Hoffnung – Sie sind *unsere* letzte Hoffnung.«

»Hoffnung kann ich Ihnen nicht bieten, mein Freund.« Ein Klang wie von der Glocke des Verhängnisses schwang in seinen Worten mit. »Aber ich kann Ihnen das bieten, was man eine logische Hypothese nennt. Habe ich nicht einmal eine Kalkulation gelesen, nach der jetzt, im einundzwanzigsten Jahrhundert, genauso viele Menschen auf der Erde leben, wie es während der ganzen Zeit, seit der Evolution des Menschen, gegeben hat?«

»Ja, sicher. Ich habe sie auch gesehen, vor ziemlich langer Zeit.«

»Dann werde ich Ihnen sagen, was an dem Tag geschah, an dem wir uns kennenlernten: zum ersten Mal ist die Zahl der Menschen, die jemals auf der Erde gelebt haben, überschritten worden.«

Chance schüttelte verwirrt den Kopf. »Das begreife ich nicht! Oder ... oder doch?«

»Und es stellt sich heraus«, fuhr Kotiwala fort, »daß Sie kurze Zeit darauf ein Medikament entwickeln und auf der ganzen Welt in Verkehr bringen, das den Alterungsprozeß aufhebt. Dr. Chance, ich weiß, daß Sie dies nicht akzeptieren werden, weil ich mich an Ihren Scherz mit dem Regenwurm erinnere, doch ich tue es. Ich sage Ihnen, daß Sie mir klargemacht haben, was ich sah, als ich in die Augen jenes neugeborenen Kindes blickte, was ich wieder sehe, wenn ich dieses kleine Mädchen hier anblicke.« Er legte seine Hand leicht auf den Arm der jungen Mutter, die neben ihm stand, und sie lächelte ihn zaghaft an.

»Es ist nicht das Fehlen des Verstandes, wie Sie behauptet haben. Es ist das Fehlen einer Seele.«

Ein paar Sekunden lang glaubte Chance das hohle Lachen von Dämonen im Flüstern des Winterwindes zu hören. Mit Mühe befreite er sich von dieser Täuschung.

»Nein, das ist absurd. Sie können doch nicht im Ernst behaupten wollen, daß wir den Vorrat an menschlichen Seelen erschöpft haben, als ob sie in irgendeinem kosmischen Lagerhaus gestapelt und bei jeder Geburt eines Kindes vom Regal genommen und ausgegeben würden! Oh, kommen Sie, Doktor – Sie sind doch ein gebildeter Mensch, und dies ist der schlimmste abergläubische Blödsinn, den ich je gehört habe!«

»Wie Sie meinen«, stimmte Kotiwala ihm höflich zu. »Das ist etwas, worüber ich mit Ihnen nicht debattieren will. Doch ich schulde Ihnen meinen Dank. Sie haben mir gezeigt, was ich tun muß.«

»Na, wunderbar!« sagte Chance. »Einfach wunderbar! Ich fliege um die halbe Erde, in der Hoffnung, daß Sie mir sagen können, was *wir* tun müssen, und statt dessen ... Was? Was müssen Sie tun?« Ein letztes Aufflackern von Hoffen trat auf sein Gesicht.

»Ich muß sterben«, sagte der Sunnyasi, nahm seinen Stock und seine Schüssel, und ohne ein Wort zu irgend jemand, nicht einmal zu der jungen Mutter, der er vor der Ankunft Chance' gut zugeredet hatte, begann er mit seinem langsamen Alt-Männer-Schritt den Pfad entlangzugehen, der zu den blauen Bergen und ins ewige Eis führte, mit deren Hilfe es ihm erlaubt war, seine Seele freizusetzen.

Datenblatt sechs

Mervyn Grey, den man den Wunderknaben der Geschäftswelt nannte, war nicht durch Unentschlossenheit mit neunundzwanzig Jahren zum Millionär geworden. Als er also am Morgen ein während der Nacht eingelaufenes Telex von Edgar Casson, seinem Vertreter, in London, vorfand, das besagt, daß es Casson gelungen sei, die Anteile an einer Gesellschaft, die vor einer Woche noch mit sechsundneunzig Pence gehandelt worden waren, für dreißig Pence abzustoßen, verließ er sofort das Hauptquartier seines Finanz-Imperiums auf den Bahamas mit der nächsten VC-10.

Er hatte sich nicht die Mühe gemacht, sein Kommen anzukündigen, doch der unerschütterliche, untersetzte Börsenmakler war nicht im geringsten überrascht, als an diesem Abend ein von einem Chauffeur gelenkter Rolls Royce vor seinem eleganten Haus hielt. Er sagte seiner Frau, sie solle ihre Dinner-Gäste allein unterhalten, ihm sein Essen warmstellen und dafür sorgen, daß er auf gar keinen Fall gestört würde, dann ging er in die Bibliothek, um Grey zu begrüßen.

Klein, blond, bis zum Punkt der Fiebrigkeit angespannt, ständig den Eindruck erweckend, als ob er – selbst wenn er hinter seinem Schreibtisch saß – auf dem Sprung sei, irgendwohin zu sprinten, ließ Grey sich in den bequemsten Sessel fallen, nahm das vollere der beiden Gläser Sherry, die Casson eingeschenkt hatte, und fragte: »Was, zum Teufel, ist mit Lupton and White passiert?«

Casson hatte diese Frage erwartet, doch die Weite des Atlantiks, die gewöhnlich zwischen ihnen lag, hatte ihm eine falsche Sicherheit gegeben, auch dann ruhig mit Grey verhandeln zu können, wenn der schlechter Laune war. Er fuhr nervös mit der Zunge über seine Lippen und sagte in einem defensiven Tonfall: »Es passiert noch immer, wissen Sie. An diesem Nachmittag bei Börsenschluß sind die Papiere unter sechs Pence gesunken, und morgen wird man sie nicht einmal mehr verschenken können. Unter diesen Umständen war es eine Leistung, daß es mir gelungen ist ...«

»*Was ist passiert?*« fragte Grey barsch. »Und geben Sie mir noch ein Glas von der Brühe, die Sie sich als Sherry haben andrehen lassen.«

Casson fügte sich seufzend. Den ganzen Tag über hatte er in seinen Gedanken die Erklärung geprobt, die er Grey abgeben würde, falls der auftauchen sollte, und mit erheblichem Aufpolieren der Fakten hatte er, wie er glaubte, eine recht eindrucksvolle Story vorbereitet: das anfängliche Erstaunen, seine schnelle Reaktion, durch die die Verluste in Grenzen gehalten wurden, das diskrete Aushorchen von eingeweihten Bekannten, das schließlich zu der bemerkenswerten Entdeckung führte ...

Aber zum Teufel damit. Wenn er Ausflüchte machte, war Grey durchaus fähig, ihn zu feuern. Er stellte ein frisch gefülltes Glas auf den Tisch, zuckte die Schultern und griff in die Innentasche seiner erstklassig geschnittenen Smoking-Jacke.

»Das ist ihnen passiert«, sagte er knapp und drückte einen doppelt gefalteten Bogen Papier in Greys ausgestreckte Hand.

»*DATENBLATT FÜNF*«, las Grey laut den Titel. »Was hat denn das damit zu tun?«

»Lesen Sie es ganz«, murmelte Casson. »Dann wissen Sie genauso viel wie ich, oder jeder andere, mit dem ich gesprochen habe.«

Grey runzelte unwillig die Stirn, tat aber, was Casson ihm gesagt hatte. Das Papier war eine Art Handzettel, von einem maschinengeschriebenen Original fotokopiert – von einem schlecht geschriebenen Original außerdem, mit unregelmäßigen Rändern, vielen Tippfehlern und selbst zwei oder drei ausgeixten Zeilen. Der Titel war in großen Buchstaben mit einem Druckkasten gesetzt worden, doch selbst das war stümperhaft und nachlässig geschehen, das erste *F* in FÜNF wirkte ausgefranst.

Der Text bestand aus zehn oder zwölf kurzen Abschnitten, und jedem von ihnen war der Name einer Gesellschaft vorangestellt, von denen er die meisten kannte. Mit wachsender Wut und Verwirrung las er.

DALE, DOCKERY & PETRONELLI, LTD., Hersteller von Speiseeis und Eislutschern. Während der letzten sechs Monate sind 3021 Kinder, die Produkte dieser Gesellschaft kauften, an Magenverstimmung erkrankt.

GRAND INTERNATIONAL TOBACCO CORP. ›Prestige‹, ›Chilimenth‹ und ›Cachet‹ Zigaretten. 4186 der Lungenkrebsfälle, die im letzten Jahr diagnostiziert wurden, traten bei Rauchern dieser Marken auf.

SCIENTIFICALLY TESTES PROTECTIVES, LTD. Hersteller medizinischer Gummiwaren. 20512 ungewollte Schwangerschaften im letzten Jahr in Fällen, wo die Eltern sich ausschließlich auf die Produkte dieser Firma verlassen hatten.

Und dann kam das, wonach er suchte:

LUPTON & WHITE LTD. Ausrüstungen für das Lebensmittel- und Gaststättengewerbe. 127 Beschäftigte von Firmen, die Brotschneider, Fleischmaschinen und andere von dieser Firma hergestellte Schneideapparaturen verwenden, haben während der Berichtsperiode einen oder mehrere Finger verloren.

Grey verzog das Gesicht und erschauerte momentan bei der Vorstellung einer Hand, die Blut über das saubere, weiße Emaille eines Schinkenschneiders verspritzte, doch er dachte an den Verlust von fünfzigtausend Pfund. Er blickte Casson an, der sich auf einen Stuhl ihm gegenüber gesetzt hatte und düster auf das Ende einer Zigarre blickte, das er einstach.

»Dieses – dieses *Schmierblatt* hat Lupton and White erledigt?«

»So hat man es mir gesagt«, bestätigte Casson.

»Aber, mein Gott!« Grey zählte rasch die Abschnitte auf beiden Seiten des Bogens. »Es werden hier elf Gesellschaften aufgeführt. Ist den anderen auch etwas passiert? Was ist mit Grand International Tobacco?«

»Die haben vor zwei Wochen eine neue Werbe-Kampagne gestartet, durch die ihr Absatz bereits erheblich angestiegen ist. Und das hat auch ihre Aktienkurse anziehen lassen. Normalerweise steht zu erwarten, daß so ein Trend sich etwa ein halbes Jahr lang hält. Doch aus irgendeinem Grund ist er gestern zum Stillstand gekommen, und heute sind ihre Aktien um drei Pence gefallen. Ich gebe zu, daß das noch nichts beweist. Doch die Zufälligkeit erscheint mir seltsam.«

»Oh, um Gottes willen! Sowas passiert doch immer wieder, aber ein Sturzflug wie der von Lupton and White ist praktisch beispiellos, falls die Bücher nicht auf die Wahrscheinlichkeit eines Bankrotts hindeuten! Wie können Sie im Ernst annehmen, daß ein lausiger Wisch wie dieser dafür verantwortlich sein könnte? Und vor allem, warum gerade bei dieser Gesellschaft, und nicht bei den Schutzmittel-Herstellern mit angeblich über zwanzigtausend Opfern?«

»Ich gebe zu, daß Lupton and White alles andere als vor einem Bankrott standen. Im vergangenen Jahr waren die Profite um acht Prozent gestiegen, das Kosten-Umsatz-Verhältnis ist nach wie vor in Ordnung, und ... Aber man kann keine Gesellschaft verklagen, die einem ein ungewolltes Baby aufhängt. Man kann aber jemand vor Gericht bringen, wenn er schuld daran ist, daß man einen Finger verloren hat. Und dann liegt gerade dieses neue Industrielle Entschädigungsgesetz im Parlament vor, nicht wahr?«

Grey runzelte die Stirn. »Ich verstehe! Sie meinen den Paragraphen, der die Haftung dem Hersteller zuschiebt, der sich nicht an die Vorschriften des British Standard hält. Das werden sie natürlich nie so durchbringen – dafür werden wir schon sorgen; doch ich kann mir vorstellen, daß die Menschen kopfscheu werden ... Aber nicht so wie bei Lupton and White!«

»Nicht jeder ist so sicher wie Sie, daß die Gesetzesvorlage noch stark abgeändert werden wird«, sagte Casson. »Ich habe inzwischen ein paar Kalkulationen angestellt. Wenn die

Angaben stimmen sollten, und wenn man ähnliche Fälle als Maßstab nehmen kann, würden Lupton and White, falls sich die Unfälle im kommenden Jahr in gleicher Höhe wiederholen sollten, so um die drei Millionen Pfund an Schadenersatz auf den Tisch blättern müssen.«

»Sie brauchen doch nur neue Werkzeugmaschinen hinzustellen und ihre Produktion den Vorschriften anzugleichen«, sagte Grey scharf. »Das wäre mit einem Kostenaufwand von ... Ach ja, da fällt mir ein, daß sie die ganze Produktionskette erst vor drei Jahren neu maschiniert haben.«

»Und sie haben noch immer nicht mehr als sechzig Prozent des Kredits zurückgezahlt, mit dem sie es damals finanziert haben.« Casson gab seinen Worten einen Ton von Endgültigkeit. »Nein, das Vertrauen in Lupton and White ist gleich null, und sie werden eine Bruchlandung machen. Das wäre, so wie ich es sehe, eine Art ausgleichender Gerechtigkeit, wenn man davon ausgeht, daß all diese Menschen wirklich durch ihre Schuld verletzt worden sind.«

»Unsinn!« rief Grey. »Jeder Idiot muß wissen, daß ein scharfes Schneidegerät gefährlich ist! Gefährlich ist auch ein Taschenmesser – sogar eine Rasierklinge, genaugenommen.«

Casson verzog den Mund, als ob er trotz seiner niedergedrückten Stimmung amüsiert sei. »Der Mensch, der diesen Wisch fabriziert, ist sich darüber völlig im klaren«, sagte er. »Sie haben die Rückseite noch nicht gelesen. Sehen Sie sich den ... ich glaube, es ist der vorletzte Artikel.«

Grey drehte das Papier um. Er las laut: »New Dawn Rasierklingen sind bei dreiundzwanzig der polizeilich erfaßten Überfälle mit Gesichtsentstellungen verwandt worden, die in ...« Er brach abrupt ab und starrte Casson an.

»Wie um alles in der Welt kann jemand diesen Mist ernst nehmen? Es muß ein Irrer sein, der dahintersteckt!«

»Jemand hat es ernst genommen. Eine ganze Reihe von Menschen, genau genommen. Der Beweis dafür liegt darin, was Lupton and White passiert ist, nicht wahr?«

»Beweis? Das können Sie doch nicht einen Beweis nennen!« Grey sprang auf und begann herumzulaufen. »Was ist mit diesen anderen Gesellschaften? Ich habe nicht bemerkt, daß sie alle gemeinsam zusammengebrochen sind!«

»Drei davon sind keine Aktiengesellschaften, also brauchen wir uns nicht weiter um sie zu kümmern, und man muß sich fragen, aus welchem Grund der Mensch, der dieses Ding zusammenstellt, sie überhaupt aufgenommen hat. Und die anderen sind Tochtergesellschaften viel größerer Unternehmen, die den Schlag auffangen können.«

»Aber ...!« Grey schlug wütend seine Faust in die andere Handfläche und schleuderte das Papier zu Boden. Casson bückte sich und hob es auf.

»Aber was?«

»Aber angenommen, daß Sie recht haben sollten, dann muß man doch irgend etwas dagegen unternehmen. Ist dies nicht – Verleumdung, oder sowas?«

»Ich fürchte, nein. Eine Gesellschaft kann man nicht verleumden, nur ein Individuum.«

»Aber es ist doch ein so hirnloser Unsinn!« schrie Grey. »Wer, in Dreiteufelsnamen, ist in der Lage, die Eltern von all diesen unerwünschten Kindern festzustellen? Das ist doch absurd!«

»Absurd oder nicht, ich kann Ihnen versichern, daß es von vielen Leuten verdammt ernstgenommen wird. Soll ich erklären?«

»Ja, reden Sie.« Grey ließ sich müde in einen Sessel fallen.

»Es hat mich ziemliche Mühe gekostet, dieses Exemplar des ›Datenblatts‹ aufzutreiben«, sagte Casson. »Ich setzte mich mit ... einem guten, alten Freund in Verbindung, als ich herauszufinden versuchte, was bei Lupton and White passiert ist, und er sagte, wenn er gewußt hätte, daß ich Beteiligungen an der Firma habe, hätte er mir rechtzeitig einen Tip gegeben. Ich fragte ihn, woher er so früh davon erfahren habe, und er sagte mir, das würde er mir verraten, wenn ich ihn zum Lunch träfe. Ich tat es, und dabei zeigte er mir dieses Papier. Er bot mir an, es zu behalten, da er sich Fotokopien davon gemacht habe.

Er sagte, daß er niemand anders kenne, der es bekommt, und keine Ahnung habe, warum man es ihm zuschickt und wer der Absender ist. Es trifft eben ein, etwa in Monatsabständen, in einem neutralen Umschlag und jedes Mal mit einem anderen Poststempel. Er hat es seit der Nummer drei bekommen, die er für das Geschwafel eines Irren hielt und fortwarf. Ein Artikel jedoch blieb ihm im Gedächtnis haften, weil er sich auf eine Fleischkonservenfabrik bezog, an der er interessiert war, und behauptete, daß es dort häufig zu Verstößen gegen die Hygienevorschriften käme. Rein aus Aberglauben – so seine eigenen Worte – revidierte er seinen Entschluß, sich an dem Unternehmen zu beteiligen. Wenige Tage später wurde nachgewiesen, daß ein Typhus-Ausbruch in Leeds auf Corned Beef zurückzuführen war, das von eben dieser Firma hergestellt worden war. Natürlich sackte ihr Umsatz in den Keller, bis sich die Öffentlichkeit drei Monate später wieder beruhigt hatte.«

»Weiter«, sagte Grey, der gespannt zuhörte.

»Als er das nächste Datenblatt erhielt, las er es natürlich mit aller Sorgfalt. Er war an keiner der aufgeführten Firmen beteiligt, behielt sie jedoch rein aus Neugier im Auge. Einer der Artikel hatte eine gewisse Ähnlichkeit mit dem über das Speiseeis, und behauptete, daß eine große Anzahl von Kindern krank geworden sei, nachdem sie Spielzeug erhalten hätten, das von der Firma Kid-Dee Fun importiert worden war. Haben Sie von denen gehört?«

»Natürlich. Puppen und ähnliches Zeug aus Hongkong und Japan. Und sie hatten kürzlich Stunk mit der Verbraucher-Schutzgesellschaft.«

»Richtig«, nickte Casson. »In den Farben, mit denen manche ihrer Spielzeuge gespritzt waren, konnte eine Arsen-Verbindung nachgewiesen werden, und sie mußten Sachen im Wert von zehntausend Pfund zurückrufen und verbrennen.«

»Wer, zum Teufel, war es, der Ihnen das alles erzählt hat?« wollte Grey wissen.

»Er hat mich gebeten, niemand seinen Namen zu nennen«,

murmelte Casson. »Aber ... Sie wissen, daß ich ein viel zu großer Zyniker bin, um so eine Geschichte zu schlucken, ohne mir den Erzähler ein wenig genauer anzusehen, und so habe ich ein paar diskrete Ermittlungen anstellen lassen. Er hat aus zwanzigtausend Pfund, die er geerbt hat, als er einundzwanzig Jahre alt war, mehr als eineinhalb Millionen gemacht, also bin ich bereit, für seine Kompetenz und seine Geschäftstüchtigkeit geradezustehen.«

Grey blickte ihn eine Weile schweigend an. Schließlich sagte er: »Hat dieser Datenblatt-Bursche jemals eine der wirklich großen Gesellschaften auf die Hörner genommen?«

»Das weiß ich nicht.«

»Lassen Sie mich das Ding noch einmal ansehen!« Grey nahm es Casson aus der Hand und starrte eine Weile schweigend auf den maschinegeschriebenen Text. »Eins muß ich dem Kerl lassen. Er ist verdammt schlau. Oder?«

»Wie meinen Sie das?«

»Oh, tun Sie doch nicht so naiv!« sagte Grey. »Das sollte Ihnen doch klar sein, wenn Sie weiter sehen können, als Ihre Nase lang ist! Dies ist ein brillanter Trick, abgezogen von dem smartesten Markt-Manipulator, von dem ich je gehört habe. Aber es liegt ein System darin, das ihn verrät. Können Sie es wirklich nicht erkennen?«

Die Nervosität, der er entkommen zu sein glaubte, als er Grey von der Wahrheit seiner Behauptungen hatte überzeugen können, fiel mit voller Wucht auf ihn zurück. Er schüttelte matt den Kopf.

»Dann sind Sie leichtgläubiger, als ich angenommen hatte«, sagte Grey scharf. »Vielleicht sollte ich meine Angelegenheiten jemand anders übertragen, dessen Gehirn noch nicht durch vorzeitige Senilität aufgeweicht ist! Verdammt, Mann, denken Sie doch einmal nach! Nach allem, was Sie mir gesagt haben, sind alle diese Dinger nach einem einheitlichen Muster abgefaßt. Jedes von ihnen enthält einen winzigen Wahrheitskern – das infizierte Fleisch in der einen Nummer, die Arsen-Farbe in der anderen –, der von jedem, der die richtigen Verbindungen besitzt, mit Leichtigkeit recherchiert werden kann. Ich wette, ich könnte aus dem Kopf eine Liste von zwanzig geschäftsschädigenden Fakten gegen genauso viele Gesellschaften mit jedermann geläufigen Namen aufstellen. Dann würde ich mir den Rest aus den Fingern saugen, ihn gut in Statistiken verpacken, die weder bewiesen, noch widerlegt werden können, doch ihre Glaubhaftigkeit von den anderen bezögen. Und ich wette, genau das ist es, was er tut, wer immer er sein mag. Und *dann* könnte ich das Ganze mit einer Behauptung über eine Gesellschaft salzen, die sich auf Grund besonderer Umstände in einer kritischen Lage befindet, wie Lupton and White zum Beispiel. Ergebnis: die ultimative Insider-Marktanalyse, die zum Selbstzweck gewordene Prophezeiung.«

»Ja, aber ...«

»Aber was? Oh, kommen Sie, kommen Sie! Was ist Ihre Meinung von dem Menschen, der diese Kollektion von Unsinn zusammenstellt?«

»Nun ...«

»Ein öffentlicher Wohltäter, der die Aufmerksamkeit auf Produkte lenkt, die Menschen krank machen, ihnen die Finger absäbeln, sie bei Unfällen töten? Wenn dem so wäre, warum greift er dann nicht die großen Konzerne an, die das nötige geschulte Personal haben, um seinen Beschuldigungen nachzugehen? Mir untersteht, direkt oder indirekt, eine Belegschaft von sechzigtausend, nicht wahr? Ich könnte morgen hundert weitere Leute einstellen, die nichts weiter zu tun haben, als die Behauptung zu überprüfen, daß soundsoviel Wagen, die auf Ultrac-Reifen laufen, während des letzten Monats in Unfälle verwickelt waren, oder wie viele Hausfrauen sich in Miracle Whirl-Waschmaschinen ertränkt haben.« Grey lachte hart auf. »Das ist der Grund, warum er die Großen nicht anrührt. Sie würden ihn als Lügner überführen, wenn sie dazu gezwungen wären.«

»Und würden Sie das tun?« fragte Casson.

»Würde ich was tun?«

»Würden Sie Leute einstellen, die seine Behauptungen nachprüfen können? Als die CA-Automobil-Tester berichteten, daß Ultrac-Reifen oft ins Rutschen kämen und sich bei schneller Kurvenfahrt leicht von der Felge lösen ...«

»Habe ich mich einen Scheißdreck darum gekümmert. Richtig. Was, zum Teufel, hätte ich denn tun sollen? Jeder Reifen bekommt irgendeine Macke, wenn man ihn schlecht genug behandelt. Und wir sind davon schließlich nicht kaputtgegangen, oder? Natürlich nicht. Die Umsätze sind sogar weiter *angestiegen*! Ultrac-Reifen kommen bei den Käufern gut an, weil sie billig sind und unsere Werbung gut ist. All dieser Verbraucher-Test-Unsinn beeinflußt vielleicht ein paar hunderttausend Käufer im ganzen Land, und es gibt Millionen, die genau das haben wollen, was ich ihnen anbiete. Das sind die harten, kaufmännischen Fakten, nicht wahr? Ich habe den Markt nicht gemacht, und ich kann auch nicht für die Leute verantwortlich gemacht werden, aus denen er besteht. Aber Sie haben meine Frage nicht beantwortet: Haben Sie sich den Herausgeber von ›Datenblatt‹ wirklich als strahlenden Ritter vorgestellt, der einen Kreuzzug gegen gefährliche Gebrauchsgüter führt? Nein, *so* naiv können Sie nicht sein.«

Entsetzlich verlegen spürte Casson, wie er unter den Peitschenhieben der Verachtung des jüngeren Mannes rot anlief. Er war vierundfünfzig Jahre alt, und nicht zum erstenmal fragte er sich, wie lange er es noch ertragen könnte, für diesen – diesen *Jungen* zu arbeiten. Als sie sich kennenlernten, war er genau doppelt so alt gewesen wie Grey. Er war erfahren, erfolgreich, ein geschätzter Fachmann auf seinem Gebiet. Und doch hatte Grey irgend etwas, das ihn den Kopf einziehen und sich in sich zusammenkriechen ließ, und in ihm den dringenden Wunsch weckte, sofort möglichst weit wegzugehen. Vielleicht war es das, was die bewundernden Klatsch-Kolumnisten ohne zu zögern Geschäftstüchtigkeit nannten; vielleicht war es auch nur, daß seine eigene, unverhohlene Gier ihn besonders empfindlich für die Gier anderer Menschen machte, die die Produkte kauften, die er ihnen anbot.

Seine Karriere hatte mit Haushaltswaren begonnen, und

der Entdeckung – nicht gerade neu, doch vorher nie in dem Licht betrachtet, das Mervyn Grey darauf fallen ließ –, daß die Menschen eine Abneigung dagegen hatten, so viel Geld für Geräte auszugeben, die nur öde Alltagsarbeit ausführten, wie das Waschen der Wäsche, sich jedoch gezwungen sahen, teure, mit Präzision arbeitende Maschinen dafür zu erwerben, weil allein das der Arbeit einen winzigen Anstrich von Eleganz verlieh.

Das führte ihn zu der Baukasten-Waschmaschine, die in einer halben Stunde, nur mit Hilfe eines Schraubenziehers – beiliegend – zusammengesetzt werden konnte. Das Resultat sah nicht nur gut aus – er hatte gute Designer eingestellt, die seinem Produkt die richtige Verpackung gaben, und gute Markt-Analytiker, die feststellten, welche Farben, Verzierungen und ›Extras‹ verlangt wurden – sondern war auch von imposanter Größe. Für die Investition von einer halben Stunde Arbeit konnte man eine Maschine haben, die genauso groß war wie die des Nachbarn, aber nur ein Drittel dessen kostete, was der dafür ausgegeben hatte. Und außerdem war sie hübscher.

Von diesem Start wandte er sich anderen kostspieligen Haushaltsgeräten zu, die er gleichfalls in Baukastenform auf den Markt brachte, und nachdem diese Möglichkeiten erschöpft waren – Fernsehgeräte lagen außerhalb der Palette, die ihn interessierte –, wandte er sich dem nächstgrößeren Objekt des Familien-Budgets zu: dem Auto. Das erste war eine Reihe von Zubehörteilen, die einen normalen Wagen wie eine Sonderanfertigung wirken ließen, und dann kam der Durchbruch ins Reifen-Geschäft, der auf der Entdeckung basierte, daß Autofahrer es haßten, viel Geld für Zubehör auszugeben, bei dem bestenfalls Experten Qualität erkennen konnten und ihnen entsprechende Hochachtung zollten, und lieber eine Sonnenblende oder eine neue Preßluftfanfare kaufen würden als einen neuen Satz Hochgeschwindigkeitsreifen.

Und so weiter, und so weiter, in einer phantastischen Pyramide. Seit John Blooms meteorhaftem Aufstieg hatte es so etwas nicht mehr gegeben, und im Unterschied zu seinem Vorgänger hütete Mervyn Grey sich davor, sich zu übernehmen. Selbst ein so harter Verlust, wie er ihn eben durch Lipton and White erlitten hatte, würde in den Büchern einer Holding Company, die über das zehnfache Kapital verfügte, lediglich als geringe Lastschrift erscheinen.

Und weiter?

Casson wurde gewahr, daß Grey ihn sardonisch anstarrte, und kramte in seiner Erinnerung nach dem Echo der letzten Worte, die er zu ihm gesprochen hatte.

»Nun ... ah, nein! Ich stelle mir diesen Burschen nicht als Kreuzritter vor.« Er erholte sich rasch von dem Moment der Niedergeschlagenheit und fuhr fort: »Andererseits muß er einen Vogel haben, glauben Sie nicht auch? Ich habe mir sogar überlegt, ob er nicht an fehlgeleitetem Idealismus leidet.«

Grey dachte darüber nach, und sein Gesichtsausdruck wurde versöhnlicher. »Das glaube ich nicht, aber es liegt durchaus im Bereich des Möglichen. Ein Monomane, der von solchen Dingen besessen ist wie Sicherheit auf der Straße, Gesundheit für Kinder und so weiter, würde wilder um sich schlagen, die großen Konzerne angreifen, wie ich bereits sagte. Nein, dies zeigt alle Symptome einer schlauen, sorgfältig vorbereiteten Campagne. Also machen wir sie uns zunutze.«

Er lehnte sich zurück und legte seine Fingerspitzen aneinander. »Ich möchte, daß Sie jetzt zweierlei tun. Erstens: Kaufen Sie Lupton and White auf.«

»Was? Aber die stehen doch dicht vor dem Bankrott!«

»Holzkopf! Ich habe nicht gemeint, daß Sie ihre Aktien kaufen sollen, damit ich mir die Wände damit tapezieren lassen kann! Ich meine, besorgen Sie uns eine solide Majorität und setzen Sie den Laden mit auf unsere Liste! Wer hat vor drei Jahren die neuen Maschinen finanziert? Wissen Sie den Namen der Bank? Na, das spielt keine Rolle, aber auf jeden Fall will sie nicht, daß die Firma baden geht. Sie erhält effektive Kontrolle über den gesamten, verbleibenden Besitz, und wenn der ihre ausstehenden Forderungen nicht deckt, werden sie für jeden Vorschlag zur Sanierung des Betriebes zugänglich sein, nicht wahr? Dieses neue Industrielle Entschädigungsgesetz wird nicht schon in der kommenden Woche verabschiedet werden, verdammt noch mal! Wir haben also Zeit, alle gefährlichen Produkte vorher abzustoßen – sie zum Kostenpreis zu exportieren, wenn es nötig sein sollte. Bestimmt gibt es irgendwo so einen dummen Nigger, der seinen Dschungel-Laden gerne mit einer hübschen, neuen Schneidemaschine verschönern möchte! Verdammt, warum muß ich ausgerechnet Ihnen alle Details aufzählen? Eine neue Firmenbezeichnung und die Magie des Namens ›Mervyn Grey‹, und wir haben den Betrieb innerhalb von zwei Jahren wieder auf die Beine gestellt. Der einzige Fehler war, daß Sie die Nerven verloren und unser Aktienpaket abgestoßen haben, so daß wir es jetzt wieder zurückkaufen müssen, nicht wahr?«

»Aber als die Papiere so rasch fielen ...«

»Sie haben sich an sture Prinzipien gehalten, anstatt Ihre Phantasie zu gebrauchen. Ach, lassen wir das. Auf jeden Fall können wir das, was wir abgestoßen haben, jetzt zu einem Bruchteil des Preises zurückkaufen. Mit ein wenig Glück machen wir trotz allem daraus noch ein Geschäft. Aber Sie müssen sich mehr am Riemen reißen, Cassie-Boy.«

»Nennen Sie mich nicht Cassie-Boy!«

»Und warum nicht?« Greys Tonfall war ein aggressives Streicheln. »Wenn Sie sich wie ein unerfahrener Teenager benehmen, kann ich nun mal nicht anders, als Sie als jemand zu sehen, der viele Jahre jünger ist als ich. Halten Sie auf jeden Fall den Mund, weil ich keine Lust habe, länger als unbedingt nötig in diesem kalten, feuchten Land zu bleiben. Ihre zweite Aufgabe ist – und damit können Sie Ihre Fehler wiedergutmachen – den Menschen zu finden, der dieses Ding herausbringt.« Er stach mit dem ausgestreckten Zeigefinger nach dem ›Datenblatt‹. »Er hat einen guten Dreh gefunden. Ich möchte, daß er ihn für mich einsetzt. Man soll mir nicht nachsagen können, daß ich blind für neue Ideen sei, besonders, wenn sie so ins Auge fallende Dividenden versprechen.«

Er stand auf und ging zur Tür. »Sie haben Zeit bis zur nächsten Ausgabe, Cassie-Boy«, sagte er über die Schulter hinweg. »Sonst sind Sie erledigt. – Bye!«

Je mehr Grey darüber nachdachte, desto mehr war er von der genialen Einfachheit der ›Datenblatt‹-Idee beeindruckt. Wenn es dem Mann, der dahinter steckte, gelungen war, innerhalb weniger Monate einen solchen Fundus an Vertrauen aufzubauen, daß er sogar Casson für sich gewonnen hatte – und der war, trotz Greys Frotzeleien, ein sehr kompetenter Mann – und Cassons anonymen Freund, und mindestens mehrere Dutzend Leute, die erhebliche Anteile an Lupton and White besessen hatten, denn sonst wäre der Aktienverfall nicht so rasch und nicht so radikal erfolgt ... so besaß er ein bemerkenswertes Talent dafür, die Leichtgläubigkeit anderer Menschen auszunutzen. Es war Greys lebenslange Überzeugung gewesen, daß die Masse der Weltbevölkerung sowohl gierig als auch extrem dumm war. Jemand zu finden, der zu derselben Schlußfolgerung gekommen war und von seiner Erkenntnis profitiert hatte, führten ihn zu der Schlußfolgerung, daß er und dieser andere Mensch zur Elite gehörten.

Tag für Tag trafen aus London, über den Ozean hinweg, winzige Bruchteile von Informationen ein, die es ihm ermöglichten, das Bild, das er sich von diesem geheimnisvollen Markt-Manipulator machte, abzurunden. Zunächst hatte er damit gerechnet, daß Casson ihn als einen Mann identifizieren würde, von dem er bereits gehört hatte – er war schließlich nicht der einzige Unternehmer, der davon profitieren konnte, eine Herstellerfirma von Haushalts- und Gaststättenmaschinen für ein Butterbrot aufzukaufen. Als immer mehr Zeit verstrich, begann er jedoch, sich den Unbekannten als das kaufmännische Gegenstück zu einem Zigeuner-Wahrsager vorzustellen, nicht nur, weil er die Standard-Technik benutzte, die wichtige Information unter einem Nebel sorgfältig ausgewählter Belanglosigkeiten zu verstecken, und dem Ganzen einen falschen Anstrich von Exaktheit zu geben, indem er diese unglaublichen Statistiken tabulierte, sondern auch wegen der geschickten Irreführungen, die er von Anfang an für sein monatliches Bulletin verwandt hatte.

Wenn er ein elegantes, professionell aufgemachtes Blatt herausgegeben haben würde, hätten ihn die Leute sofort mit den üblichen Markt-Informations-Diensten in Verbindung gebracht. Statt dessen hatte er das Risiko auf sich genommen, daß sein Material als das Gefasel eines inkompetenten Dilettanten abqualifiziert wurde, und darauf gesetzt, daß er das Glück haben würde, einen Stamm von Abnehmern aufzubauen, die irgendeinen einzelnen Artikel so aufmerksam gelesen hatten, daß sie sich erinnerten, woher die Voraussage stammte, wenn sie eintraf. Bei Cassons Freund war es die Fleischkonservenfabrik gewesen, und bei wahrscheinlich viel mehr ›Kunden‹ die Affäre von den giftigen Spielsachen. Dann, wenn das nächste ›Datenblatt‹ erschien ...

»Sauber«, sagte Grey und fügte hinzu: »Ich will diesen Mann haben! Was, zum Teufel, treibt Casson eigentlich?«

Denn obwohl Tag für Tag Informationen eintrafen, ergaben sie nichts Brauchbares. Er hatte von anderen Männern erfahren, die das Blatt zugeschickt bekamen, immer anonym, immer in neutralen Umschlägen, und niemals zweimal mit demselben Poststempel. Sie waren sorgfältig ausgewählt worden. Es waren Leute darunter, die die Investitionsprogramme von großen Trusts leiteten, und Vertreter der größten Versicherungsgesellschaften, die Schwungräder der Aktien-Börse, doch nicht nur solche: es waren auch die wichtigsten Männer der Verteiler-Ketten von Verbrauchswaren darunter, wie die Chef-Einkäufer von Ladenketten, von Autozubehör-Märkten und Tankstellen, die Vorsitzenden von Exportgesellschaften, die britische Waren in Millionenhöhe umsetzten.

Jeder Klient, dessen Name ihm bekannt wurde, stellte Grey fest, stand in einem so engen Kontakt zur Finanzwelt, daß er den Wahrheitsgehalt der Warnungen, die das kleine, schäbige Papier auflistete, sehr rasch feststellen konnte.

Als er den Weg der Gesellschaften verfolgte, die in dem

Blatt aufgeführt waren, das Casson ihm gegeben hatte, entdeckte Grey den Schatten dessen, was Lupton and White geschehen war, in dem allmählichen Verfall von Grand International Tobacco während der letzten Wochen, der Reversion des Umsatzanstieges bei einer anderen Gesellschaft, und der plötzlichen Zurücknahme eines Kaufangebots für eine dritte.

Aus der Laune eines Augenblicks heraus rief er Casson an, erfuhr jedoch herzlich wenig von ihm. Die Umschläge, in denen die ›Datenblätter‹ verschickt wurden, waren das am meisten verkaufte Fabrikat des Landes; das Papier, auf dem es fotokopiert war, wurde von der größten Papierfabrik hergestellt; die Schreibmaschine, die er benutzte, war ein ausgelaufenes Modell und konnte eine von mehreren Tausend sein, die noch in Gebrauch waren. Als Grey den Wust von Ausreden hörte, wurde er plötzlich wütend. Seine Vision von dem Herausgeber als einem Mann, der sich mit Abstrakta befaßte, den Preis von Aktien mit stillem Humor manipulierte, um sein eigenes Vermögen zu multiplizieren, hatte sich konkretisiert, und er sah ihn bereits als seinen Partner, mit dem er Seite an Seite arbeiten würde.

»Sie haben noch eine Woche!« sagte er scharf. »Wenn ich dann nicht auf der Empfängerliste von ›Datenblatt‹ sechs stehe, bin ich mit Ihnen fertig. Ist das klar?«

Ein paar Sekunden lang herrschte Schweigen. Schließlich räusperte Casson sich.

»Mir ist da etwas eingefallen, was Sie tun könnten«, sagte er. »Es widerstrebt mir, es Ihnen vorzuschlagen, aber ...«

»Was ist es?«

»Sie könnten ein Inserat aufgeben. Zum Beispiel in der *Financial Times*. Ich bin sicher, daß der – ah – Herausgeber die Finanzblätter sehr genau liest.«

Grey wollte den Vorschlag schon als lächerlich zurückweisen, als er seine Antwort unterdrückte und noch einmal nachdachte. Wenn er sich die Fakten, die Casson genannt hatte, genau überlegte, wie die allgemeine Verbreitung allen verwandten Materials, das bei der Herstellung von ›Datenblatt‹ benutzt wurde, würde es äußerst schwierig sein, die Mauer der Anonymität, mit der sich der Herausgeber umgeben hatte, zu durchbrechen. Und er wollte den Mann finden. Er wollte es so sehr, daß er von diesem Verlangen besessen war. Manchmal träumte er sogar am hellen Tag davon, auf welche Weise er den Ruf, den ›Datenblatt‹ jetzt genoß, dazu ausbeuten konnte, um die Aktien-Preise von Gesellschaften so in die Tiefe zu treiben, daß er sie billig aufkaufen, reorganisieren und unter einem neuen Namen, der von dem, was er seine ›Magie‹ nannte, getragen wurde, wieder in den Markt bringen konnte.

Doch es reichte ihm nicht, nur die Idee zu kopieren und sein eigenes monatliches Bulletin auf einer ähnlichen Basis zu begründen. Er wollte den Fundus von Vertrauen – oder besser, Leichtgläubigkeit –, den die bestehende Version sich erworben hatte.

Casson sagte: »Ich denke, wir sollten auch ein paar anonyme Anzeigen in andere Blätter setzen lassen, zum Beispiel ...«

»Anonym?« unterbrach Grey. »Auf gar keinen Fall! Wollen Sie den guten Eindruck, den Sie durch Ihre gelegentlichen Anfälle von Intelligenz erworben haben, mit Gewalt wieder ruinieren? Warum anonym? Wenn bekannt wird, daß Mervyn Grey sich für ›Datenblatt‹ interessiert, gibt das dem Jungen die Anerkennung, die er sucht, oder nicht? Wahrscheinlich werden dadurch auch die letzten Skeptiker in sein Netz getrieben. Er wird mich dafür lieben! Ja, tun Sie, was Sie gesagt haben, und setzen Sie sofort die Anzeigen in die entsprechenden Blätter – mit meinem Namen darunter!«

Sechs Tage später befand sich unter der Morgenpost eine Mitteilung, auf einem halben Bogen gewöhnlichen, weißen Papiers getippt, in einem gewöhnlichen Luftpostumschlag und adressiert an ›Mr. Mervyn Grey, Mervyn Grey Enterprises, Grand Bahama Island‹. Sein Inhalt war sehr kurz:

Ich habe vernommen, daß Sie sich für die bevorstehende Ausgabe meines ›Datenblattes‹ interessieren. Es würde mich freuen, wenn ich Ihnen ein Exemplar persönlich überreichen dürfte. Wenn Sie mich aufsuchen, dann jedoch nur persönlich.

Am oberen Rand befand sich eine Adresse in einer kleinen Stadt mehrere Meilen nördlich von London. Unter dem Text stand ein Name: George Handling. Nicht nur die Typen waren die gleichen wie bei ›Datenblatt‹, sondern der Text war auch genauso nachlässig geschrieben, mit einem guten halben Dutzend Tippfehler in den wenigen Zeilen.

Triumphierend beauftragte Grey seine Sekretärin, ihm einen Platz in der nächsten Maschine nach London zu buchen. Er wollte ihr auch noch sagen, sie solle eine Verbindung mit Casson herstellen, überlegte es sich dann jedoch anders. Obwohl Cassons Idee, den Herausgeber von ›Datenblatt‹ per Inserat suchen zu lassen, Früchte getragen hatte, hatte er eine unglaublich lange Zeit dazu gebraucht, darauf zu kommen. Casson, beschloß er, würde bald überflüssig werden und durch einen jüngeren, aktiveren Mann ersetzt werden; und es war besser, ihn dazu zu provozieren, von sich aus zu kündigen, als ihn feuern zu müssen. Das Beste wäre natürlich, ihn in den ›Ruhestand‹ zu versetzen, nicht, um Cassons Gefühle zu schonen, denn er betrachtete Menschen, die sich nicht selbst schützen konnten, als eine Belastung und würde keinen Finger rühren, um ihnen zu helfen, sondern weil diese Lösung den Ruf seines Finanz-Imperiums am wenigsten schädigen würde, falls die Außenwelt etwas von der internen Unstimmigkeit erfahren sollte.

Also lassen wir es so laufen, entschied er: er würde nach England fliegen, ohne irgend jemand davon zu informieren, zum Büro oder zur Wohnung dieses Mr. Handling fahren und ihm einen Vorschlag machen, einen sehr einträglichen Vorschlag. Vielleicht würde er ihm sogar – wenn die Zeit reif war und die anderen Begabungen dieses Mannes genauso entwickelt waren wie seine Fähigkeit, die Leichtgläubigkeit anderer auszunützen, Cassons Job anbieten. Man brauchte einen Menschen von phantastischem Einfallsreichtum dazu, das Meiste aus den neuen Möglichkeiten herauszuholen, die sich durch die Kontrolle von ›Datenblatt‹ auftaten.

Die Heimlichkeit kostete ihn natürlich einiges an Trinkgeldern: an die Leute im Büro der Fluggesellschaft, damit niemand seine Ankunft den Londoner Klatsch-Journalisten ankündigte – fast bei jedem seiner Trips nach England hatten zwei oder drei Reporter auf ihn gewartet –, dann, nach der Ankunft, an die Leute in der Ankunftshalle, damit er sich nicht vor aller Augen mit den anderen Passagieren durch die Zollabfertigung drängen mußte, und schließlich an eine Leihwagenfirma, bei der er ein kleines, unauffälliges Auto mietete. Er war jedoch recht zufrieden mit seinen Vorsichtsmaßnahmen, als er unter einem grauen Herbsthimmel, aus dem hin und wieder ein leichter Nieselregen tröpfelte, durch die nördlichen Vororte Londons fuhr. Morgen oder übermorgen, wenn Casson ihn wieder anrief, um ihm die neuesten seiner nutzlosen Teilinformationen durchzugeben, würde es ihm einen Heidenspaß machen, ihm zu verkünden, daß er inzwischen den Mann, der ›Datenblatt‹ herausgab, getroffen und mit ihm eine sehr lukrative Übereinkunft getroffen hatte. Das sollte die erste der sorgfältig plazierten Wunden sein, durch die er Casson zur Kündigung zwingen wollte. Dann konnte er ihm großzügig anbieten, statt dessen in den Ruhestand zu treten. Er wußte, daß es klappen würde. Er hatte so etwas schließlich schon mehrmals erfolgreich durchgezogen.

Trotz des düsteren Himmels über ihm begann er vergnügt zu pfeifen.

Als er die kleine Stadt erreichte, die sein Ziel war, wurde er jedoch ein wenig verwirrt. Er hatte erwartet, daß die Straße, die in dem Brief als Adresse angegeben war, in der Stadtmitte liegen würde. Selbst wenn Geschäftsleute es zunehmend vorzogen, die Zentren der Hauptstädte zu verlassen, siedelten sie sich, nach seiner Erfahrung, in den Zentren der Städte an, in die sie zogen. Nachdem er eine ganze Weile ziellos hin und her gefahren war, fragte er schließlich einen Fußgänger und wurde von ihm in einen Außenbezirk verwiesen, zu einem Sozialwohnungsbezirk der Nachkriegsepoche, das jeden Charakter und Charme vermissen ließ. Am Ende einer

Sackgasse fand er einen weiträumigen Bungalow; nur aus einem der Fenster schimmerte hinter dicht zugezogenen Vorhängen Licht hervor, der Vorgarten war von Unkraut überwuchert, die Torflügel der Garage standen weit offen und zeigten, daß sich kein Wagen darin befand.

Doch er war in der richtigen Straße, und die richtige Hausnummer stand neben dem Tor.

Grey parkte den Wagen und stieg zögernd aus. Die Arme-Leute-Gegend und das verkommene Haus mit seinem verwilderten Vorgarten paßte nicht zu seinen Vorstellungen von dem brillanten Erfinder des ›Datenblatts‹. War es möglich, daß man ihn auf den Arm genommen hatte? Er rief sich ins Gedächtnis zurück, daß der Brief, den er erhalten hatte, ohne Zweifel mit derselben Maschine geschrieben worden war, auf der auch ›Datenblatt‹ verfaßt wurde, zuckte die Schultern und ging den Weg entlang zum Haus; er bemerkte dabei, daß er betoniert war, während die der benachbarten Häuser Kieswege waren, und das Unkraut, trotz der allgemeinen Vernachlässigung, entlang der Wegränder sorgfältig beschnitten war.

Es war inzwischen völlig dunkel geworden, und die nächste Straßenlampe stand zu weit entfernt, um die Tür des Hauses zu beleuchten. Er ging sehr vorsichtig, da er nicht über eine Stufe stolpern wollte. Doch es gab keine Stufen. Das kam ihm merkwürdig vor, aber es spielte sicher auch keine Rolle.

Er tastete am Türrahmen entlang, bis er den Klingelknopf fand, und drückte darauf. Kurz darauf flammte die Lampe über der Tür auf, und die Tür wurde geöffnet.

»Ja, bitte?« sagte eine Stimme, und dann, mit verändertem Tonfall, dessen Bedeutung er nicht bestimmen konnte: »Ah, Mr. Mervyn Grey, nicht wahr? Kommen Sie herein, bitte. Es ist naß und kalt draußen, stelle ich mir vor.«

Er starrte den anderen an und wußte im ersten Moment nicht, wie er reagieren sollte. Er haßte es, in einer solchen Situation zu sein, doch diese ... diese Kreatur ihm gegenüber war so völlig anders als die Vorstellung, die er sich von diesem Mann gemacht hatte, daß er sie nur verwirrt anstarren konnte.

Er saß in einem Rollstuhl, einem batteriegetriebenen Rollstuhl mit Bedienungshebeln in der rechten Armstütze. Sein linker Arm war verkümmert, und die Hand fast rechtwinkelig zum Gelenk zurückgebogen. Seine Beine waren unter einer grauen Decke verborgen, die von Soßenflecken und einem Spritzer Eidotter verklebt war. Das Gesicht über dem Wollhemd, an dem ein Knopf fehlte, war zur Hälfte von einem struppigen, braunen Bart verdeckt, die rechte Hälfte war ein glattes Keloid, fast purpurrot, das vom Jochbein bis zum Kiefer reichte. Die Augen jedoch waren wach und durchdringend, und Grey wurde unruhig unter ihrem intensiven Blick.

»Sind Sie George Handling?« zwang er heraus.

»Der bin ich.« Der Mann im Rollstuhl nickte.

»Der Herausgeber von ›Datenblatt‹?«

»Ja! Aber stehen Sie doch nicht vor der Tür herum – Sie kühlen das Haus aus. Ich lasse die Tür nie offen. Heizen ist in diesen Tagen verdammt teuer.«

Aber ich dachte, Sie verdienen genug damit, ›Datenblatt‹ dazu zu benutzen ...

Grey verschluckte die Bemerkung, die sich ihm auf die Zunge drängte. Benommen von der Möglichkeit, daß alle seine Annahmen falsch sein könnten und er vielleicht doch einem Irren aufgesessen war, trat er ein und hatte jetzt Gelegenheit, seine Umgebung zu mustern. Dies war das seltsamste Haus, das er jemals betreten hatte. Der Grund für das Fehlen von Stufen vor der Haustür war ihm sofort klargeworden, als Handling im Rollstuhl aufgetaucht war, doch diese Logik wurde im ganzen Haus befolgt. Alle Innenwände waren herausgeschlagen worden, so daß das Haus aus einem einzigen, riesigen Raum bestand, mit Ausnahme eines rechteckigen Gelasses an der Rückseite, das er für das Bad hielt. An einer der Wände stand ein Bett, um das ein Vorhang gezogen werden konnte; an der rechten Wand befanden sich Bücherschränke, an der gegenüberliegenden ein Schreibtisch, auf dem eine Schreibmaschine stand, unweit davon eine Vervielfältigungsmaschine, neben ihr mehrere Stapel Saugpost-Papier und ein Karton mit neutralen Briefumschlägen.

Grey bewegte sich mit dem mechanischen, zuckenden Gang einer Puppe, als er Handling zum Schreibtisch folgte. Neben ihm brannte ein großer Petroleum-Ofen vom Convector-Strahlungs-Typ, mit einem verchromten Reflektor, vor dem ein Drahtgeflecht glühte, doch trotz Handlings Bemerkung, die Tür zu schließen, um das Haus nicht auskühlen zu lassen, war es bitter kalt.

Oder war das ein subjektives Gefühl, auf den Schock zurückzuführen?

»Setzen Sie sich«, sagte Handling und schwang seinen Rollstuhl geschickt herum, so daß er knapp an dem Ofen vorbeischwenkte. Er deutete mit einer Kopfbewegung auf einen Stuhl, der mit einem Wust von Papieren bedeckt war, auf dem eine Teetasse stand. »Tut mir leid, Sie müssen das Zeug wegräumen, aber ich kann es nicht auf den Boden werfen – einmal, weil es mir dann im Weg ist, und zum anderen, weil ich es nicht aufheben kann. Ich muß mir meine Greifzange holen, wenn ich irgend etwas fallen lasse ... Gut! Ich nehme an, ich sollte Ihnen einen Drink anbieten, nicht wahr? Leider habe ich keinen. In meinem Zustand hat man nicht viel davon. Ich könnte Ihnen aber einen Tee kochen, wenn Sie wollen.«

Grey hatte auf einem Ende des Schreibtisches einen freien Platz für die Teetasse und die Papiere gefunden und sich Zeit gelassen sie dort aufzuschichten, für den Fall, daß sich auf einem von ihnen Notizen für das nächste ›Datenblatt‹ befinden sollten. Doch er konnte nichts von Interesse entdecken; die meisten Bogen waren unbenutzt, ein halbes Dutzend waren Briefe.

»Nein ... ah ... nein, danke«, sagte er und zwang sich zu einer normalen Reaktion. »Ich hätte Ihnen den Zeitpunkt meines Besuches ankündigen sollen, aber ... Um ehrlich zu sein, Ihre ›Datenblätter‹ haben mich so beeindruckt, daß ich sofort nach Erhalt Ihres Briefes alles andere habe stehen lassen.«

»Oh, es war wirklich nicht nötig, Ihr Eintreffen anzukündigen«, sagte der Krüppel und kicherte. »Überhaupt nicht. Ich fühle mich sehr geehrt, daß Sie sich die Mühe gemacht haben, über den Atlantik zu fliegen, nur um mich zu besuchen, doch ich glaube, daß auch das nicht nötig war.«

Greys Blicke fuhren durch den monströsen Raum, in den das Haus verwandelt worden war, und entdeckten zwischen der allgemeinen Junggesellen-Unordnung von über Stuhllehnen gehängten Hemden und Stößen alter Zeitungen einige Dinge, die Handlings Identität einige Glaubwürdigkeit verliehen. Er erkannte den vertrauten roten Einband des *British Industrial Annual*, eine Anzahl von Adreßbüchern für Handel und Industrie, Werbematerial und Prospekte verschiedener großer Unternehmen, von denen er in seinem Büro auf Grand Bahama ebenfalls Exemplare besaß. Er sagte beiläufig, vor allem um seine Neugier zu tarnen: »Wie Sie aus unseren Inseraten ersehen haben, bin ich an Ihrer Publikation sehr interessiert.«

»Inserate?« sagte Handling.

Grey blinzelte ihn an und mußte sofort seinen Blick abwenden: der Anblick des schwammartigen Narbengewebes oberhalb des struppigen Bartes drehte ihm den Magen fast um.

»Aber natürlich. Daraufhin haben Sie mir doch geschrieben, nicht wahr? Wir haben in der *Financial Times* und dem *Economist* und ...« Die Worte versickerten, und er starrte wieder umher. Nirgends in dem Wust alter Zeitungen konnte er das auffällige Rosa der *Financial Times* entdecken.

»Oh, davon weiß ich nichts«, sagte Handling mit einem lächerlichen Versuch, die Schulter zu zucken, der Grey grauenhaft erschien.

»Woher wußten Sie dann, daß ich an Ihrer Arbeit interessiert bin?«

»Das ist Geschäftsgeheimnis, Mr. Grey«, sagte Handling und stieß einen Laut aus, der eher wie ein idiotisches Kichern klang als ein Lachen. »Sie haben zumindest eine meiner Produktionen gesehen, nicht wahr? Dann wissen Sie, daß ich viele Geschäftsgeheimnisse habe.«

Grey führte eine hitzige Debatte mit sich selbst. Ein schmutzbekleckerter Krüppel in einem Rollstuhl war so weit von der Vorstellung entfernt, die er sich von einem begabten und wohlhabenden Markt-Manipulator gemacht hatte, daß er fast entschlossen war, Handling als den Irren abzuqualifizieren, für den er ihn zu Anfang gehalten hatte, als Casson ihm ›Datenblatt Fünf‹ gezeigt hatte. Und doch bestand ein unleugbarer Fundus von Glaubwürdigkeit, den Handling aufgebaut hatte, und den er ausbeuten konnte, wenn er die Chance dazu bekam. Er mußte taktvoll vorgehen. Selbst wenn dieser Mann durch seinen entsetzlichen Zustand geistig gestört sein sollte, war er noch immer zu gebrauchen.

»Ja, Sie haben mich sehr beeindruckt«, sagte er und zwang etwas Wärme in seine Stimme. Er verschränkte seine Finger ineinander und merkte, daß er vergessen hatte, seine Fahrhandschuhe auszuziehen, beschloß jedoch, sie anzubehalten, weil es in diesem Haus so eisig kalt war. »Interne Informationen wie die Ihren könnten ein Vermögen wert sein, wenn man sie richtig einsetzt. Ich hatte nicht erwartet … Aber lassen wir das.«

»Sie wollten sagen, den Besitzer dieser Informationen in einem Billig-Haus in einer Arme-Leute-Gegend am Rand einer langweiligen, kleinen Provinzstadt zu finden«, sagte Handling. Sein Ton drückte keinerlei Emotion aus. »Aber es ist hier leichter, Menschen von mir fernzuhalten, Mr. Grey. Außerdem habe ich für ein Vermögen keine Verwendung mehr. Ich hatte eine Frau. Ich hatte einen Sohn. Beide sind bei dem Unfall umgekommen, der mich zum Krüppel gemacht hat.«

»Ich … das tut mir leid.«

»Ich danke Ihnen dafür, daß es Ihnen leid tut.«

Auf diese Feststellung schien es keine Antwort zu geben. In einem Versuch, ein anderes Thema zu finden, sagte Grey: »Aber Sie müssen mit der Herausgabe dieser Bulletins doch irgendeinen Zweck verfolgen. Oder ist es lediglich ein Hobby?«

»Es ist mehr als nur ein Hobby. Es ist praktisch eine Vollzeitbeschäftigung. Das Zusammentragen der Informationen allein ist ein mühsamer Job, und dann das Tippen – ich kann nicht sehr schnell und nicht sehr sauber schreiben, wie Sie sich vorstellen können, und dann das Herstellen der Litho-Matrize, das Abziehen der Bogen, das Adressieren der vielen Umschläge ... Oh, das gibt mir genug zu tun.«

»Ich verstehe.« Grey fuhr mit der Zunge über seine Lippen. »Und wie schaffen Sie es, daß die Sendungen immer von verschiedenen Orten abgesandt werden? Bringen Sie sie selbst zur Post?«

»Aber nein. Ich fahre in letzter Zeit nur selten weiter als bis zu dem Laden an der Ecke, und wenn das Wetter schlecht ist, versuche ich, selbst das zu vermeiden. Es gibt einen privaten Postdienst, der sie hier abholt und sie für eine recht bescheidene Gebühr an jedem gewünschten Ort im Umkreis von hundert Meilen aufgibt. Ich wollte damit meine Spur ein wenig verwischen, bis ich bereit war, ins Licht zu treten.«

Das ist etwas, was dieser Bastard Casson übersehen hat! Mit der Überlegung, um wieviel seine Suche hätte abgekürzt werden können, wenn Casson diesen Postdienst aufgespürt haben würde, sagte er: »Sie haben sicher eine lange Zustellungsliste, nicht wahr?«

»Begonnen habe ich mit fünfhundert Adressen, die ich mehr oder weniger willkürlich ausgewählt hatte«, sagte Handling. »In diesem Monat sind es über tausend.«

»Kein Wunder, daß Sie voll ausgelastet sind! Ah ... ich freue mich, daß Sie mich in Ihre Liste aufgenommen haben.«

»Oh, Sie gehören ganz und gar nicht zu dem Kreis, an den mein Blatt gerichtet ist«, sagte Handling. »Ich habe das sehr sorgfältig ausgearbeitet. Wenn ich vorhin sagte, daß ich die Liste der Adressaten willkürlich zusammengestellt habe, wollte ich damit nicht ausdrücken, daß ich die *Art* der Menschen, die das ›Datenblatt‹ bekommen sollte, nicht sehr sorgfältig ausgewählt habe; es sollte lediglich heißen, daß ich keine Ahnung hatte, wer darauf reagieren würde. Aber es sind bestimmte Schlüsselfiguren in der Finanzwelt dieses Landes, und man kann feststellen, wer sie sind, wenn man eine Menge kleiner Informationen zusammenträgt – eine Tätigkeit, an die ich gewöhnt bin. Ich habe mehrere Monate zur Aufstellung meiner Liste gebraucht, aber darauf kam es nicht an. Ich hatte eine Menge Zeit in meinen Händen. Oder, besser gesagt, in meiner *Hand*.« Er hob die verkrüppelte linke mit der intakten rechten Hand an und betrachtete sie neugierig, als ob er einen toten Frosch entdeckt hätte. »Ich habe die Menschen ausgewählt, die die größen Anlagefonds verwalten, Vertreter der führenden Exportunternehmen, Menschen, die entscheiden, welche Marken von Produkten durch die größten Ladenketten des Landes vertrieben werden, und so weiter. Menschen, deren Beschluß, die Produkte einer Gesellschaft zu kaufen oder nicht zu kaufen, ein Unternehmen tragen oder es ruinieren kann, verstehen Sie?«

Grey nickte vorsichtig. »Und warum haben Sie gerade die ausgewählt?« sagte er. »Ich meine, statt Menschen wie mich?«

»Oh, wegen der Art der Information, die ich erhielt«, sagte Handling. »Sie erschienen mir als die richtigen Adressaten für das, was ich wußte. Sie haben gesehen, was für Zeug ich bekomme? Sie wissen, wie es aussieht?«

»Ja, natürlich. Aber warum gerade *diese* Art von Informationen? Und wie kommen Sie dazu?«

»Ich bin Psychometrist. Psychometrie ist ein Teilgebiet des Hellsehens. Im Grunde genommen ist das Ganze ein Teil einer umfassenden Gabe, die sich, wie ich glaube, uns eines Tages enthüllen wird. Doch das nur nebenbei. Ich erhalte sozusagen einen gewissen Vorschuß darauf; der Vorhang wird ein wenig gelüftet, wie man sagt. Manchmal kann ich einen Charakter analysieren, manchmal kann ich folgern oder fühlen, was ein Mensch denkt, doch meine Spezialität liegt darin, von Objekten auf ihren Zusammenhang mit Verletzungen oder Tod zu schließen.«

Was für ein hirnverbrannter Unsinn! Aller Enthusiasmus

Greys, die Adressatenliste von ›Datenblatt‹ in die Hand zu bekommen, verflog innerhalb einer Sekunde. Er stand auf.

»Vielen Dank, Mr. Handling. Entschuldigen Sie, daß ich Ihre Zeit beansprucht habe, aber wenn Sie Ihr Bulletin auf einen so begrenzten Personenkreis ...«

»Wirklich, Mr. Grey!« unterbrach ihn Handling. »Sie haben sich doch nicht auf den weiten Weg von den Bahamas gemacht, um nur fünf Minuten lang mit mir zu reden und nicht einmal einen Blick in ›Datenblatt Sechs‹ zu werfen, nicht wahr?« Nach einer kurzen Pause setzte er hinzu: »Nummer Sechs befaßt sich vor allem mit Firmen, an denen Sie besonders interessiert sind. Sie waren überrascht, daß ich Ihre Inserate nicht gesehen habe, nicht wahr? Aber wenn Sie sich an den Brief erinnern, den ich Ihnen geschickt habe, wissen Sie auch, daß ich darin sagte, ich hätte von Ihrem Interesse an meiner kleinen Unternehmung *erfahren*.«

Grey zögerte. Einerseits war dieser Krüppel ohne Zweifel geistesgestört, andererseits war es ihm genauso zweifelsfrei gelungen, den Markt zu beeinflussen, also ...

»Ja, ich würde Nummer Sechs gerne sehen«, gab er zu.

»Das dachte ich mir!« rief Handling triumphierend und schwang sich in seinem Rollstuhl zur Seite, wieder um Haaresbreite an dem Petroleumofen vorbei. Er zog eine Schublade auf und blickte hinein.

»Leider sieht es so aus, als ob nur noch verdorbene Kopien übrig geblieben sind«, fuhr er fort. »Ja, das ist so eine, und die Rückseite ist leer, und ... Aber das macht nichts. Wir brauchen nur eine Minute, um die Rückseite nachzudrucken. Die Matrize ist noch in der Maschine.«

Geschickt rollte er seinen Stuhl zur Litho-Presse. Seine Beweglichkeit mit nur einer Hand war erstaunlich, mußte Grey zugeben, obwohl alles, was er tat, notwendigerweise recht langsam geschah. Er wartete ungeduldig, während Handling sich Zeit ließ und ununterbrochen redete.

»Ja, diese Gabe muß ich schon immer besessen haben, zumindest in rudimentärer Form. Zum Beispiel habe ich mich dagegen gesträubt, die Waschmaschine zu kaufen, die meinem kleinen Jungen die Hand abgerissen hat, aber natürlich war sie erheblich billiger als alle anderen, und wir schwammen nicht gerade in Geld, also habe ich schließlich nachgegeben. Und wegen der Nähmaschine hatte ich auch meine Zweifel, aber Meg konnte eine ganze Weile nicht zur Arbeit gehen, nachdem ...«

»Haben Sie eben gesagt, daß Ihr Sohn eine Hand verloren hat?« unterbrach Grey mit tonloser Stimme.

»Ja. Die Waschmaschine war nicht mit einem dieser automatischen Unterbrecherkontakte ausgerüstet, also konnte man sie einschalten, wenn die Klappe geöffnet war, und ohne Wasser rotierte die Trommel verdammt schnell, und der arme, kleine Bobby hat sie eingeschaltet und die Klappe geöffnet, und ... Ah, das hätten wir, das heißt, wir haben es gleich, wenn das Gerät warm geworden ist. Ja, wie ich eben sagte, Meg konnte eine ganze Weile nicht außer Haus arbeiten, nachdem die Bodenplatte des Bügeleisens sich gelöst und auf ihren Oberschenkel gefallen war, und die Brandwunde sich entzündete – keine gute Qualität, das Bügeleisen, aber es war natürlich billig; und dann versagte der Ausschalter der Nähmaschine, die sie gekauft hatte, um zu Hause etwas dazuzuverdienen, und zerstach ihr die ganze Hand, und der Unfall geschah, als ich sie zum Krankenhaus fuhr. Die Reifen, verstehen Sie. Ich hatte auch ihretwegen meine Zweifel, aber wir waren geldlich ziemlich im Druck, weil Meg nicht mehr arbeiten gehen konnte, also mußte ich mich mit dem zufriedengeben, was wir uns leisten konnten, als es absolut nötig wurde, neue Reifen zu kaufen, und da war Meg, die weinte und ihre verletzte Hand an die Brust drückte, und auf dem Rücksitz Bobby, der schrie, weil er keine Hand mehr hatte, die er mit der anderen an die Brust drücken konnte, verstehen Sie, und ... So. Hier haben Sie Ihr Exemplar. Vollständig. Beide Seiten lesbar.«

Er rollte sich ein Stück zurück, bis er Grey direkt gegenüber saß und streckte ihm das Papier entgegen, auf dessen oberem Rand mit Großbuchstaben ›DATENBLATT SECHS‹ stand.

Mechanisch warf Grey einen kurzen Blick darauf, sah dann

jedoch sofort wieder Handling an. Er hörte sich sagen: »Und – was ist passiert?«

»Sie meinen, was den Unfall verursacht hat? Oh, nach Aussage des Polizisten, der bei der Untersuchung eine Erklärung abgab, neigen diese Reifen dazu, von der Felge zu springen, wenn man schnell in eine Kurve geht – sie sind schlauchlos, verstehen Sie –, und natürlich ist dann sofort die Luft weg, und man verliert die Kontrolle über den Wagen. In unserem Fall rammten wir einen Betonmast. Meg und Bobby hatten Glück, denke ich. In meinem Zustand hätte ich sie bestimmt nicht ernähren können. Und was mich betrifft, ich habe vier Monate lang im Krankenhaus gelegen.

Und während dieser Zeit war es, daß ich mein besonderes Talent entdeckte. Plötzlich, als man mir eine Injektion machte, sagte ich: ›Der letzte Patient, bei dem diese Spritze benutzt wurde, ist gestorben, nicht wahr?‹ Die Leute dachten, ich sei nur morbide, doch ich war völlig sicher. Also begann ich, diese Gabe bewußt zu benutzen. Und ich stellte fest, daß ich, wenn ich einen Gegenstand in die Hand nahm, *fühlen* konnte, ob er oder einer der gleichen Art, irgend jemand Schaden zufügen würde.

Zu Anfang waren es nur kleine Anstöße, aber ich hatte ja eine Menge Zeit, besonders, bevor ich diesen Stuhl bekam und für jede Kleinigkeit im Bett warten mußte, bis die Schwester vorbeikam. Der schlimmste Nachteil war, daß ich anfangs glaubte, die Dinge, die ich sah, seien bereits geschehen, und ich folglich in eine falsche Zeitrichtung eindrang, um zu ihnen zu gelangen. Ich kann Ihnen das wohl nicht richtig klarmachen, fürchte ich. Ich glaube nicht, daß es viele andere Menschen gibt, die diese Gabe besitzen.

Dann erkannte ich plötzlich, daß ich vorausfühlen mußte, und nicht zurück, und nun war alles richtig. Aber Sie sollten wissen, daß es niemals ein Schnellschuß sein kann, wenn man sich eins dieser Produkte vornimmt. Manchmal, besonders bei Massengütern, mußte ich bis zu sechsunddreißig Stunden lang hart ringen, bevor ich das herausgefunden hatte, was ich suchte, und es mir leisten konnte, schlafen zu gehen und mich auszuruhen. Weil es so viele Möglichkeiten gab, verstehen Sie.«

Fast hypnotisiert von Handlings glühender Intensität konnte Grey noch immer den Blick nicht von diesem zerstörten Gesicht lösen. »Aber was ist es, präzise ausgedrückt, was Sie tun?« sagte er. Und überlegte mit einer paradoxen Distanzierung, daß es eine für ihn völlig ungewohnte Lage war, von einem anderen dominiert zu werden, wenn auch nur für kurze Zeit. Er sagte sich, daß er sich nur damit abfände, weil er sich hundertprozentig davon überzeugen wollte, daß dieser Mann ein Irrer war. Sonst wäre die Enttäuschung über den Zusammenbruch seiner Träume von ›Datenblatt‹ nicht zu ertragen.

»Es geht mehr darum, *wie* ich es tue«, erklärte Handling nachdenklich. »Wie ich Ihnen bereits sagte – als ich zum erstenmal zu fühlen begann, daß ein anderes Exemplar eines Gegenstandes, den ich in der Hand hielt, so und so vielen Menschen Schaden zufügen würde, war ich der Annahme, daß dies bereits geschehen sei. Doch dann stellte ich fest, daß einige der Dinge, die ich mir vornahm, zu neu waren, um soviel angerichtet haben zu können, und so kam ich auf die Wahrheit. Ich konnte fühlen, was geschehen *würde*. Oh, zweifellos werden Sie jetzt fragen, wie ich dessen so sicher sein kann. Das ist doch unmöglich, nicht wahr? Nicht, bevor es geschehen und nachprüfbar geworden war. Also habe ich von allem, was ich voraussah, genaue Notizen gemacht und sie, sowie sich mir die Gelegenheit dazu bot, an Hand der Fakten überprüft. Die Verbraucher-Schutz-Tests waren mir dabei eine große Hilfe, wenn sie bestätigten, daß ein Gerät, das ich mir vorgenommen hatte, potentiell gefährlich sei, weil man von ihm einen elektrischen Schlag bekommen konnte oder so etwas, und sehr häufig fand ich in den Zeitungen Meldungen über Lebensmittelvergiftung oder Spielzeug, das für Kinder gefährlich war, und so weiter. Nach etwa einem Jahr war ich absolut sicher, daß ich immer recht hatte.«

»Aber das ist doch lächerlich!« stieß Grey hervor. »Wie

können Sie von ... von zwanzigtausend ungewollten Schwangerschaften wissen, um ein wirklich weithergeholtes Beispiel zu nehmen?«

»Ist das etwa keine Schädigung?« sagte Handling. »Ich meine, was kann man einem Kind Schlimmeres antun, als es unerwünscht in die Welt zu setzen? Jedes Kind sollte gewünscht werden!«

»Ja – ja! Aber die Zahlen, *die Zahlen*!«

»Oh! Entschuldigen Sie, ich habe Sie mißverstanden. Sie addieren sich in meinem Unterbewußtsein. Ich liege nachts wach und kann sie in meinem Kopf fortticken hören. Wenn es aufhört, kann ich fühlen, wie lange sie brauchen, um diese Summe zu erreichen – drei Monate, sechs Monate, ein Jahr. Und dann schreibe ich alles nieder. Wenn die Zeit um ist, kommt alles in das laufende ›Datenblatt‹, und geht an all diese Leute. Ich habe über andere Wege nachgedacht, diese Nachrichten zu veröffentlichen, mußte jedoch erkennen, daß sie nicht so wirksam sein würden. Ich meine, die Zeitungen sind von ihren Inserenten abhängig, nicht wahr? Und die Verbraucher-Zeitschriften haben ihre eigenen Tests und ihre eigenen Methoden. Nicht so gut wie die meinen, aber da kann man nichts machen. Und die Leute sind jetzt wirklich aufmerksam geworden. Besonders seit ... Sie haben doch gesagt, daß Sie Inserate aufgegeben haben, um mit mir in Verbindung zu kommen?«

»Ja.« Grey schnitt das Wort ab wie mit einer Drahtschere.

»Und man konnte aus den Inseraten ersehen, daß sie von Ihnen aufgegeben worden waren?«

»Ja!« Grey spürte, daß sich auf seiner Haut Schweiß bildete. Wie konnte er sich eingebildet haben, daß es in diesem Haus kalt war, und seinen Mantel, seine Handschuhe und seinen Schal anbehalten haben? Es war kochend heiß hier.

»Nun, das sollte bestimmt jeden überzeugen, daß man auf mich hören muß«, sagte Handling selbstzufrieden. Das fast wörtliche Echo dessen, was er selbst zu Casson gesagt hatte, brachte Grey in Rage.

»Das ist doch alles Humbug!« rief er. »Irgend etwas herauszupicken und zu behaupten, daß es so und so viele Menschen verletzen oder töten würde ... Sie müssen den Verstand verloren haben. Und Ihr ›Datenblatt‹ ist nichts anderes als ein grandioser Bluff!«

»Vielleicht glauben Sie mir nicht, Mr. Grey«, sagte Handling leise. »Aber der größte Teil der tausend Menschen werden mir glauben, wenn sie morgen ihre Frühpost öffnen. Der Postdienst hat ›Datenblatt Sechs‹ heute nachmittag abgeholt, und es ist bereits auf dem Weg zu seinen Adressaten. Sind Sie nicht einmal neugierig darauf, was diesmal darin steht?«

Grey hob die Hand, in der er das Exemplar hielt, mit der Absicht, es zusammenzuknüllen und hinauszugehen, doch aus den Augenwinkeln heraus entdeckte er drei Worte, die ihn elektrisierten: *Mervyn Grey Enterprises.* Verstört begann er die Vorderseite des Blattes zu lesen.

Miracle Whirl-Waschmaschinen haben so-und-so-viele Menschen durch falsche Verkabelung mit Stromschlag getötet, so-und-so-viele Brände verursacht, so-und-so-viele Wohnungen überschwemmt und die Decke der darunterliegenden zum Einsturz gebracht; Ee-Zee-Smoothe-Bügeleisen hatten so-und-so-viele weitere Brände hervorgerufen, fielen bei normalem Gebrauch auseinander und verbrannten den Benutzer, überhitzten sich leicht und ruinierten viele teure Kleidungsstücke. Wagen, die mit Ultrac bereift waren, waren in so-und-so-viele tödliche Unfälle verwickelt gewesen, in so-und-so-viele Unfälle mit schweren Personenschäden, in so-und-so-viele Unfälle mit Materialschäden ...

Sein Kopf dröhnte, als er daran dachte, an welche Leute diese Anklage-Liste ging, und an die Kaufkraft, die sie kontrollierten, und an die Märkte, die sie ihm verschließen konnten. Er hörte kaum, daß Handling sagte: »Ja, es war eine Miracle Whirl, die meinem Sohn die Hand gekostet hat, und eines Ihrer Bügeleisen war schuld daran, daß Meg zu Hause bleiben mußte und gezwungen war, mit Näharbeiten Geld zu verdienen, auf einer Ihrer Maschinen, die ihr die Hand zerstach, und es waren Ultrac-Reifen, die ich zu kaufen gezwungen war, und die zu dem Unfall führten, als ich sie zum

Krankenhaus fuhr. Sie haben mehr als nur Blut an Ihren Händen, Mr. Grey. Sie sind schuld an allem nur denkbaren Leid. Sie haben, denke ich, an jedem Tag Ihres Lebens zumindest einem Menschen Unglück zugefügt.«

»Sie Bastard«, flüsterte Grey. Er stopfte das Blatt in die Manteltasche. »Ich behalte das Ding als Beweis. Dies ist Verleumdung – dreckige, stinkende Verleumdung!«

»Es ist keine Verleumdung; wenn jemand feststellt, daß ein Produkt fehlerhaft ist«, sagte Handling und grinste. Die Wirkung war entsetzlich; nur die bärtige Seite seines Gesichts verzog sich. »Oh, Sie könnten mich sicher verklagen. Ich nehme an, daß ich mich zivilrechtlich gegen Sie vergangen habe. Aber ich habe keinerlei strafbare Handlung begangen.«

»Du hinterlistiger Teufel!« brüllte Grey und stürzte vor. Krüppel oder nicht, er *mußte* dieses Grinsen von Handlings Gesicht schlagen.

Doch die Wucht seines Ansturms stieß den Rollstuhl zurück, er rammte den Petroleum-Ofen, stürzte ihn um, und brennendes Öl ergoß sich über eine Fläche von dreißig Quadratfuß. Flammen schossen empor, so hoch wie Handlings Kopf. Ein Bild fraß sich in Greys Retinas fest: ein verzerrtes Gesicht mit großen, runden Augen, einem weit aufgerissenen Mund, der heiße, sauerstofflose Luft einzog, dem verkohlenden Bart und Haaren, die sich wanden wie die Schlangen Medusas ...

... und er war aus dem Haus, schlug die Tür hinter sich zu und lief zu seinem Wagen. Er sprang hinein, startete den Motor und raste die Straße entlang. Kurz bevor er außer Sichtweite kam, warf er einen Blick zurück. Von dem Feuer war noch nichts zu sehen; die Vorhänge waren gegen die Kälte der Herbstnacht fest zugezogen, genau wie die aller anderen Häuser. Auch dieses Bild prägte sich seinem Gehirn ein, wie ein plötzlich gestoppter Film.

Vierzig Meilen entfernt, auf einer einsamen Landstraße, brachte er den Wagen zum Stehen. Zitternd, doch allmählich ruhiger werdend zwang er sich, seine Situation logisch zu durchdenken. Sie war gar nicht so schlecht – wenn er es sich richtig überlegte. Die Tatsache, daß er in England war, ließ sich natürlich nicht verheimlichen, doch es gab nicht den geringsten Grund dafür, daß sein Besuch in Handlings kleiner Stadt entdeckt würde. Er hatte mit nur einem Menschen gesprochen, um nach dem Weg zu fragen – doch das war nach Anbruch der Dunkelheit gewesen, aus einem geschlossenen Wagen heraus, von dem es mehrere Tausend der gleichen Art geben mußte. Lange bevor irgend jemand bemerkt haben konnte, daß Handlings Haus brannte, hatte er die Stadt weit hinter sich gelassen und sich vielleicht sogar schon außerhalb der Grafschaft befunden. Er konzentrierte sich auf seine Erinnerung der menschenleeren Straße. Ja, es konnte eine ganze Weile gedauert haben, bis jemand das Feuer bemerkt hatte.

Niemand hatte ihn das Haus betreten oder verlassen sehen, und der Zufall, seine Handschuhe nicht ausgezogen zu haben, bedeutete, daß er auch keine Fingerabdrücke zurückgelassen hatte. Und, vor allem, was war wahrscheinlicher, als daß ein Krüppel in einem Augenblick der Unachtsamkeit seinen Petroleumofen umreißen würde?

Also konnte er in aller Ruhe nach London zurückfahren, zu der Wohnung, die er sich dort hielt, und niemand würde ihn sehen, wenn er sie betrat; dann würde er vielleicht in einen Club gehen, wo er häufig verkehrte, dort sein Dinner einnehmen und eine gute Show sehen, und morgen gegen zehn Uhr würde er in den Kreisen, die zählten, ein paar Bemerkungen in Umlauf bringen, daß ›Datenblatt‹ dieses Mal nur einen Haufen Lügen enthielte und das Finanz-Imperium von Mervyn Grey Enterprises auf keine Weise gefährdet sei, überhaupt nicht, und ...

Das ›Datenblatt‹!

Hastig fummelte er in seiner Manteltasche nach dem Stück Papier und zog es heraus. Dies war das einzige, das ihn mit Handling in Verbindung bringen konnte. Er mußte es sofort loswerden. Er wollte schon das Fenster herunterdrehen und es hinauswerfen, überlegte es sich jedoch anders und zog sein Feuerzeug heraus. In weniger als einer Minute würde das Papier nur noch anonyme, vom Wind verwehte Asche sein, und er war in Sicherheit. Oh, aber da war ja noch der Brief von Handling! Mein Gott! Er hatte ihn zwar bei sich, aber hatte jemand in seinem Grand Bahama-Büro ihn gesehen? Bestimmt! Also, nur um ganz sicherzugehen, mußte er morgen früh in Cassons Büro gehen und ihm sagen, er sei zu müde gewesen, um ihn heute nachmittag aufzusuchen, daß er jedoch Handling auf jeden Fall sprechen wolle und wünsche, daß Casson ihn begleite ... Ja, so war er völlig abgesichert. Selbst wenn die Leute dem ›Datenblatt‹ Glauben schenken und er eine Menge Geld verlieren sollte, besaß er nach wie vor das Talent, das ihn zum Wunderknaben der Finanzwelt gemacht hatte. Er würde es überleben.

Er schnippte das Feuerzeug an und hielt seine Flamme an den unteren Rand des Blattes. Kurz bevor es Feuer fing, riß er es zurück. Diesmal hatte er die Rückseite des Blattes vor Augen. Er starrte auf einen Absatz, der von einem schwarzen, unordentlich mit einem breiten Filzstift gezogenen Rahmen umgeben war.

In diesem Rahmen stand in Handlings üblicher, schluderiger Maschinenschrift:

Dies ist die letzte Ausgabe des ›Datenblattes‹. Der Herausgeber, Mr. George Handling, wohnhaft Wyebird Close 29, in Blentham, ist gestern von Mr. Mervyn Grey bei einem Versuch, die Veröffentlichung dieser Informationen zu verhindern, ermordet worden.

Er saß lange Zeit reglos und dachte an die tausend einflußreichen Leute, die morgen früh die mit der Vormittagspost eingetroffenen neutralen Briefumschläge öffnen würden. Als er mit dem Denken fertig war, saß er nur noch.

Das fünfte Gebot

Ich bin nicht alt«, sagte Philip Grumman.

Draußen schimmerte das Wasser des Kannegawa-Sees im Licht der Junisonne, wenn die winzigen Oberflächenwellen ihre Strahlen einfingen und brachen. Ein halbes Dutzend Paddelboote und Kanus trieben auf dem Wasser, in ihnen die unternehmungslustigeren Ruheständler auf ihrer Reise nach nirgendwo. Am Strand langen andere in der Sonne.

»Ich bin nicht *alt*«, sagte er wieder, als ob er Direktor Mackenzie zum Widerspruch herausfordern wollte und überlegte es sich sofort anders. »Entschuldigen Sie. Ja, ich bin achtundsechzig, nicht? Also sollten Sie sagen: ›Ich fürchte, Sie sind alt, Mr. Grumman.‹ Sie sind nur zu höflich dazu.«

Über die Platte seines antiken Schreibtisches hinweg lächelte Mackenzie ihn auf die gewohnte, unverbindliche Art an. Er war ein eleganter Mann in den Vierzigern, was ihn wahrscheinlich zu dem zweitjüngsten Bewohner des Camps machte. Der Arzt hatte eine Krankenschwester, die ihm assistierte, doch sie war ein unscheinbares und schweigsames Mädchen, das nicht sehr beliebt war.

»Was Sie meinen, Mr. Grumman«, sagte Mackenzie jetzt, »ist, daß Sie nicht senil sind. Aber wer ist das heutzutage schon noch?« Er deutete durch das breite Fenster seines kleinen, elegant eingerichteten Büros auf eine Gruppe von Männern, die am Strand Bockspringen spielten. »Haben Sie vielleicht Sorge, daß die Senilität Sie einholen könnte?« fragte er und setzte rasch hinzu: »Wenn ja, können Sie sich doch jederzeit von Dr. Masham untersuchen lassen.«

Grumman schüttelte den Kopf. Er fühlte sich hilflos, als ob es nicht der Mühe wert sei, Mackenzie seinen Standpunkt klarzumachen. Als Direktor eines Camps für Ruheständler war seine routinierte Kompetenz vergeudet. Sie hätte die Belastungen eines viel anspruchsvolleren Jobs ausgehalten; hier gab es so gut wie keine Widerstände zu besiegen. Die Ruheständler waren im großen und ganzen leicht zufriedenzustellen.

Schafe, dachte Grumman und fragte sich, wie lange es her war, seit er welche gesehen hatte, oder irgendein anderes Tier mit Ausnahme von ein paar Hunden und Katzen. So viele Spezies waren durch den Krieg ausgerottet worden, und nicht alle während der Kriegshandlungen; viele waren später ausgestorben, als Folge von Krankheiten, oder einfach, weil sie so intensiv gejagt wurden, um den Menschen Nahrung zu liefern, daß sie ausgerottet wurden.

Aber einmal, vor vielen Jahren, hatte er Schafe in einem Zoo gesehen, und die Metapher war zurückgeblieben.

Aber wie konnte er bei Mackenzie einen Durchbruch erreichen? Er sagte abrupt: »Warum sind Sie hier, Direktor?«

»Ich fürchte, ich verstehe Sie nicht«, murmelte Mackenzie.

Sie verstehen sehr genau, was ich meine ...

Grumman unterdrückte die Worte mit einiger Mühe und dachte: *Es stimmt, verdammt noch mal. Ich werde alt. Alter und Ungeduld gehen zusammen. Meine Gedanken stecken so tief in traditionellen Furchen, daß sie nicht mehr die Richtung wechseln können, um sich mit anderen Menschen zu verständigen.*

»Ich meine«, sagte er, »daß Sie doch einen Grund dafür gehabt haben müssen, nach Kannegawa zu kommen. Warum sind Sie nicht – ah – draußen in der Welt geblieben? Ich meine, niemand außer dem Arzt und der Schwester ist weniger als fünfundzwanzig Jahre älter als Sie, und einige von uns noch erheblich mehr. Also?«

»Ich verstehe.« Mackenzie nickte. »Sie haben recht. Ich habe lange und gründlich nachgedacht, bevor ich diesen Job annahm. Aber man sagte mir, daß ich der richtige Mann dafür sei – Befähigungs-Tests, wissen Sie – und ich habe inzwischen festgestellt, daß er das Richtige für mich ist.« Wieder lächelte er, diesmal ein wenig entschuldigend. »Vielleicht bin ich eine Art vorzeitiger Ruheständler. Vielleicht fühle ich mich in dieser ruhigen, unbelastenden Umgebung wohl.«

Grummans scharfe, graue Augen blitzten auf. Er brauchte keine künstlichen Sehhilfen; er hatte ein gründliches Training in Selbst-Korrektur gehabt.

»Das«, sagte er, »ist reiner Unsinn, und Sie wissen es auch.«

Und er sah, daß es ihm endlich gelungen war, Mackenzies Selbstbeherrschung zu durchlöchern. Der Direktor starrte ihn mit unverhohlenem Erstaunen an, die erste, fast unvorbereitete Reaktion, die Grumman jemals bei ihm erlebt hatte.

»Warum Unsinn?« fragte er.

»Sie sind hier, weil auf diesem Planeten kaum noch Vollzeit-Jobs übrig geblieben sind. Sie wollten einen davon haben, und alles, was Sie bekommen konnten, war dies. Sie sind ein vielbeschäftigter Mann, Mackenzie, und deshalb beinahe einmalig!«

Mackenzie lachte, offenbar wirklich amüsiert. »Das klingt ja beinahe, als ob Sie mich beneiden.«

»Und warum sollte ich Sie nicht beneiden?«

»Warum sollten Sie?« Mackenzie hatte seine Selbstbeherrschung wiedererlangt. »Schließlich führt niemand ein besseres Leben als die Ruheständler.«

»Ein leereres Leben!« sagte Grumman verächtlich. Er lehnte sich in dem Sessel zurück, der nach den Prinzipien maximaler Bequemlichkeit konstruiert war, fühlte sich in dieser Haltung im Nachteil und richtete sich sofort wieder auf.

»Hören Sie, Mackenzie«, fuhr er fort, »wenn Sie mal in den Ruhestand versetzt werden, haben Sie eins der wenigen erfüllten Leben hinter sich, die es noch gibt. Sie haben die Befriedigung zu sehen, daß die Mühen, die Sie investiert haben, Früchte tragen, selbst wenn Sie nicht mehr erreicht haben, als diese Herde von Schafen mehr oder weniger zufriedenzustellen. Können Sie sich vorstellen, wie es bei mir aussah, bevor der Ruhestand auf mich zukam? Verdammt, achtundsechzig Jahre lang habe ich *nichts* getan! Nichts, worauf ich mit Stolz zurückblicken könnte, will ich sagen. Bis zum einundzwanzigsten Lebensjahr war ich in der Schule und auf dem College und bekam meine Ausbildung. Und als ich damit fertig war – wie konnte ich mein Wissen einsetzen? Für Jobs, die auch eine Maschine erledigen konnte – und es auch getan hätte, wenn nicht glücklicherweise jemand noch rechtzeitig erkannt hätte, daß Menschen die Illusion von Arbeit brauchen, um nicht verrückt zu werden.«

»Sie übertreiben«, erwiderte Mackenzie. »Ihre Arbeit war wirklich wertvoll. Sie waren in der Hydroponik, nicht wahr? Die Menschheit war von Leuten wie Ihnen abhängig, um zu überleben. Ohne die intensiven Hydroponik-Kulturen wären wir verhungert.«

»Das stimmt, doch die Grundlagen dafür sind lange vor meiner Geburt gelegt worden«, argumentierte Grumman. »Vielleicht hat man während der Wiederaufbauperiode nach dem Krieg, als neue Techniken entwickelt werden mußten, um am Leben zu bleiben, vielleicht hat man damals, wie Sie sagen, in meinem Job eine gewisse Befriedigung gefunden. Ich habe dem, was ich vorgefunden habe, nichts hinzugefügt, und das ist alles, was dazu zu sagen ist.«

Er runzelte die Stirn und schlug mit der Faust gegen die Vorderkante von Mackenzies Schreibtisch, so daß das Intercom schepperte – ein Gerät, das, wie er manchmal dachte, mehr Dekoration als irgend etwas anderes war, weil jeder im Camp zu allen Zeiten wußte, wo jeder andere war, und der Klatsch von allem berichtete, was irgendwo geschah.

»Dann«, fuhr er fort, »vor drei Jahren, bin ich hierhergekommen – und wozu? Zu lebenslänglicher Gefangenschaft, wenn Sie mich fragen.«

»Unsinn«, sagte Mackenzie. »Sie sind in eine Gemeinde aufgenommen worden, die speziell auf Ihre Bedürfnisse und die der anderen Menschen zugeschnitten wurde. Anstatt mit allen anderen in einem ständigen Konkurrenzkampf um Ihre Bedürfnisse zu liegen, Kompromisse schließen, Abstriche machen und sich mit Veränderungen abfinden zu müssen, die Ihnen nicht passen, finden Sie hier alles auf Ihre besonderen Bedürfnisse zugeschnitten.«

»Bei Ihnen klingt das, als ob Sie ein Paradies beschrieben«, murmelte Grumman. »Aber ich schwöre Ihnen, daß es von hier aus ganz anders aussieht.«

»Mit dieser Meinung stehen Sie aber sicher allein. Ich habe Beschwerden dieser Art bisher von keinem anderen gehört.«

»Schafe! sage ich Ihnen!«

»Nein, das sind sie *nicht*«, sagte Mackenzie mit unerwarteter Wärme. »Sie sind *Menschen*. Sie sind *menschliche Wesen*. Sie verhalten sich nicht im geringsten wie irgendwelche Tiere, Schafe oder Schweine oder Affen oder irgend etwas anderes als Menschen!«

Grumman, von der Heftigkeit des Ausbruchs irritiert, wollte etwas sagen, doch der Direktor fuhr fort.

»Vor fünfhundert Jahren, und auch während des Wiederaufbaus nach dem Krieg, genaugenommen, waren die Menschen gezwungen, wie Tiere zu leben. Unsere Ahnen waren Sklaven, haben gehungert und ihre Rücken in harter Arbeit gekrümmt. Das ist seit dem Beginn der Geschichte so gewesen. Und was haben sie dafür vorzuweisen gehabt? Was für eine Art Stolz mag wohl ein alter, verarbeiteter Sklave empfunden haben, wenn er so nutzlose Bauwerke wie die Pyramiden ansah, diese Denkmäler des Größenwahns einiger Pharaonen? Wir hatten eine Vorstellung davon, wie das Leben wirklich sein konnte, bevor wir so dumm waren, alles in einem idiotischen Krieg zu vernichten, und danach waren wir entschlossen, nie, nie wieder zu diesen Schrecken zurückzukehren. Die Menschen dort drüben« – er deutete auf den stillen See und die kanadischen Berge dahinter – »erfüllen sich den Traum von Ruhe. Ihre Vorfahren, und die unseren, haben ihr Lebenswerk darin gesehen, Kannegawa und Fildrey und Piper's Green und all die anderen Wirklichkeit werden zu lassen.«

»Verdammte Narren«, sagte Grumman, doch es lag wenig Kraft in seinen Worten.

»Zugegeben, manche Menschen haben behauptet, daß sie Ruhe und Freizeit zum Selbstzweck erhoben haben, weil sie selbst kaum welche hatten. Gut. Das beweist jedoch letztlich nur, daß wir ins entgegengesetzte Extrem verfallen sind.

Doch wie ich Ihnen bereits sagte, habe ich noch nie Beschwerden wie die Ihren von den Menschen gehört, die wirklich zählen, von den Ruheständlern selbst, und der Beweis ... Wer kann denn sagen, welchen Sinn die Menschheit hat, oder ob sie überhaupt einen hat? So weit wir wissen, und vielleicht ist dies alles, was wir jemals wissen werden, liegt der Sinn des Menschseins – im Menschsein!« Er lachte leise.

Es herrschte Schweigen. Nach einer Weile stand Grumman auf, zuckte die Schultern und ging mit hängendem Kopf hinaus.

Der Korridor vor dem Büro hatte eine Wand, die ganz aus Glas bestand. Grumman blieb im hellen Sonnenlicht stehen und murmelte: »Und ich fühle mich doch wie in einem Gefängnis, auch wenn fünfzig Generationen daran gebaut haben!«

Die Glaswand war so klar und durchsichtig wie Luft. Wenn er seine Finger hart dagegen preßte, wurden sie jedoch weiß. Eins dieser Routineprinzipien, Menschen glücklich zu machen, bestand darin, die Außenwelt zu ihnen hineinzubringen; aber dennoch, wenn man hier in diesem Korridor stand, war man physisch eingeschlossen. Glas war genauso wirksam wie ein Stahlgitter, um einen Menschen einzusperren.

Und er fühlte sich eingesperrt. Er fühlte eine ständige Unruhe, eine wachsende Nervosität, hatte jedoch keine Lust, sich Beruhigungsmittel geben zu lassen. Er hatte eine vage Ahnung, daß er die Dinge, die ihn bedrückten, nicht aus dem Blick verlieren durfte, sondern sich so lange über sie beunruhigen mußte, bis er sie ans Licht gezerrt hatte.

Vielleicht befand sich Glas zwischen ihnen und ihm. Vielleicht mußte er vorher etwas zerschlagen.

Er ging den kiesbestreuten Weg entlang auf das kleine Chalet zu, das er und Lorna ihr Heim nennen mußten. Doch es war kein Heim, und würde nie eins werden. Ein ›Heim‹ war ein Ort voll alter Erinnerungen. Die Wohnung, in der er und seine Frau während des größten Teils ihrer Ehe gelebt hatten, war weder besonders elegant noch besonders geräumig oder bequem gewesen. Doch es war ihr Heim. Das Chalet war nicht mehr als eine Schachtel, um sie zu verstauen.

Natürlich hatte an der Wohnung etwas gefehlt, um sie komplett zu machen. So sehr er und Lorna sich Kinder gewünscht hatten, konnten sie doch keine haben, und alle Beratungen von Ärzten waren erfolglos gewesen. Im Lauf der Jahre hatten sie sich daran gewöhnt, doch es war ein ständiger, dumpfer Schmerz von Frustration geblieben. Ein sehr verbreiteter. Einige der im Krieg verwandten Waffen hatten zu rezessiver Unfruchtbarkeit geführt, und ihre Anfragen wegen Adoption waren halbherzig gewesen, weil sie wußten, daß es in dieser Zeit kaum noch unerwünschte Kinder gab.

Mackenzie hatte gesagt, daß sich keiner der anderen Bewohner des Camps jemals beschwert hätte. Lag das daran, daß alle anderen die Befriedigung gehabt hatten, Kinder aufziehen zu können? Vielleicht; man sprach hier am Kannegawa-See nur wenig von fernliegenden Dingen.

Am Gartentor ihres kleinen Chalets, das mit aller Sorgfalt so geplant worden war, daß es sich von seinen Nachbarn in Form, Lage und Namen (keine Hausnummern, das wäre zu unpersönlich) unterschied, blieb er stehen, um die Blumen zu bewundern, die er im Vorgarten gepflanzt hatte, wie er es immer tat, wenn er zurückkehrte.

Heute jedoch sah er an ihnen nichts, das er bewundern konnte. Sie waren zu sauber, zu gerade ausgerichtet, als ob sie versuchten, Imitationen zu imitieren. Mit einem Wort, sie wirkten künstlich. Vielleicht sollte er sie ausreißen und durch ein wucherndes Gestrüpp von Wildblumen ersetzen. Wildblumen ...? Nein, das war natürlich nicht der richtige Ausdruck; der gehörte in die Hydroponik und nicht zu einem Garten. Einen Moment entzog sich ihm die richtige Bezeichnung, und er spürte einen Anfall von Wut: ja, er *wurde* alt! Doch dann fiel sie ihm wieder ein, und er sagte sie laut: »Unkraut!«

»Bist du es, Dear?« hörte er Lorna rufen. Er knurrte eine Antwort, ging um das Haus herum und fand sie auf der hinteren Terrasse in der Sonne liegend. Aus ein paar Schritten Entfernung sah er sie an. Sie war noch immer auf eine etwas plumpe Art anziehend, obwohl ihre vierundsechzig Jahre unauslöschliche Linien in Gesicht und Hals gegraben hatten, und mehrere der Ruheständler, die den Gattentausch betrieben, hatten sie eingeladen, und natürlich auch ihn, an ihren Festen teilzunehmen. Ihr Interesse am Sex hatte jedoch schon vor langer Zeit, als sie erfuhren, daß sie für immer kinderlos bleiben würden, nachgelassen, und sie fanden diese Vorstellung mehr als geschmacklos.

Auf eine gewisse Weise ging es ihr besser als ihm, überlegte er. Sie hatte nach wie vor ihre kleinen, illusorischen Sorgen um den Haushalt, obwohl alles unglaublich leicht gemacht wurde. Da war noch immer die Abwechslung des ›Einkaufens‹ – man brauchte natürlich nichts zu bezahlen, aber es blieb der Spaß der persönlichen Wahl. Es gab zwar Gerüchte, daß ein Computer jede Wahl annullierte, die einer ausgewogenen Diät zuwiderliefen, aber trotzdem war die Illusion etwas Befriedigendes. Während er ...

Er zuckte die Schultern und küßte sie auf die altgewohnte Weise, und sie lächelte zu ihm empor. »Hattest du einen hübschen Spaziergang?« fragte sie.

Er setzte sich neben sie und sagte: »Ich bin nicht spazierengegangen. Ich habe mit Mackenzie gesprochen. Es war mir gerade so eingefallen.«

»Oh, Philip!« Ihr Ton war ein milder Vorwurf; es war lange her, seit einer von ihnen wirklich böse auf den anderen gewesen war. »Du hast ihn doch nicht schon wieder mit deinen albernen Beschwerden belästigt, hoffe ich.«

»Ich habe mich ein wenig mit ihm unterhalten, das ist alles«, antwortete er steif. »Er hat mir eine Menge über den Ruhestand gesagt, was mir vorher nicht recht klar gewesen ist. Seine Geschichte, und so weiter.«

»Das ist gut«, sagte Lorna befriedigt. »Habe ich dir nicht immer gesagt, daß es hilft, wenn du deine Probleme mit jemand anders durchsprichst? Aber belästige den Direktor nicht zu sehr, bitte. Er hat sehr viel zu tun.«

Ja, das sagst du immer!

Doch Grumman schämte sich sofort, diese Worte auch nur gedacht zu haben. Die Unruhe in seinem Gehirn mußte entsetzlich tief reichen, wenn sie ihn sogar noch auf jener tiefliegenden Ebene traf, auf der er seine Frau noch genauso liebte, wie an dem Tag, als er sie geheiratet hatte. Er versuchte, sein Denken völlig auszuschalten, und saß eine Weile schweigend.

Dann stellte er, ohne die Absicht dazu gehabt zu haben, eine bedrückende Frage. Sein Blick wanderte über die Hecke, die ihren Garten vor dem der Nachbarn, den Rockleys trennte. »Lorna«, sagte er, »haben Peter und Mary eigentlich Kinder?«

Sie blinzelte überrascht, und ein Ausdruck von einem weit zurückliegenden Schmerz zog ihre Mundwinkel nach unten. Schließlich sagte sie: »Nein. Ich habe Mary einmal danach gefragt. Sie mag genausowenig darüber sprechen wie wir, doch sie schien glücklich, als ich ihr sagte, daß wir im selben Boot sitzen. Wir haben uns sogar gefragt, ob das der Grund dafür ist, daß man uns zu Nachbarn gemacht hat.«

Sie drückte seine Hand leicht und schloß wieder die Augen, so daß sie seine Reaktion nicht bemerkte. Ein erschrekkender, absurder Gedanke zog durch sein Gehirn.

Die Grummans. Keine Kinder.

Die Rockleys. Keine Kinder.

Der Mann, mit dem er letzte Woche getrunken hatte – wie war noch sein Name? Ach ja, Cassell. Das Bier hatte ihn weinerlich gemacht, weil er einer der bedauernswerten Männer war, die als Ruhestands-Witwer bekannt waren; seine Frau, fünf Jahre jünger als er, hatte von ihrem Recht Gebrauch gemacht, ihn nicht zum Kannegawa-See zu begleiten. Und er hatte erklärt, daß seine Ehe ein Fehlschlag gewesen sei und die Dinge sicher anders gelaufen wären, wenn sie Kinder gehabt hätten.

Und das war noch nicht alles.

Im Lauf der letzten drei Jahre hätte man früher oder später

erwarten können, daß *irgend jemand* – vielleicht ein Fremder, der ihn nicht gut genug kannte und nicht wissen konnte, daß es taktlos war – Fotos hervorholen oder einen Brief zeigen würde, oder von einem Medaillon sprach, das die Babylokken eines Enkels enthielt …

Selbst wenn man selbst es vorzog, nicht mehr an Kinder zu denken, als man es unbedingt mußte, fühlten andere Menschen doch anderes darüber.

Oder?

Alle?

Jeder Mensch auf dieser Welt?

Er mußte über die Absurdität dieser Vorstellung beinahe lachen. Verdammt, seine Arbeitskollegen hatten doch über ihre Kinder gesprochen, nicht wahr? Und fast immer, wenn er Freunde besucht hatte, waren Spuren von Kindern zu bemerken, obwohl sie meistens nicht im Hause waren. Da gab es diesen modernen Trend, von dem er nicht wußte, ob er ihn gutheißen konnte: das Argument, daß man Kinder so früh wie möglich zur Selbständigkeit erziehen müsse. Also wurden sie auf Schulen mit einer Schüler-Selbstverwaltung geschickt, sie trafen ihre eigenen Entscheidungen und kamen selbst während der Ferien nur selten nach Hause, es sei denn zum Essen und Schlafen, und auch dann nicht immer. Wenn er Kinder gehabt hätte, würde er sie wahrscheinlich auf die gleiche Art erzogen haben, aus Angst, daß sie sich als Außenseiter fühlen könnten, obwohl es ihn bedrückt hätte, sie nur so selten um sich zu haben …

Andererseits, wenn sie von ihren Lehrern zu Führungen durch das Werk gebracht wurden, in dem er gearbeitet hatte, waren sie nichts anderes als eine verdammte Störung des Betriebes. Er lachte leise, als er sich daran erinnerte.

Doch der momentane Alptraum war beängstigend real gewesen.

»Dinner, Dear«, sagte Lorna schließlich, als die Sonne auf den Horizont gesunken war. Sie reckte sich genüßlich. »Ich dachte, wir sollten heute abend in ein Konzert gehen. Sie spielen unsere alten Lieblingsmelodien, weißt du.«

»Nichts dagegen«, knurrte Grumman und dachte: *Unser größtes Problem im Leben ist: ›Was fangen wir heute abend an?‹ Das reicht nicht. Aber was gibt es sonst, das wir an seine Stelle setzen dürfen?*

Er wußte es nicht.

Beim Konzert saßen sie durch Zufall neben einem wirklich Fremden, einem Neuankömmling von draußen – dem ersten innerhalb mehrerer Monate –, der allein gekommen war, weil seine Frau, wie er erklärte, sich nach der Belastung des Eingewöhnens zu müde gefühlt habe. Lorna lud ihn sofort ein, nach dem Konzert auf einen Kaffee zu ihnen zu kommen, und als es dann spät wurde, bestand sie darauf, daß ihr Mann ihn zu seinem Haus begleiten sollte, da er sich als alter Bewohner des Camps hier besser auskenne, obwohl es so simpel und übersichtlich angelegt war, daß niemand sich hätte verlaufen können. Grumman widersprach nicht; ein kleiner Nachtspaziergang mochte ihm helfen, seine unruhigen Gedanken zu besänftigen.

Sie legten den größten Teil der kurzen Strecke schweigend zurück. Als sie jedoch an eine Stelle kamen, von der aus man den nachtstillen See überblicken konnte, blieb der Neue – sein Name war Stanley Wontner, hatte Grumman erfahren – stehen, blickte umher und seufzte in tiefer Zufriedenheit.

»Wunderbar«, sagte er. »So friedlich. Ich bin sicher, daß es mir hier gefallen wird.«

Dann bist du einer der vielen Glücklichen, dachte Grumman verbittert und erinnerte sich an Mackenzies Worte von den Beweisen. Das fahle, scharfe Sternenlicht zeigte ihm ein Lächeln auf Wontners Gesicht. Ohne es wirklich zu wollen, stellte er die Frage, deren Beantwortung vielleicht seinen schwärenden Verdacht bestätigen würde, daß das Aufziehen von Kindern ihm die gleiche Zufriedenheit gebracht hätte, die dieser Mann offensichtlich besaß.

»Sagen Sie, Stanley, Sie haben doch sicher Kinder, nicht wahr?«

Das Lächeln auf dem Gesicht des anderen erlosch. Er sagte gepreßt: »Nein. Sadie und ich haben immer gehofft, aber ...

Na ja, wir gehören eben nicht zu den Glücklichen.« Er zögerte. »Sie?«

»Wir anscheinend auch nicht«, sagte Grumman.

Es entstand eine Pause. Schließlich sagte Wontner: »Wissen Sie, die viele frische Luft hat mich schläfrig gemacht. Mein Chalet ist gleich dort drüben – ich sollte besser gleich schlafen gehen, denke ich. Sobald wir fertig eingerichtet sind, kommen Sie zu uns herüber, nicht wahr?«

»Ja, selbstverständlich«, versicherte ihm Grumman, und dachte: *Weil wir Gefährten in der Einsamkeit sind? Er wird sehr bald feststellen, wie wenige Menschen hier von Kindern sprechen.*

Er lag in dieser Nacht viele Stunden wach und verschlief deshalb am nächsten Morgen. Lorna machte sich deswegen Sorgen, und während seines ganzen, verspäteten Frühstücks mußte er ihre Fragen abwehren. Schließlich, um endlich seine Ruhe zu haben, mußte er ihr versprechen, bei Dr. Masham vorbeizugehen und sich untersuchen zu lassen – wozu er nicht die geringste Lust hatte, wegen der bohrenden Vermutung, die er so lange gespürt hatte, daß er sich an seiner unformulierten Angst festklammern mußte, bis sie ihm klar wurde. Aber wenn er es versprochen hatte, mußte er auch gehen.

Es war niemand sonst in dem stillen, bequem eingerichteten Wartezimmer der Praxis, mit Ausnahme der unansehnlichen Schwester, die ihn kannte, grüßte, und den Arzt über das Intercom informierte, daß Mr. Grumman ihn zu sehen wünsche. Mashams Stimme klirrte aus dem Lautsprecher und wies ihn an, gleich hereinzukommen.

Er bedeutete Grumman, sich ihm gegenüber zu setzen, kippte seinen Sessel zurück und fragte, was für Beschwerden er habe. Während Grumman ihm erklärte, daß es nur eine vorübergehende Schlaflosigkeit sei, arbeitete sein Verstand fieberhaft. Er mochte Masham lieber als Mackenzie; das schien den meisten Männern so zu gehen, während die feuerfeste Selbstbeherrschung des Direktors die Frauen mehr beeindruckte, Lorna eingeschlossen. Vielleicht lag es zum Teil daran, daß Masham ihm altersmäßig näher stand; er war um die zehn Jahre älter als Mackenzie, wenn man nach seinem Aussehen urteilen konnte. Zum Beispiel war sein Haar ergraut, wenn auch nur an den Schläfen.

Wahrscheinlich war es leichter, die entscheidende Frage Masham zu stellen, wenn sich eine Gelegenheit dazu bieten sollte.

Sie bot sich sehr bald. Nachdem der Arzt ein paar einfache Tests durchgeführt hatte, die hauptsächlich darin bestanden, Elektroden, die mit seinem Diagnosegerät verbunden waren, auf Grummans Schädel, Brust und Rücken zu drücken, zuckte Masham die Schultern und setzte sich wieder auf seinen Sessel.

»Organisch ist alles in Ordnung«, sagte er. »Haben Sie selbst eine Vorstellung davon, warum Sie so schlecht schlafen?«

»Ja«, sagte Grumman und atmete tief durch. »Ich habe mich gefragt, warum niemand hier Kinder hat.«

Und wartete.

»Ich verstehe«, sagte Masham schließlich in einem neutralen Tonfall.

»Ich habe also recht?« Grumman beugte sich vor. »Niemand hier hat Kinder, nicht ein Ehepaar von all diesen hunderten?«

Masham nickte ernst. »Das ist richtig.«

»Aber ...«

»Mr. Grumman, haben Sie sich schon einmal die Frage gestellt, warum Kannegawa-See ein so kleines Camp ist? Sie haben gesagt ›von all diesen hunderten‹ – und Sie haben recht damit: es leben nur ein paar hundert Menschen hier. Genau siebenhundertzweiundneunzig, nach der heutigen Zählung, einschließlich von Mr. und Mrs. Wontner, die erst gestern eingetroffen sind. Die meisten Ruhestands-Zentren sind viel, viel größer, nicht wahr? Fildery, zum Beispiel, ist eine mittlere Stadt mit etwa zwanzigtausend Einwohnern. Aber Kannegawa-See dient einem besonderen Zweck.«

»Es ist für Menschen, die kinderlos geblieben sind?«

»Genau. Damit ... verstehen Sie, damit niemand ihnen Salz in die Wunde streut.«

Grumman nickte langsam, sagte jedoch nichts. Masham fuhr in beruhigendem Tonfall fort: »Aber wenn diese Umgebung Sie stören sollte, können wir natürlich dafür sorgen, daß Sie in ein anderes Zentrum verlegt werden ...«

»Lorna scheint sich hier sehr glücklich zu fühlen«, murmelte Grumman. »Aber ich – ich werde über Ihr Angebot nachdenken. Vielen Dank, Doktor. Entschuldigen Sie, daß ich Sie aufgehalten habe.«

»Aber nicht doch. Dazu bin ich schließlich hier. Und für den Fall, daß Sie wieder nicht schlafen können, werde ich Ihnen ein Rezept für Beruhigungstabletten mitgeben.«

Als Grumman die Arztpraxis verließ, spürte er zum erstenmal sein Alter, so wie es jemand vor tausend Jahren gespürt haben mochte: ein Versteifen der Gelenke und ein Verlangsamen des Denkens, die ihn unbeschreiblich ermüdeten. Als er eine Wegkreuzung erreichte, blieb er stehen und starrte umher, während er sich daran erinnerte, daß Wontner den Anblick gestern nacht ›wunderbar‹ genannt hatte.

Ja. *Aber* ...

Er hatte nicht die Absicht gehabt, zum See zurückzugehen, wo immer Menschen in der Sonne lagen, schwammen oder in ihren kleinen Spielzeugbooten umherpaddelten. Er erkannte plötzlich, daß er im Augenblick keine Gesellschaft ertragen konnte. Es waren also nicht nur die Rockleys, die Cassels, die Wontners, die Grummans, denen Kinder vorenthalten worden waren. Es waren alle Menschen, die er bis zu seinem Tode treffen würde.

Mit der Ausnahme von Mackenzie? Mit der Ausnahme von Masham?

Er schüttelte den Kopf. Sicher hatten sie auch daran gedacht, wer immer *sie* sein mochten. Während seiner langen Karriere in der Hydroponik hatte er gelernt, der Voraussicht derer zu vertrauen, die jetzt die Pläne für die Zukunft des Planeten machen; immer wieder hatten höflich Memoranda seine Aufmerksamkeit auf Details gerichtet, die er selbst übersehen hatte, so daß er wußte, wie vorsichtig und genau sie sein mußten. Bewundernswert vorsichtig und genau, natürlich, wenn man an die katastrophalen Fehler der Vergangenheit dachte ...

Nein, es würde einen zu gefährlichen Brennpunkt des Neides schaffen, wenn hier Angestellte lebten, die nicht genauso benachteiligt waren wie ihre Schützlinge. Ein einziges unachtsames Wort konnte eine Krise auslösen.

Zerstreut, in Gedanken mit der Möglichkeit beschäftigt, dieses Spezial-Camp zu verlassen, trugen seine Füße ihn den Berghang hinauf, vom See fort. Er schritt durch hohes Gras und dann zwischen Gebüsch hindurch, das das Seeufer vor seinen Blicken verbarg. Es war überraschend schön, hier allein zu sein, und er ging weiter und weiter, bis ein nagendes Hungergefühl ihn aus seinen Grübeleien riß. Sein Magen war an die gleichmäßige Routine der Gesellschaft gewöhnt.

Als er umherblickte, war er überrascht, daß er so weit gewandert war, mindestens zwei Meilen, schätzte er, bis zum Fuß der ringförmigen Bergkette, die den See umschloß. Und es gab hier keinen Weg mehr, nur den steilen Bergpfad, der zunehmend felsiger wurde, als er weiterging.

Als er sich auf den Rückweg machen wollte, überlegte er und dachte: *Dies ist das erste Mal seit meiner Ankunft hier, daß ich so weit gegangen bin! Ich habe mich benommen, als ob Kannegawa die ganze Welt wäre. Vielleicht ist das ein Teil meines Problems; vielleicht trägt das mit dazu bei, daß ich mich alt fühle? Aber ich bin nicht alt. Ich bin fit genug, um auf den Gipfel dieses Berges zu steigen, und das Land hier ist herrlich, und die Anstrengung wird vielleicht ein paar von den Spinnweben aus meinem Gehirn blasen.*

Mit neuer Energie verließ er den kaum kenntlichen Pfad, dem er gefolgt war, und stieg auf geradem Weg den steilen Hang hinauf.

Doch er war nur ein paar hundert Yards weit gegangen und etwa dreißig Fuß hoch gestiegen, als er stehenblieb und verwundert den Anblick musterte, der sich ihm bot. Diese Berge: sie wirkten irgendwie näher, als sie sein sollten. Sie waren intensiver blau, als sie in dieser kurzen Entfernung aussehen durften, so blau, wie sie vom Seeufer aus erschienen.

Eine riesige, namenlose Angst lauerte irgendwo in seinem Gehirn, doch er kämpfte sie nieder und ging weiter.

Zwischen den Bergen. An ihnen vorbei. Sie verschwanden.

Kannegawa *war* alles, was es gab.

Es gab keine Berge.

Dies war eine andere Welt.

Er stand auf der Kuppe eines flachen Hügels. Vor ihm lag bestelltes Land: braune Erde, von Furchen zerteilt, mit ordentlichen Reihen hoher Pflanzen, die er erkannte. Mais.

Aber man baute doch keinen Mais mehr auf Feldern an – nicht seit dem Krieg!

Verwirrt, mit einer aufsteigenden Angst, warf er einen Blick über seine Schulter. Hinter ihm war nichts als Nebel – eine Wand aus silberigem Dunst, der reglos zu hängen schien, obwohl eine ziemlich kräftige Brise wehte.

Ein summendes Geräusch ließ ihn zusammenfahren. Er warf den Kopf herum und sah ein Fahrzeug über den Pflanzen schwebend vorbeiziehen, ein seltsames Fahrzeug, wie er es noch nie zuvor gesehen hatte. Es war kein Flugzeug: ein flaches Objekt, wie eine Austernschale, das sanft auf einer Straße aus fester Luft zu gleiten schien. Es war lautlos, bis auf eine musikalische Vibration, als ob ein Riese versuchte, eine Geige zu stimmen.

Als er sich verwundert in die Richtung umblickte, in die es schwebte, entdeckte er etwas dicht über dem Horizont. Eine City? Es mußte eine City sein. Aber sie war *gigantisch*! Auf einer Seite ragten mehrere Türme von vielleicht dreitausend Fuß Höhe zum Himmel empor.

Irgend etwas glitzerte, sehr hoch am Himmel. Er spannte seine noch immer gute Sehkraft bis zum Äußersten an und sah, daß es größer wurde, herabsank.

Es nahm eine ovale Gestalt an, deren Basis flach war. Es war übergroß für Grummans Vorstellung von Größe, und dies war auch kein Flugzeug. Und es *stürzte* herab.

Er stieß einen lauten Schrei aus und bedeckte entsetzt seine Augen, als das Ding wie ein Stein auf die City zustürzte. Doch das Krachen, das er erwartet hatte, kam nicht, und als er sich wieder hinzusehen getraute, sah er das Ding aufrecht neben dem Turm stehen, und es wirkte nicht winzig neben ihm.

»Wir hatten gehofft, Ihnen dies ersparen zu können«, sagte eine sanfte Stimme hinter ihm. Er fuhr herum. Mackenzie stand dort; vielleicht war er aus dem silberigen Dunst aufgetaucht – aber wie, ohne irgendein Geräusch zu machen? Der Hang war voller Steine. Doch darauf kam es nicht an; er war hier.

»Diese ... diese City!« zwang Grumman hervor. »Falls es eine City ist ...«

»Gewissermaßen«, stimmte Mackenzie zu. Sein Gesicht zeigte ein trauriges Lächeln, das so ganz anders war, als sein professionell freundlicher Gesichtsausdruck, den Grumman bisher immer an ihm bemerkt hatte.

»Aber ich habe noch nie von etwas gehört, das so aussieht!« Die Welt um Grumman war verrückt aus dem Gleichgewicht geraten. »Und dieser Mais, der auf einem offenen Feld wächst! Ich habe in der Hydroponik gearbeitet – ich hätte doch erfahren, wenn so etwas entwickelt worden wäre. All dies kann doch nicht innerhalb von zwei Jahren geschehen sein!«

»Man hat zweihundert Jahre dazu gebraucht«, sagte Makkenzie.

Grumman brauchte etwas, woran er sich festhalten konnte, und stolperte zu einem Felsblock, der wenige Schritte entfernt aus dem Boden ragte, lehnte sich dagegen und starrte wie hypnotisiert auf den majestätischen Anblick der City mit ihren hochaufragenden Türmen. »Oh, mein Gott«, sagte er. »Um der Barmherzigkeit willen, erklären Sie.«

»Wenn ich das tue«, sagte Mackenzie warnend, »wird man Ihnen nicht erlauben, sich dessen zu erinnern, was ich Ihnen sagen werde.«

»Was?« Das war zu viel für Grumman. Er ignorierte die

Andeutung, die in dieser Bemerkung lag und wiederholte: »Erklären Sie!«

»Einen Augenblick«, sagte Mackenzie und schien eine Weile in den Wind zu lauschen. Schließlich sagte er: »Also gut. Ich habe die Erlaubnis, Ihnen das zu sagen, was Sie wissen wollen. Es werden gleich andere hier eintreffen; bis dahin können wir uns unterhalten. Also fragen Sie.«

»Wer sind Sie?« fragte Grumman. »Oder ... Nein. *Was* sind Sie?«

»Ein Mensch. Was denn sonst? Aber ...« Mackenzie zögerte »... nicht ganz von derselben Art wie Sie.«

»Das verstehe ich nicht!« schrie Grumman.

»Ich will Ihnen ein Beispiel geben.« Mackenzie bückte sich und hob einen Kieselstein vom Boden auf. Er hielt ihn zwischen Daumen und Zeigefinger vor sich, und ließ ihn dann los. Der Stein fiel nicht zu Boden.

»Wie ...?« Grummans Stimme versagte ihren Dienst.

Mackenzie zuckte die Schultern. »Das kann ich Ihnen nicht besser erklären, als Sie mir sagen könnten, wie ... oh ... wie Sie Ihre Nahrung verdauen. Aber prinzipiell sehen Sie nur die Gründe dafür, warum etwas zu Boden fallen muß. Ich kann Gründe erkennen, warum es nicht zu Boden fallen muß.«

»Wie viele«, sagte Grumman mit einem heiseren Flüstern, »wie viele von *uns* sind übriggeblieben?«

»Etwa dreihunderttausend«, antwortete Mackenzie. Seine Stimme war sanft, doch seine Worte hart. »Alle leben jetzt im Ruhestand.«

»Und keiner von ihnen hat Kinder?«

»Nicht einer.«

»Aber wie haben Sie sich vor uns verborgenhalten können?«

»Hatten wir das nötig? Haben Sie bis zu diesem Augenblick den Verdacht gehabt, daß ich nicht der war, für den ich mich ausgab?« Mackenzie griff den schwebenden Kieselstein aus der Luft und warf ihn beiseite. »Außerdem konnten wir uns gar nicht verbergen. Wir sind überall.

Nach dem Krieg, müssen Sie wissen, war nicht viel übrig geblieben. Aber wir haben die schlimmsten Details vor Ihnen verbergen können. Wissen Sie eigentlich, daß bei Ausbruch des Krieges fast vier Milliarden Menschen auf diesem Planeten gelebt haben? Jetzt sind es nur noch knapp fünfzig *Millionen*. Und fast alle von uns, die jetzt leben, sind – wie soll ich es sagen – *verändert*. Wir sind nicht sicher, was diese Veränderungen hervorgerufen hat; es könnte die Strahlung gewesen sein, wahrscheinlicher jedoch eines der chemischen mutagenischen Kampfmittel, die ewig im Boden und im Wasser wirksam bleiben. Strahlung ist viel zu ungezielt, als daß sie eine so weit verbreitete genetische Veränderung hätte hervorrufen können. Wir – entschuldigen Sie, doch es gibt nun mal einen Unterschied! – wir sind auf drei Kontinenten gleichzeitig aufgetaucht, und die Möglichkeit, daß das durch Strahlung zustandegekommen sein könnte, ist fast gleich null.

Aber lassen wir das. Was zählt, ist, daß wir besondere, bisher noch nie dagewesene Gaben besitzen, und vor allem sind wir psychisch stabiler. Sie wissen, daß einige unserer frühesten Vorfahren Kannibalen waren, die das Fleisch ihrer eigenen Art allem anderen vorzogen. Unsere Ahnen haben diese Gewohnheit aufgegeben. Und genauso haben wir die Gewohnheit des Kämpfens abgelegt.«

Pithecanthropus, Homo pekinensis, Neanderthal-Mensch, alle schienen durch Grummans Augen zu blicken, mit seinen Ohren die Verkündigung des Todesurteils zu hören. Grumman flüsterte: »Aber wie haben Sie sich so lange vor uns verbergen können? *Wie?*«

»Ich verstehe, was Sie meinen. Vor allem, weil Sie es uns sehr leicht gemacht haben. Selbst vor dem Krieg hatten die Menschen die Gewohnheit, sich zu kleinen, abgeschlossenen Cliquen zu formieren, und manchmal sogar alle, die nicht zu ihnen gehörten, zu hassen. Als es später eine Frage von Leben und Tod wurde, an den wenigen unverseuchten Orten zu bleiben, haben wir diese Gewohnheit sogar noch unterstützt. Auf diese Weise haben wir Ihnen Ihre kleine

Welt erhalten, die Sie selbst bereits auf ein halbes Dutzend Städte reduziert hatten ...«

»Und haben Ihre Kinder zu uns geschickt, damit sie uns betrachten können wie Tiere in einem Zoo!«

»Das ist sehr unfreundlich«, sagte Mackenzie. »Viele von uns leben selbst jetzt unter Ihnen in diesen Städten. Sie kennen viele von uns, nennen uns Freunde.«

»Die mit den Kindern?«

»Die mit den Kindern«, bestätigte Mackenzie, »die niemals zu Hause waren, wenn einer von Ihnen zu Besuch kam, wegen der Befürchtung, daß sie – Kinder sind nun einmal weniger diszipliniert als Erwachsene – das Geheimnis ausplaudern könnten.«

»Haben Sie uns steril gemacht?«

»Die Arbeit ist uns abgenommen worden.« Das Mitleid einer Million Jahre färbte seine Stimme. »Die Kampfmittel, die die Keimdrüsen angriffen, waren so wirksam, daß es nur sechs oder sieben Generationen dauerte, bis die Rezessiva sich in jedem uns bekannten Überlebenden miteinander verbanden.«

»Aber wie können dann Sie ...«

»Wir schaffen uns selbst«, sagte Mackenzie simpel. »Das ist vielleicht unsere größte Gabe. Wir können uns reinigen, formen und selbst die Moleküle unserer Zellen überholen. Dieses gesunde, mit Mais bestellte Land, das Sie vor sich sehen: wir haben es so gemacht, haben alle Narben des Atomkrieges fortgewischt, alle Gifte beseitigt, die Humusschicht restauriert, die Bodenbakterien neu geschaffen, den Grund für das Leben gelegt. Es ist jetzt sehr schwer, einen lebensfähigen Menschen zu schaffen, doch wir können es.«

»Und *wir* nicht!«

»Weil Sie nur gelernt haben«, sagte Mackenzie streng, »die Menschheit zu vernichten.«

»Deshalb also haben Sie uns in ein Gefängnis gesperrt, als Strafe«, sagte Grumman scharf.

»Gefängnis?« sagte Mackenzie und ließ das Echo des Wortes als seinen eigenen Kommentar nachklingen. »Hätten Sie eine Welt ertragen können, in der der Verstand ein wichtigeres Werkzeug geworden war als die Hand? Sie haben sogar gegen den Einbruch von Maschinen in die Arbeitswelt protestiert. Sie waren mit einem Traum belastet. Sie konnten es nicht ertragen, als er Wirklichkeit wurde. Wir können es. Auf jeden Fall haben wir bis jetzt festgestellt, daß wir es können.«

»Das – das eiförmige Ding dort drüben«, sagte Grumman und hatte Mühe, sich wieder in die Gewalt zu bekommen. »Ist es ein Raumschiff?«

»Ja. Es ist eben gelandet; nach einem Trip zu einem der Jupiter-Monde. Wir beuten die dichten Gase aus, die wertvolle Bestandteile enthalten. Wir planen, bald die erste Reise zu anderen Sternen zu unternehmen.«

»Ich wünschte, ich hätte Sie nicht gebeten, mir die Wahrheit zu sagen«, sagte Grumman dumpf. »Vorher hatte ich geglaubt, nur nutzlos zu sein; jetzt weiß ich, daß ich ein Parasit bin.«

Mackenzie schien ihm antworten zu wollen, doch er wurde unterbrochen. Ein leises Knirschen von Kies ließ Grumman den Kopf wenden, und er sah, nur zwei Schritte entfernt, die unscheinbare Schwester aus der Arztpraxis. Sie war von nirgendwo gekommen. Sie war einfach – da.

»Dr. Masham wird gleich hier sein, um Mr. Grumman zurückzutransportieren«, sagte sie.

Ja, ich kann bestimmt nicht auf dem Weg, den diese Leute benutzen, zu Fuß zurückgehen ...

Er hatte den Gedanken kaum zu Ende gedacht, als eins der austernförmigen Fahrzeuge vom Himmel fiel, mit dergleichen, allen Schwerkraftgesetzen widersprechenden Geschwindigkeit wie das Schiff vom Jupiter. Es stoppte ohne nachzufedern wenige Zoll über dem Boden, und Dr. Masham blickte ihn mit einem traurigen Lächeln an, das dem Mackenzies glich. Ohne ein Wort zu sagen winkte er Grumman einzusteigen.

»Machen Sie sich keine Sorgen«, sagte Mackenzie. »Sie werden von jeder Erinnerung an diese Begebenheit befreit. Nicht einmal im Traum werden Sie daran denken.«

Einen Augenblick lang war Grumman versucht, das zurückzuweisen, aber ... wozu? Er war auf den Abfallhaufen der Geschichte geworfen worden, und das war ein Wissen, mit dem niemand leben und bei Verstand bleiben konnte.

Als er einsteigen wollte, einen Fuß bereits in dem kleinen Fahrzeug, wandte er sich noch einmal um und blickte Mackenzie an.

»Aber warum?« sagte er. »Warum geben Sie sich so viel Mühe, unsere illusorische Welt aufrechtzuerhalten? Es wäre doch viel einfacher, uns ...«

»Sie zu beseitigen?« sagte Mackenzie mit offenem Entsetzen. »Unsere *Eltern*?«

Die Zeit schien einen Herzschlag lang stehenzubleiben. Dann stieg Grumman stolz in den Gleiter seines Sohnes.

Im Land der Piskies

The Pig and Whistle Inn,
Dartleby, Devonshire

Herrn Professor Sir Leo Courtenay,
Montague Laboratorium
Cambridge

Lieber Leo,

dies ist nicht wirklich ein Brief aus dem Grab, auch wenn das, da Du mich wie jeder andere seit sieben Jahren für tot hältst, zweifellos Deine erste Vermutung sein wird, wenn Du meine Handschrift erkennst. Ja, ich *bin* Dein alter Freund Barney Gregg, der im Sommer 1964 hier in Dartmoor verschwunden ist, und ich hoffe, Dich davon überzeugen zu können, sobald ich mich von meinem derzeitigen Erregungszustand ein wenig erholt habe. Kannst Du Dir den Schock eines Menschen vorstellen, der im Jahr 1964 eingeschlafen ist und beim Erwachen feststellte, daß er im Jahr 1971 lebt? Ich glaube nicht; genau das ist mir jedoch passiert, wenn ich den Datenangaben in den Zeitungen Glauben schenken darf, doch schafft die schiere Unmöglichkeit eines solchen Vorkommnisses eine Art Block in meinem Gehirn, und ich kann mich nicht von der Vorstellung befreien, daß dies alles ein entsetzlicher Alptraum ist ...

Was ganz bestimmt nicht der Fall ist. Ich glaube, daß Du mich gut genug kennst – doch ich vergesse auch hier, daß sieben Jahre vergangen sind, die mir wie eine einzige Nacht vorkamen. Du hast mich gut genug gekannt, will ich deshalb lieber sagen, um Dich daran zu erinnern, daß ich mich nicht leicht täuschen oder mich von Enthusiasmus hinreißen lasse. In der Tat, obwohl ich damals noch keine fünfzig Jahre alt war (und es physisch noch immer bin, wie ich vermute), empfand ich es als schmeichelhaft, wenn man mich als ›trokkenen Logiker‹ bezeichnete. Ich habe das fast als ein professionelles Kompliment angesehen. Sollte ein Richter nicht allein von Logik geleitet werden?

Hebe Dir deshalb Dein Urteil über den jetzt folgenden, bemerkenswerten Bericht auf, bis du ihn in *toto* gelesen hast. Ich werde die Fakten niederlegen – die *Fakten*, wiederhole ich –, die ich in meinen Gedanken so sorgfältig überdacht habe, wie ich die Aussage eines Zeugen vor Gericht abwägen würde, und auch wenn sie Dir zwangsläufig als außergewöhnlich erscheinen müssen, ist es wichtig, daß Du sie nicht sofort beiseite schiebst.

Vielleicht sollte ich erklären, aus welchem Grund ich mich an Dich wende, bevor ich anderen Menschen von meiner Rückkehr in die normale Welt berichte. Ich habe den größten Teil dieses Abends damit verbracht, fieberhaft alle Zeitungen zu lesen, die ich in diesem abgelegenen Dorf erwischen konnte. Per Zufall entdeckte ich in der *Times* einen kurzen Artikel, durch den ich erfuhr, daß Du jetzt Leiter des Montague Laboratoriums bist, und da Du der einzige Nuklear-Physiker bist, mit dem ich näher bekannt bin, mußte ich mich sofort mit Dir in Verbindung setzen. (Übrigens, herzlichen Glückwunsch zu Deiner neuen Stellung und zu Deiner Erhebung in den Adelsstand, die für mich auch neu ist, obgleich sie bereits vor mehreren Jahren erfolgt sein mag.)

Ich habe daran gedacht, Dich anzurufen, wurde jedoch zu der Einsicht gezwungen, daß eine schriftliche Nachricht wirksamer sein würde, da man sie sorgfältiger und ausführlicher abfassen kann. Ich bin erst seit heute früh ›zurück‹ und werde für eine Weile sicher nicht in der Lage sein, eine längere Reise zu unternehmen; außerdem besitze ich keinen Penny, und dieser Zustand wird sich erst ändern, wenn meine Bank auf das Telegramm reagiert, das ich an sie gesandt habe – und ich kann nur hoffen, daß das sehr bald geschieht.

So sitze ich also hier, in diesem winzigen, verstaubten

Zimmer unter dem Dach dieses Gasthauses, und schreibe eine Geschichte nieder, welche die alten Leute von Dartleby glaubwürdiger finden als ich, dem sie passiert ist. Doch ich glaube, daß sie ihre Legenden als einen festen Bestandteil ihrer Wirklichkeit ansehen. »Da sind Piskies oben im Dartymoor«, haben die Leute dort seit Generationen gesagt.

Als erstes willst Du sicher wissen, wo ich die ganzen sieben Jahre lang gesteckt habe. Gut, mein lieber Leo, aber lege bitte keinen zu strengen Maßstab an, wenn ich dir sage, daß ich im *Feenland* war und daß es eine rationale Basis für Rip van Winkle, Thomas, den Reimer, und all die anderen berühmten Charaktere gibt.

Ich sehe Dich direkt vor mir, wie Du mit wissenschaftlicher Verachtung auf meine Zeilen blickst. Um Gottes willen – und noch viel mehr um der Menschheit willen – spare Dir Dein Urteil auf. Dies ist, was geschah.

Jeder Mensch, der in diesem Dorf lebt, kennt die Geschichte meines Verschwindens in allen Details, wie sich herausstellte. Ich scheine ihnen eine dauerhafte Sensation geliefert zu haben und schwöre, daß viele von ihnen über meine Rückkehr enttäuscht waren. Bei Dir ist jedoch in der Zwischenzeit so viel geschehen, daß Dir die Umstände wahrscheinlich entfallen sind. Laß mich deshalb Deine Erinnerung ein wenig auffrischen: Ich befand mich auf einem meiner alljährlichen Camping-Trips. Du und die meisten meiner anderen Freunde konnten nie verstehen, warum ich es vorzog, meine Urlaube allein in einem Zelt zu verbringen, anstatt in einem Hotel an der Riviera in Gesellschaft der *haute monde*. Offen gestanden, meine juristische Praxis hat mich mit so viel Doppelzüngigkeit und Hinterhältigkeit konfrontiert, daß ich mich wenigstens für ein paar Sommerwochen von meinen Kollegen zurückziehen mußte. (Wie eigenartig, daß ich mich ständig dazu zwinge, die Vergangenheitsform zu benutzen, als ob ich einen lateinischen Text übersetzte und mich daran erinnern müßte, daß es römischer Brauch war, einen Brief vom Standpunkt des Empfängers aus zu schreiben!)

Die Moore des West Country sind immer mein bevorzugtes Ziel gewesen – vor allem, wie ich glaube, weil man dort seiner Phantasie die Zügel schießen lassen kann. Wunsch-Brunnen und das Ende eines Regenbogens erscheinen einem nicht so unwirklich wie in London. Wenn die Frühnebel um die grauen Gipfel ziehen, scheint es keinen Grund dafür zu geben, warum nicht plötzlich eigenartig gekleidete phoenizische Händler auftauchen und nur im Tauschhandel Zinn anbieten sollten. Ich erwähne diese phantasievolle Vorstellung mit voller Absicht, um anzudeuten, daß ich mich bei meiner Ankunft hier in einer für Absonderliches durchaus empfänglichen Stimmung befand.

Die Fahrt von London war lang gewesen, und als ich hier eintraf, herrschte ein ungemütliches Wetter: Nieselregen und ein starker Wind. Ich war jedoch zu ungeduldig, um den Beginn meines Camping-Urlaubs auch nur bis zum folgenden Morgen aufzuschieben. Ich stellte meinen Wagen hier in diesem Gasthaus unter und machte mich mit Zelt und Rucksack sofort auf den Weg nach Westen, wobei ich nur einmal eine kurze Pause einlegte, um auf einer abgelegenen Farm einen Liter Milch zu kaufen.

Als ich von der Dunkelheit überrascht wurde, richtete ich im Schutz einer Gruppe hoher, grauer Felsen mein Zelt auf, weil sich zwischen ihnen eine flache Höhle befand, in der ich ein Feuer machen und etwas bequemer sitzen konnte, als in meinem Zelt. Nachdem ich ein leichtes Dinner gegessen hatte – das übrigens nicht die traditionellen Zutaten für Alpträume enthielt, nicht einmal Käse –, löschte ich das Feuer und kroch in mein Zelt, in der Erwartung, so tief und fest zu schlafen, wie immer unter dem Zeltdach, und etwa eine Stunde nach der Morgendämmerung zu erwachen.

Aber ...

Wie ich bereits erwähnte, hatte ich auf einer Farm, bei der ich vorbeikam, Milch gekauft. Davon war noch fast ein halber Liter übrig. Dummerweise hatte ich vergessen, den Deckel der Aluminiumkanne mitzubringen, in der ich sie aufbewahrte; also stellte ich die Kanne, bevor ich mich in mein Zelt zurückzog, auf einen flachen Stein vor dem Zelt und deckte sie mit einem Emaille-Teller ab. In der Befürchtung, daß der Wind den Teller herabreißen könnte, beschwerte ich ihn mit einem großen Stein.

Gegen Mitternacht wurde ich von einem lauten, scheppernden Geräusch aus dem Schlaf gerissen. Ich wußte sofort, daß es von dem Teller kam, der herabgeworfen worden war, und nahm an, daß der Wind dafür verantwortlich sei. Als ich lauschte, hörte ich jedoch, daß der Wind erstorben war und es auch nicht mehr regnete. Vorsichtig kroch ich zur Zeltöffnung und blickte hinaus. Und ich sah ...

Wie kann ich dieses Wesen am besten beschreiben? Ich konnte es – oder *ihn* –, da die Wolken fortgeweht worden waren, im Mondlicht klar erkennen. Mein erster Gedanke war, daß es ein Lemur sein könnte oder ein Loris: ein dünnbeiniges, aufrechtstehendes Tier, nicht größer als eine Armeslänge, mit riesigen Augen und spitzen Ohren, die von den Seiten seines Kopfes abwärts gerichtet waren. Diese Erscheinung versuchte, meine Milchkanne anzuheben und daraus zu trinken – ein Vorhaben, das angesichts seiner Größe etwa so schwierig war, als wenn ein Mensch versuchte, aus einem Gallonen-Faß zu trinken.

Wie ich bereits gestanden habe, hatte ich mich beim Verlassen Londons an diesem Morgen von meinem normalen Großstädter-Skeptizismus gelöst und war keine Sekunde lang im Zweifel, daß ich einen der ›kleinen Leute‹ leibhaftig vor mir sah, einen Dartmoor-Pisky.

Ich war so aufgeregt, daß ich mich ungeschickt bewegte und ein Geräusch verursachte. Sofort ergriff das kleine Wesen die Flucht. Es stieß einen hohen Schrei aus, wie eine Fledermaus – aber offensichtlich nicht von so hoher Frequenz, denn ich habe den Schrei einer Fledermaus nicht mehr hören können, seit ich ein Junge von sechzehn Jahren war – ließ die Kanne auf den Stein zurückfallen und verschwand zwischen den Felsen.

Natürlich wollte ich ihn zurücklocken, also goß ich etwas Milch auf den Teller, wie für eine Katze, und machte idiotische miauende Geräusche in das Dunkel. Kurz darauf sah ich den kleinen Burschen wieder. Er war so auf die Milch versessen, daß seine Gier schließlich stärker wurde als seine Angst vor mir, er auf den Teller zustürzte und die Milch aufsaugte. Er hat sie wirklich gesaugt, sie nicht aufgeleckt oder getrunken. Seine Zunge schien sich dabei zu einer Röhre zu formen, wie ein Rüssel.

Jetzt konnte ich ihn in aller Ruhe betrachten. Obwohl seine Glieder denen der Menschen nicht unähnlich waren, unterschied sich der Körper doch sehr wesentlich von dem unseren. Was man beim ersten Blick für einen kurzen, gedrungenen Schwanz halten konnte, der zwischen seinen Beinen hing, schien mir jetzt sein Hinterleib zu sein; er war von dem Punkt, an dem seine Beine saßen, durch eine dünne ›Taille‹ getrennt. Obwohl ich kein Biologe bin, fiel mir sofort die insektenähnliche Anordnung einer solchen Anatomie auf, und ich vermutete, daß der Thorax sich im Lauf der Evolution verlängert und der Hinterleib geschrumpft sein mußte, um einen aufrechten Gang zu ermöglichen, während eins der drei Beinpaare atrophiert oder mit seinen Nachbarn zusammengewachsen war.

Ich hatte natürlich Visionen davon, dieses Wesen zu zähmen oder es zumindest zu vielen, vielen Tellern Milch zurückzulocken, wie man es mit einem Igel machen kann. Also verhielt ich mich völlig still, beobachtete ihn aufmerksam, und es dauerte nicht lange, bis mir auffiel, wie seltsam er sich zu verhalten begann. Als er etwa die Hälfte der Milch auf dem Teller aufgesaugt hatte, schienen seine Beine nachzugeben und er hatte Schwierigkeiten, das Gleichgewicht zu halten. Einmal fiel er sogar um, kam nur mühsam wieder auf die Beine und mußte sich am Tellerrand festhalten, als er weitersaugte.

Mir kam plötzlich der Gedanke, daß er betrunken sein mußte!

Plötzlich richtete er sich auf und stieß wieder einen schrillen Schrei aus. Dann begann er einen wilden Tanz, bei dem er mit Armen und Beinen um sich schlug. Ich war zu verblüfft, um reagieren zu können, bis er von mir fortgetanzt und wieder zwischen den Felsen verschwunden war. Ich packte meine Taschenlampe und lief ihm nach, ohne darauf zu achten, daß ich barfuß war.

Ich fand ihn dicht hinter dem Eingang der Höhle, in der ich mein Dinner gekocht hatte, mit ausgebreiteten Armen und Beinen auf dem Boden liegen, wie einen betrunkenen Menschen. Er war über ein unverbranntes Aststück gestolpert und in die nasse, klebrige Asche meines Feuers gefallen. (Ich schäme mich fast, zu gestehen, auf welche Weise ich es gelöscht hatte ... doch das, möchte ich feststellen, trug nicht gerade dazu bei, die Situation hygienischer zu machen!)

Ich richtete den Lichtstrahl meiner Lampe auf ihn, bückte mich und wollte ihn gerade aus dem feuchten Dreck aufklauben, als eine Falsett-Stimme, die wie die eines unglaublich altklugen Babys klang, mir streng befahl, ihn nicht anzurühren.

Ich war so überrascht, daß ich mich hastig aufrichtete – ein gefährliches Unternehmen in einer niedrigen Höhle. Ich schlug mit dem Kopf so hart gegen die Felsdecke, daß er vor Schmerz zu zerspringen schien und ich zwei oder drei Minuten brauchte, bevor ich wieder klar sehen konnte. Als ich mich einigermaßen erholt hatte, sah ich ein zweites dieser Wesen, das sich über seinen am Boden liegenden Artgenossen beugte, genau wie Toby Ritchie am Bett eines seiner Patienten im St. Helens Hospital. (Du kennst Toby, wie ich vermute, also wirst du den Vergleich verstehen.)

Es war dieser Neuankömmling, der mir befohlen hatte, ich sollte den armen Betrunkenen nicht anrühren. Wenig später sprach er mich wieder an; er hob seinen Kopf, wandte den Blick seiner großen, runden Augen jedoch vom hellen Strahl meiner Taschenlampe ab. In einem unverkennbar verärgerten Tonfall sagte er: »Sie haben ihm Milch gegeben!«

»Ja, das stimmt«, gab ich zu.

Das Wesen nahm eine Haltung ein, die man bei einem Menschen ›auf seinen Fersen hocken‹ nennen würde, und ich erkannte, daß diese Spezies keinen Bedarf für Stühle hatte, denn sie konnte recht bequem auf ihrem Hinterleib sitzen.

»Sie sollten sich schämen!« sagte er scharf.

So ruhig wie es mir möglich war, antwortete ich: »Es tut mir leid. Ich habe ihn entdeckt, als er versuchte, aus meiner Milchkanne zu trinken. Ich glaubte, ihm einen Gefallen zu tun.«

Er blickte mich eine Weile prüfend an, wobei er seine Augen vor dem hellen Licht mit einer Hand abschirmte. Dann setzte er sich in Bewegung, etwa wie ein hüpfender Frosch, und nahm eine Position hinter seinem Artgenossen ein. Noch ärztlicher wirkend als vorher beugte er sich vor, lehnte sein ganzes Gewicht auf den Hinterleib des anderen und begann zu pumpen, als ob er ihn künstlich beatmen wollte.

Kurz darauf veranlaßten diese Pumpbewegungen den ›Patienten‹, einen Schwall verfärbter Milch zu erbrechen. Ich begann den ›Arzt‹ aus den vorher erwähnten Gründen in Gedanken ›Toby‹ zu nennen.

»Besser«, sagte der neugetaufte Toby schließlich und zog seinen Gefährten aus der feuchten Asche auf eine bequemere Stelle. »Aber ich hatte gehofft, daß wir so etwas nicht noch einmal erleben müßten. Müssen wir denn ewig warten, um davon befreit zu sein?«

In mir dämmerte eine Inspiration. »Muß ich das so verstehen, daß Milch für Sie giftig ist? Eine Art gefährliche Droge?«

»Ist das nicht allgemein bekannt?« erwiderte er.

»Nicht mir, darf ich Ihnen versichern! Für uns ist es die harmloseste aller Substanzen. Ich war selbstverständlich der Ansicht, daß Ihr Freund lediglich Durst hatte.«

»Ich will Ihnen glauben«, sagte dieser Toby nach einer kurzen Pause. »Es ist wahr, daß sich die Zeiten geändert haben, seit jede Farmersfrau eine Schale Milch vor die Haustür setzte, um uns in Versuchung zu führen. Einige von uns sind durch die Gier nach Milch so heruntergekommen, daß sie dafür sogar auf den Farmen arbeiteten, trotz der ständigen Gefahr durch kaltes Eisen.«

Das setzte die alten Geschichten von Zwergen, die Menschen für eine gute Behandlung alle möglichen Dienste erwiesen, in ein völlig anderes Licht! Und das erinnerte mich an eine höchst wichtige Frage. »Sie sind also ... ah ... einer von denen, die wir ›die kleinen Leute‹ nennen?«

»Sehen Sie doch selbst.« Er seufzte und vollführte eine Art Schulterzucken. Unter einem Paar bräunlicher, fransiger, schalartiger Decken schüttelte er zwei Flügel hervor, so zart und durchsichtig wie die eines Käfers. Schon als Kind hatte ich immer das Gefühl gehabt, daß gewisse Maler im Irrtum waren, wenn sie Feen mit Schmetterlingsflügeln schmückten, und jetzt, mit fast fünfzig Jahren, erwies sich mein Skeptizismus als richtig.

»Können Sie fliegen?« fragte ich.

»Natürlich nicht«, antwortete er ungeduldig. »Sie sind atrophiert.«

Es war die Anwendung dieses technischen Terminus', der mich erkennen ließ, was mir bereits hätte klar werden müssen, als er seinen Artgenossen so professionell von der für ihn giftigen Milch befreite. Dies war kein ... wie soll ich es ausdrücken? Dies war kein *Bauer*, wenn Du so willst. Toby besaß nicht die geringste Ähnlichkeit mit dem traditionell mutwilligen Pisky der Folklore dieses Landstriches, und wenn diese Vorstellung tatsächlich auf einer Gruppe, die wir ›Rauschgiftsüchtige‹ nennen würden, basierte, war das kaum überraschend! Nein, was mir hier gegenüberstand, war ein wirklich intelligenzbegabtes Wesen, mit einem außergewöhnlich großen Vokabular und vielen anderen Gaben, die seiner Art eigentümlich waren. Mit einem leichten Erschauern wurde ich mir bewußt, daß ich tatsächlich mit einer fremden Intelligenz sprach. Ein uralter Menschheitstraum hatte sich mir erfüllt. Ich war entschlossen, diese einmalige Begegnung weidlich auszunutzen, jedoch gleichzeitig von einer tödlichen Angst besessen, daß ich ihn durch Unbedacht oder Ignoranz beleidigen und in die Flucht treiben könnte. Ich suchte nach einer Möglichkeit, ihm klarzumachen, daß ich auf sein Wohlergehen bedacht sei, trotz allem, was andere Angehörige meiner Spezies getan haben mochten, und mir fiel etwas ein, das er gerade angedeutet hatte.

»Ich glaube, Sie haben erwähnt, daß auch Eisen für Sie gefährlich ist«, sagte ich. »Wahrscheinlich sind Teile meiner Taschenlampe aus Eisen. Könnte das Ihnen Schaden zufügen?«

Anscheinend bereit, mit mir zu sprechen, schüttelte er den Kopf. »Es ist nicht Eisen an sich. Auch nicht Stahl. Es ist Rost. Das ist für uns ein Reizstoff. Jede Berührung rostigen Eisens löst bei uns allergische Reaktionen aus. Ohne Behandlung erstickt das Opfer innerhalb weniger Stunden.«

»Erstickt?« echote ich.

»Sie haben interne Lungen. Die unseren befinden sich in direktem Kontakt mit der Luft. So.« Er faltete seine Flügel und bog sich zurück, um seine Brust vorzustrecken – nein, ich will es lieber als Thorax bezeichnen, denn Toby war im Grund genommen ein Insekt. Ich erinnerte mich, irgendwo gelesen zu haben, daß Insekten, die eine bestimmte Größe überschreiten, nicht lebensfähig seien, weil der Sauerstoff nicht tief genug in ein System steifer Tracheen perkolieren könne, das sie als Atmungsorgan verwenden. Tobys Spezies hatte dieses Problem gelöst, erklärte er mir, indem sie fast den ganzen Thorax in eine Pseudo-Lunge umgebildet und sie mit so vielen Windungen versehen hatten, daß ihre Oberfläche größer war als die ihres gesamten Körpers. Rost-Entzündungen, entnahm ich seinen Erklärungen, lassen diese Pseudo-Lunge undurchlässig und hornig werden.

Genauso bereitwillig demonstrierte er mir, wie es ihm möglich war zu sprechen, und zwar mit Hilfe eines besonderen Vibrations-Organs, das sich nahe einer großen Luft-Kaverne in seinem Thorax befand und als Resonator diente. Fasziniert, verwirrt, beeindruckt und schließlich von seiner Offenheit ermutigt, stellte ich die entscheidende Frage.

»Da ist etwas, das ich einfach nicht begreife«, sagte ich. »Ihre Rasse ist ganz offensichtlich sehr intelligent, und die Art, wie Sie mit mir sprechen, sagt mir, daß Sie in engem Kontakt mit uns stehen müssen, denn sonst würden Sie nicht über einen so umfassenden englischen Wortschatz verfügen.

Warum sind Sie für uns zu einer halbvergessenen Legende geworden?«

»Weil fast alle von uns gegangen sind«, antwortete er. »Das begann bereits, als Sie noch wilde Tiere ohne Sprache waren.«

»Gegangen? Meinen Sie – ausgestorben?«

»Nein. Fortgegangen. Zu anderen Existenzformen. Sie besitzen keine ausreichenden Bezeichnungen dafür. Vielleicht, wenn Ihre Spezies noch zwei- oder dreitausend Jahre überdauern sollte ... Bis vor einem Jahrhundert, müssen Sie wissen, war es für uns kaum möglich, mit Menschen in Kommunikation zu treten, und selbst jetzt habe ich Schwierigkeiten, meine Denkvorgänge so zu reduzieren, daß ich mich innerhalb der Beschränkungen der menschlichen Zunge auszudrücken vermag.«

»Dann sind Sie also eine ältere Rasse als wir?«

»Erheblich älter«, stimmte er zu, nicht ohne eine Spur trokkenen Humors. »Unsere Schätzungen deuten darauf hin, daß wir zwischen dreißig und vierzig Millionen Jahre hier sind.«

Millionen! Der Schock über diese Mitteilung ließ fast meinen Verstand aussetzen und die nächste Frage vergessen, die ich ihm stellen wollte, doch ich zwang mich zur Konzentration; ich durfte nicht eine Sekunde dieser unwiderbringlichen Gelegenheit versäumen. Ich sagte: »Ich habe den Eindruck, daß das Licht meiner Lampe für Sie zu hell ist. Sind Sie vorwiegend Nachtlebewesen?«

»Ja, primär«, war die Antwort. »Und wenn Sie den Lichtstrahl ein wenig zur Seite ... Danke. Ja, unsere Augen sind auf geringe Lichtstärken eingestellt, doch das ist lediglich ein sekundäres Charakteristikum. Unsere Vorfahren besaßen eine Chitinhaut, die, wie Sie gesehen haben, zu nicht mehr als einer Art Skelett zur Verankerung unserer Muskeln entwickelt wurde, ein Prozeß, nicht unähnlich dem, den die Meerestiere, die Sie Tintenfische nennen, durchlaufen haben, als sie sich von der Urform der Mollusken fortentwickelten. Als Folge davon kommt es bei uns in trockener, warmer Luft leicht zu Dehydrierung. Außerdem sind wir sehr empfindlich für ultraviolettes Licht; es kann einen Krankheitszustand hervorrufen, der mit Lupus oder Hautkrebs vergleichbar ist.«

»Können Sie denn keine Schutzkleidung tragen?«

»Das wollen wir nicht. Sie würde unsere Atmung und den ständigen Feuchtigkeitsaustausch behindern, der auf unserer gesamten Körperoberfläche stattfindet. Außerdem läßt sich Sonnenbestrahlung in einem gemäßigten, feuchten Klima, wie es auf dieser Insel herrscht, leicht vermeiden.«

Es gab noch Hunderte von Dingen, die ich ihn fragen wollte, besonders, inwieweit unsere Legenden mit den Tatsachen übereinstimmten, und vor allem wollte ich wissen, wie es möglich war, daß seine Spezies – so empfindlich für Sonnenlicht und für ein bißchen Rost – Jahrmillionen überdauern konnte, während wir robusteren Menschen bereits nach einem kleinen Bruchteil dieser Zeit in Gefahr zu sein schienen, uns selbst auszurotten.

In diesem Augenblick jedoch drehte sein kranker Artgenosse sich auf die Seite und setzte sich auf, und ich erkannte, daß Toby dieses Gespräch mit mir nur geführt hatte, um die Zeit auszufüllen, bis der andere sich wieder erholt hatte. Er wandte sich um, und meine Kopfhaut begann zu vibrieren. Mir war klar, daß ein Wortwechsel stattfand, doch er lag im Ultraschallbereich.

Schließlich schlich der andere beschämt davon, und Toby wandte sich wieder mir zu.

»Dieses Gespräch war sehr interessant«, sagte er freundlich. »Sicherlich wird dies die letzte Begegnung unserer beiden Spezies gewesen sein. Wir haben sehr lange versucht, unseren Heimatplaneten zu erhalten, doch jetzt ist unsere Bindung an die Erde nicht mehr als rein gefühlsmäßig, und es ist entschieden zu gefährlich geworden, hier zu bleiben.«

»Weil wir Menschen zu viel Eisen verwenden?«

»O nein. Wegen der Entschlossenheit dieses Planeten, sich in die Luft zu sprengen.«

Das war eine Behauptung, die ich nicht begriff, und ich

sagte es ihm. Er blickte mich eine Weile forschend an, dann schien er zu einer Entscheidung zu kommen.

»Wir haben wieder und wieder versucht, Ihnen, den Menschen zu erklären, wo die Gefahren liegen«, sagte er. »Unglücklicherweise ist Ihr Begriffsvermögen sehr begrenzt, und Sie haben unsere Warnungen als Fiktion betrachtet. Ich frage mich jedoch, ob nicht irgend jemand, der so relativ gut informiert ist, wie Sie es zu sein scheinen, wenigstens den Kernpunkt der Sache begreift. Es wäre einen Versuch wert ... Zunächst sagen Sie mir, was Sie von den Sternen wissen.«

Wie Du mir oft sehr deutlich erklärt hast, Leo, bin ich kein Wissenschaftler! Dank meiner Freundschaft mit Dir hat jedoch einiges von Deinem Wissen auf mich abgefärbt. Ich gab ihm also eine kurze Zusammenfassung dessen, was mir über kontemporäre Astronomie bekannt war, und so gut mir das möglich war. Toby schien damit einigermaßen zufrieden zu sein.

»Also haben Sie endlich entdeckt, daß die Sterne Informationen aussenden!« rief er. »Sie scheinen Ihren Spektren ein erhebliches Maß an Wissen entnommen zu haben. Gut! Jetzt müssen Sie aber noch erkennen, daß es eine echte Analogie gibt zwischen den Informationen, die die Sterne ausstrahlen, und dem, was wir jetzt tun: sprechen. Die Natur beider Handlungen wird von einer mehr oder weniger geordneten Reihe von Geschehnissen bestimmt. Um einen Vergleich zu verwenden, der Ihnen vielleicht weiterhelfen könnte: Die Strahlung eines Sterns kann als ein ständiger, überschwenglicher Schrei über das angesehen werden, was dieser Stern in seinem Inneren erlebt.«

Ich sagte: »Wollen Sie mir damit erklären, daß Sterne vernunftbegabte Wesen sind?«

Mit einem sehr menschlichen Sarkasmus sagte er: »Sie haben in Ihrer Sprache eine sehr exakte Bezeichnung dafür: anthropomorph! Ich sagte nicht ›sind‹, sondern ›können angesehen werden‹. Sie sind ausreichend entwickelt, um der Wahrheit näherkommen zu können. Doch um fortzufahren:

dieser Planet, auf dem wir zur Zeit leben, ist *vermutlich* (achten Sie bitte auf meine Ausdrucksweise!) eifersüchtig auf die Sterne – eifersüchtig auf ihre vitaleren und lebendigeren Erlebnisse.«

Ich wollte wieder unterbrechen, doch er winkte mir mit einer energischen Geste zu schweigen.

»In einem nie endenden Bemühen, Geschehnisse stellarer Maßstäbe zu erleben, häufen Planeten Massen radioaktiven Materials an. Sie kennen Legenden, die meine Spezies als Bergleute schildern, nicht wahr?«

»Kobolde«, sagte ich matt, »Gnome, Zwerge. Das ist richtig.«

»Und warum hätten wir in die Erde kriechen sollen? Um nach Gold zu graben? Wir kennen kein Geld! Nach Edelsteinen? Wir tragen keinen Schmuck! Nein, wir haben versucht, diesen Planeten daran zu hindern, genügend radioaktive Masse zusammenzutragen, um in seiner Kruste eine stellare Reaktion auszulösen. Dank der Einmischung von euch Menschen haben wir den Kampf jedoch aufgeben müssen und beschlossen, uns auf einen anderen Planeten zurückzuziehen.«

»Und was sollen wir getan haben?« schrie ich.

Er betrachtete mich nicht. »Es ist für einen Planeten erheblich leichter, große Mengen leichter Masse und schmelzbarer Elemente an einer Stelle zu konzentrieren, als radioaktives Material, da letzteres dazu neigt, sich zu erhitzen, zu schmelzen und zu verlaufen, ohne mehr als ein paar Vulkanausbrüche hervorzurufen. Die leichteren Elemente jedoch, wie sie die Sterne energetisieren, sind stabil und können in so großen Mengen akkumuliert werden, wie sie nötig sind, um auf den auslösenden Impuls zu warten.«

Dank Deiner Erklärungen, Leo, begriff ich schließlich. Trotz meines mangelnden Wissens auf diesem Gebiet konnte ich mich auf die Erläuterungen stützen, die Du mir vor einigen Tagen gegeben hattest – ich meine damit, einige Tage vor diesem Treffen mit Toby – und die sich mit der Auslösung solarer Reaktionen durch Leicht-Elemente ohne die umständliche und gefährliche Verwendung einer Atombombe befaßten. Ich erinnere mich, daß die Hoffnung, das erreichen zu können, vor allem auf den Eigenschaften eines für mich im wesentlichen unverständlichen Gerätes beruht, das man einen ›Laser‹ nennt. (Da inzwischen sieben Jahre verstrichen sind, ist dies für dich sicherlich längst Geschichte; für mich dagegen liegt es nur eine Woche zurück.)

Trotzdem, mein Verstand rebellierte gegen die Vorstellung, daß unsere Mutter Erde einen eigenen Willen besitzen sollte wie ein lebendes Wesen. Ich sagte das auch zu Toby – direkter, als es die Regeln der Höflichkeit gestatten, fürchte ich. Ich bezeichnete diese Vorstellung ganz offen als Unsinn!

Er seufzte. »Ich hatte nicht erwartet, Sie allein mit Worten überzeugen zu können«, gab er zu. »Ich habe Ihnen diese Erklärung nur gegeben, weil ich hoffe, daß sie Sie auf das vorbereitet, was Sie jetzt erleben werden.«

Und mit einem Sprung wie – wie ein blutdürstiger Floh – sprang er an meine Brust und *stach* mich.

Die Spezies, von der Tobys Rasse abstammte, mußte, wie ich mir vorstelle, mit einer bestimmten Wespenart verwandt sein – über die ich einmal gelesen habe – deren Stich ihre Beute in halb-bewußten Zustand versetzt. (Ist es Ichneumon? Ich habe so eine vage Erinnerung ...)

Dann, als ich nach dem Erwachen zusammenzufügen versuchte, was ich erlebt hatte, kam ich zu dem einzig möglichen Schluß, daß mich durch diesen Stich, von dem übrigens nicht die geringste Spur zurückgeblieben ist, in ein wunderbares Koma versetzt wurde. Ich muß durch irgendwelche außergewöhnlichen Mittel vor allen Menschen verborgengehalten worden sein, dann als ich erwachte, befand ich mich in derselben kleinen Höhle, und ich erfuhr, daß sie durchsucht worden war, als man mich vermißt und mein Zelt und meine andere Habe vor ihrem Eingang entdeckt hatte, jedoch keine Spur von meinem bewußtlosen Selbst.

Und – auf jeden Fall im Geist – wurde ich ins Land der Piskies gebracht.

Vielleicht bin ich der erste Mensch, der begreift, was er gesehen hat. Jedenfalls war ich nicht der erste, dem dieses Erlebnis zuteil wurde. Ich vermute, daß der Held von *The Rime of True Thomas* (Der Reim des wahren Thomas) und ähnliche Legenden so konfus war, daß er mit den Bildern und Konzepten, die seinen Verstand überwältigten, nichts Besseres anzufangen wußte, als sie in alltägliche Analogien umzusetzen: auf diese Weise wurde aus der Pracht der Sterne die Pracht eines Feenschlosses, das von wunderbaren Königen und Königinnen bevölkert wurde.

Ich hatte das Gefühl, als wenn nur wenige, kurze Stunden vergangen seien, doch in Wirklichkeit waren es sieben Jahre und drei Monate. Während dieser Zeit sah und hörte und fühlte ich (meine Sinne waren sozusagen kreuzweise miteinander verbunden) die buchstäbliche Wahrheit dessen, was Toby mir gesagt hatte. Ich hörte die fröhlichen Gespräche der Sterne – die, wie mir gerade so nebenher einfällt, sicher lange vor mir bereits von anderen vernommen wurde. Der Psalmist sprach vom ›Lobsingen vor dem Herrn‹, nicht wahr? Und was ist mit den ›Sphärenklängen‹?

Doch was erschreckend war: Ich fühlte den dumpfen, rüden Neid der Planeten, einschließlich des unseren, und sah, wie sie alles daran setzten, sich selbst zur Explosion zu bringen, damit sie – wenn auch nur für einen kurzen Augenblick – stellare Ekstase erleben könnten.

Einschließlich des unseren, Leo!

Als ich erwachte, war ich nackt, bis auf ein paar nasse, halbverfaulte Lumpen; außerdem war ich natürlich völlig verdreckt und hungrig wie ein Wolf. Ich torkelte nach Dartleby und überzeugte den Arzt des Ortes mit einiger Mühe, daß ich kein entkommener Irrer sei. (Er versicherte mir, nebenbei gesagt, daß ich physisch völlig in Ordnung sei, nur ein wenig unterernährt.) Ich habe ihm natürlich keinen umfassenden Bericht meiner Erlebnisse gegeben. Aber wenn ich sie nicht irgend jemand in allen Details darlegen könnte, erkannte ich später, würde es mir heute nacht unmöglich sein, Schlaf zu finden, und das ist der Grund für diesen Brief.

Da du unglücklicherweise der einzige Nuklear-Physiker bist, den ich kenne, bin ich allein und zur Gänze von Dir abhängig. Und das sind wir im Grund genommen alle! Ich habe keine Ahnung, wo diese leichten, fusiblen Elemente konzentriert werden, und weiß nicht einmal, was als Auslöser verwandt werden soll: Ein Atombomben-Test, einer Eurer Laser, ein Unfall in einem Atomkraftwerk ...

Doch wenn die Zeit gekommen ist (und glaube mir, was Toby mir gezeigt hat, war mehr als ausreichend, um mich zu überzeugen, daß sie kommen *wird*), wird sich die Erde jubelnd in einen kleinen, wenn auch kurzlebigen Stern verwandeln. Und es sollte uns klar sein, was dann mit uns geschieht.

Deshalb *mußt* Du mir glauben, Leo. Du *mußt*!

Immer Dein
(gezeichnet Barney)
Barnaby Gregg, QC

Der Beginn der Epoche von Mrs. Bedonebyasyoudid

New York, spät an einem kalten Donnerstagabend im Januar: ein während der ganzen Nacht geöffnetes Restaurant in der East Village; die Aussichtsplattform des Empire State Building; die Tiefgarage eines großen Wohnblocks; die IRT-Station in der 125th Street.

Die Lady ist in dieser Nacht an vier Orten gleichzeitig. Nicht schlecht für eine Probe. In der kommenden Woche an die vierzig. Im nächsten Monat vielleicht vierhundert. Im Winterschnee bleiben die Eindrücke ihrer Stiefel zurück, die Schleifspur ihres langen, graubraunen Rockes, und hier und dort – in anscheinend willkürlichen Abständen – die Spuren ihrer Birkenrute für unartige Kinder.

Die letzten nachweisbaren Zeichen ihrer Vorgängerin waren vor zwei Wochen auf dem Tomkins-Square registriert worden. Zwei Wehrdienstverweigerer hatten eine Weihnachtskrippe aufgebaut, in der die Nachbildung eines von Napalm verbrannten Kindes lag, und sie forderten die Vorübergehenden auf, sich in ein Buch einzutragen, das auf einem Notenständer auslag, den sie von einem in der Nähe gelegenen Musik-Pavillon – ausgeliehen hatten. Und auf der ersten Seite dieses Buches stand, in sauberer Schrift, über die das Wasser geschmolzener Schneeflocken wie bläuliche Tränen rann: *Wie du mir, so ich dir. Amen.*

Doch das war im vergangenen Jahr, und auch die letzte Eintragung in das Buch. Dieses Jahr ...

»Ah, kalt ist es da oben, Mann! Und es ist spät – du hast also nur ein paar Minuten!«

Doch der junge Weiße wollte hinauf, und sein Wollen war ihm einen Dollar fünfzig wert. Er trug eine Jacke mit Pelzbesatz an Kragen und Ärmeln, hohe, schwere Schuhe, doch weder Hut noch Handschuhe. Die oberen Ränder seiner Ohren waren rötlich wie Neonröhren bei Spannungsabfall. Der Fahrstuhlführer seufzte, als er einstieg, und fuhr ihn hinauf, den einzigen Menschen, der bei dem Wetter auf der Plattform stehen wollte, von der man die ganze Stadt überblicken konnte. Er trug ein Päckchen unter seinem linken Arm und bewegte mechanisch die Finger, damit sie bei der Kälte nicht steif wurden.

Als er allein war, stellte er das kleine Paket auf der umlaufenden Brüstung ab, blickte auf die darunter gespannten Drahtnetze, die Selbstmorde verhindern sollten, und wischte ein wenig Schnee von der Balustrade, der sich seit der letzten Reinigung dort angesammelt hatte. Er ging ganz um die Plattform herum und blickte auf die strahlend hell erleuchtete City, die blinkenden Neonreklamen, die hoch aufragenden Gebäude. Der Himmel war jetzt sternenklar, und es würde saukalt werden. Bis vor kurzem hatte es geschneit.

Als er sicher war, unbeobachtet zu sein, öffente der Weiße ein Ende des kleinen Pakets und küßte das Ding, das jetzt ein Stück herausschaute. Er legte es auf die Brüstung, gab ihm einen leichten Stoß; es fiel auf der anderen Seite hinab, landete auf dem Drahtnetz, wo es kaum eine Spur in dem angehäuften Schnee hinterließ, und blieb dort liegen.

Der Fahrstuhlführer, der keine Lust hatte, sich hier oben eine Erkältung zu holen, rief die letzte Abwärtsfahrt aus. Gehorsam ging der junge Weiße zum Lift, und sein Atem stand wie eine Nebelwolke vor seinem Mund.

Es war fünf Minuten vor Freitag.

Es war der wahre Heilige Abend.

»Also, wollen mal sehen ...« Die fünf dunklen Gestalten bewegten sich lautlos von einem Wagen zum anderen, überprüften Buicks und Cadillacs, Mercedes' und Jaguars. »Hier ist der von Wohnung vierzehn-null-vier. Der Mann fährt immer irgendwo in die Innenstadt. Wallstreet, nehme ich an.«

Der Schwarze, in einer schicken Uniform, deren weiße Mütze mit seinem ebenholzfarbenen Gesicht kontrastierte, die Hände natürlich in weißen Handschuhen, klopfte auf das Armaturenbrett des Wagens, weil die Benzinuhr häufig klemmte und jetzt auf Null stand. Sofort sprang der Zeiger nach rechts und zeigte, daß der Tank zu zwei Dritteln gefüllt war.

»Der da«, sagte ein anderer der Gruppe. Ein dritter, in einem schäbigen Mantel mit einem blaugrünen Schottenmuster, legte sich auf den Rücken, schlängelte sich unter das Fahrzeug und tastete nach dem Benzintank. Der Magnet, den er in seiner Hand hielt, klickte gegen Metall und saß fest; er fluchte, riß ihn wieder los und setzte ihn an die richtige Stelle. Dann befestigte er an der freien Seite des Magneten eine kleine, flache Dose. Die Dose enthielt einen Säure-Glas-Zeitzünder, nicht sehr präzise, doch absolut ausreichend, wenn die Zündung mit einer zeitlichen Toleranz von über einer Stunde erfolgen konnte. Der Zündstoff bestand aus Quecksilber-Fulminat und gewöhnlichem Schießpulver aus Schrotpatronen. Das vierte und das fünfte Mitglied der Gruppe schleppten gemeinsam einen Karton mit ähnlichen Dosen und drei Spezialzündern, bei denen 1,5 Volt Trockenbatterien und zur Zünduhr abgeänderte japanische Armbanduhren verwendet wurden, die man in einem Geschäft in der Gegend der 42. Straße für acht Dollar und fünfundneunzig Cents kaufen konnte.

»Und dieser hier gehört einem Kerl aus der Werbung. Fährt irgendwo zum Nordende der Madison Avenue, soweit ich weiß.«

»Fein.«

Doch der Benzintank des Wagens war fast leer. Also wählten sie statt dessen den eines Werbetexters, der ein paar Häuserblocks südlich von dem anderen arbeitete. Und noch einen, und noch einen. Es befanden sich siebzig Wagen in der Tiefgarage. Die Spezialzünder reservierten sie für die Wagen, deren Eigentümer am Freitag um zehn Uhr vormittags wahrscheinlich unterwegs sein würden.

Als der Karton leer war, schüttelte der Schwarze die Hände seiner Besucher und ging in den kleinen Raum zurück, von dem aus er die Garage und die abgestellten Wagen überwachen sollte. Er nahm die 38er Pistole, deren Lizenz auf das Management des Gebäudes ausgestellt war, aus der Schublade und legte sie so auf den Boden, wie sie ihm aus der Hand gefallen sein könnte, als man ihn bewußtlos geschlagen hatte.

»Okay, Mann, schlag zu«, sagte er seufzend. »Aber sorgfältig zielen, ja? Und wenn ihr nachher meine Beine zusammenschnürt, paßt ja auf, daß ich keinen Brand bekomme.«

Es war drei Uhr fünfzehn. Die Spuren der Birkenrute waren noch nicht in den Schnee eingedrückt. Bevor es dazu kam, würde sich der Verkehr in ein Chaos verwandeln.

Candy-Kaugummi: Produkte für oral-fixierte Reisende, die ihre Zigaretten nicht einmal für die Dauer einer U-Bahn-Fahrt aufgeben wollten. An den Wänden, die so nüchtern waren wie die eines öffentlichen Pissoirs, große, schwarze Ziffern: 125, 125, 125 ...

Der Braune stieg aus einem Vorortzug, trat auf die andere Seite des Bahnsteigs, als ob er auf einen Zug in die Innenstadt warte, und blickte sich nach allen Richtungen um. Aus der Seitentasche seines dicken, flauschigen Mantels zog er einen Gegenstand, der in braunes Packpapier eingeschlagen war. Es war niemand sonst da, außer einem vor Kälte zitternden Stromer, der weinseligen Unsinn vor sich hinlallte. Auf der Rückseite der Automatenreihe – Trost für eine Münze – befand sich eine kleine Ausbuchtung, in die er das exakt geformte Objekt aus seinem Papier drückte. Es paßte millimetergenau, selbst in dem rot-schwarzen Anstrich, der in der feuchten Luft New Yorks, das fünf Etagen höher lag, genauso schäbig geworden war wie seine Umgebung. Es sah aus, als ob es an diese Stelle gehörte.

Als der nächste Zug einlief – er ging nordwärts in die unübersichtliche Region des Bronx –, stieg der Braune ein und fuhr irgendwohin.

Es war vier Uhr fünfunddreißig.

Fade Küchendünste hingen in der Luft der ›Himmlischen Stadt‹ (derzeitige Inkarnation), weil die Tür sofort nach Eintritt eines Gastes von einem alerten, kleinen Mann mit Mandelaugen sofort wieder geschlossen wurde. Es war zu kalt, um die teure Wärme auf eine öffentliche Straße entweichen zu lassen ...

Um diese Zeit kamen nur die Wanderer, die nichts von der Anwesenheit der Lady wußten. Unten, am anderen Ende des Raums, in Türnähe, weit über den Tisch gebeugt, ein Junge von etwa neunzehn Jahren, ein Mädchen, erheblich jünger, die sich an den Händen hielten und immer wieder Jasmin-Tee bestellten (und der Junge verschwand aus diesem Grund dreimal zur Toilette, während das Mädchen einmal ging), zu verzweifelt nach der Nähe des anderen, um sich zu trennen und nach Hause zu gehen, gut genug gekleidet, um sich den ständigen Nachschub an Tee leisten zu können, und ohne Zweifel ohne eigene Bleibe, wo sie sich gemeinsam niederlegen konnten. Dieses Surrogat mußte ihnen genügen. Außerdem ein sehr alter Mann, der seinen Reis mampfte, den er sehr weichgekocht und mit viel wässeriger Soße bestellt hatte: Abfall der Straße.

Im Hintergrund des Restaurants stand ein braunhäutiger, reservierter Mann in einem dunklen Anzug: Anfang dreißig, klein, schlank, mit einem nachdenklichen Gesichtsausdruck.

Die Tür öffnete sich, der Weiße trat herein und setzte sich ein paar Tische von dem Liebespaar entfernt. Als er Essen und Tee bestellt und serviert bekommen hatte und den ersten Bissen aß, trat der Beobachter im dunklen Anzug höflich an seinen Tisch, wie um zu fragen: »Ist es so recht, Sir?« Geschützt durch seine asiatische Anonymität wartete er auf eine Antwort auf die Frage, die er nicht ausgesprochen hatte.

Der Weiße sagte kauend: »Alles klar. Hal und Eugene haben angerufen und gesagt, sie hätten keinerlei Schwierigkeiten gehabt. Und bei mir ist auch alles glatt gegangen.«

Ein Nicken. Ein ... *undurchdringliches* Lächeln. Es war 5.05 Uhr morgens. Die Stiefel der Lady drückten draußen ihre Spuren in den Schnee.

Um genau neun Uhr sieben, als der Engpaß der Fifth Avenue mit Schnee und Verkehr verstopft war, explodierte ein Tochter-Element einer sogenannten Granatapfel-Bombe – aus dem Lager des Unternehmens gestohlen, das einer der Haupt-Waffenlieferanten Süd-Vietnams war – auf dem Anti-Selbstmörder-Netz des Empire State Buildings. Nur eines. Obwohl diese Munition für eine optimale Wirkung konstruiert worden war, wenn nach der Detonation der ›Mutter‹ auf dem Boden zwei Dutzend solcher ›Töchter‹ in der Luft explodierten, reichte der Druck doch aus, um das Stahldrahtnetz, auf dem sie gelegen hatte, zu zerfetzen, und die kleinen Stahlkugeln, die es nach allen Seiten schleuderte, verursachten eine Reihe von Verletzungen. Es gab zwar keine Toten, doch Gloria Schultz, achtzehn Jahre alt, sollte nie wieder aus dem Koma erwachen, weil ihr Gehirn schwer geschädigt wurde, und Stephen V. Lord, ein vierundvierzigjähriger Taxifahrer, behielt für den Rest seines Lebens einen steifen rechten Arm, als eine der Kugeln das Dach seines Taxis durchschlug und sein Schultergelenk zersplitterte, und die dreijährigen Zwillinge Edward und Elvin Marshall, die von ihrer Mutter, Sarah Marshall, zu einem Kinderarzt gebracht wurden, erlitten Verletzungen, die eine lange Krankenhausbehandlung notwendig machten. Außerdem wurden den städtischen Gesundheitsbehörden mehr als zweihundert geringfügigere Verletzungen gemeldet, einige direkt von den Stahlkugeln, andere durch Sekundär-Effekte wie umherfliegende Glasscherben von zerschmetterten Fensterscheiben.

Um neun Uhr dreißig, während der täglichen Stoßzeit an der IRT-Station in der 125. Straße, begann ein Gasbehälter zu lecken, der offiziell als *DN* bezeichnet wurde – nicht zu empfehlen, um das Armee-Manual zu zitieren – ›wo tödliche Unfälle unzulässig sind‹. Eine Panik brach aus. Mrs. Gladys Kane, zweiundsechzig, wurde vor dem Drehkreuz des Ausgangs zu Tode getrampelt. In einem in der Nähe gelegenen Krankenhaus wurden gebrochene Arme und Beine behandelt, und Vivian Borghard, neunzehn, verlor ein Auge, wahrscheinlich, weil Jane Pink, vierundzwanzig, Fotomodell, ihr die Spitze ihres Regenschirms ins Auge stieß. Kein Todesfall konnte direkt dem ausströmenden Gas zugeschrieben werden, doch drei Tage darauf sagte Dr. Harold W. Stranding, ein bekannter Facharzt für Bronchial- und Lungenkrankheiten voraus, daß bei einer Anzahl von Patienten, die später an Leiden wie Lungenentzündung sterben würden, der Tod durch das Einatmen von Gas beschleunigt worden sein könnte.

Zwischen neun Uhr zwanzig und zehn Uhr vierzig, explodierten bei sechsunddreißig Wagen, die, wie später festgestellt wurde, alle über Nacht in der Tiefgarage eines Wohnblocks abgestellt worden waren, deren Nachtwächter zu der Zeit wegen Schock und Verdacht auf Gehirnerschütterung im Krankenhaus behandelt wurde, die Benzintanks, wodurch es zu achtundzwanzig direkten und elf indirekten Todesfällen kam, und zu Brandverletzungen bei einer erheblichen Anzahl von Fußgängern, die an geparkten Wagen vorbeigingen, als sie explodierten. Ein Buick, der Ralph S. High gehörte, dem fünfunddreißigjährigen Verkaufsleiter eines Chemiekonzerns, geriet in Brand, als er auf dem Weg ins Hauptwerk seines Arbeitgebers eine Straße in New Jersey entlangfuhr, und verursachte eine Massenkarambolage von acht Wagen, als er außer Kontrolle geriet und quer über die Fahrbahn schleuderte. Fünf der elf indirekten Todesfälle waren diesem Unfall zuzuschreiben.

Außerdem wurden zwei Menschen von der Hüfte abwärts gelähmt, und Mrs. Eleonora Gage, dreiundzwanzig Jahre alt und acht Monate verheiratet, verlor das Kind, das sie im März erwartete.

Anonym unter dem Personal eines chinesischen Restaurants in der East Village – wer kann schließlich diese Asiaten auseinanderhalten? – lauschte Ngo Duy Thinh kritisch auf die Sondernachrichten, die das normale Programm unterbrachen und einen ›Unfall‹ nach dem anderen meldeten. Er machte sich nur selten die Mühe, auf den Bildschirm des Geräts zu blicken. Auf jeden Fall zeigte er nicht die Begeisterung, mit der seine Begleiter, ein Weißer, ein Schwarzer und ein Brauner, die ein verspätetes chinesisches Frühstück einnahmen, jede Meldung des Ansagers begrüßten. Er hatte Ähnliches schon zu oft gesehen – dreidimensional, in Farbe und live – während er als Leiter der Kriegsopfer-Administration bei der Nationalen Befreiungsfront von Süd-Vietnam – allgemein Viet Cong genannt ... oder Charlie – gedient hatte.

Jetzt, nach Jahren einseitigen Leidens, schien es ihm nicht zu früh, daß die Herrschaft von Mrs. Doasyouwouldbedoneby durch die Epoche von Mrs. Bedonebyasyoudid* ersetzt wurde.

Er sprach plötzlich und war sich bewußt, daß seine Stimme rauh war, und noch mehr der Tatsache, daß seine Zuhörer die Menschen waren, die ihn kollektiv zum Haß erzogen hatten.

»Okay!« (Das Wort war fremd, unbequem auszusprechen, doch er mußte sie irgendwie zur Ordnung rufen.) »Jetzt diese Stein-Leichter, die von Pier zweiundsiebzig aus eingesetzt werden und die ihr als Abschußbasen für Granatwerfer vorgeschlagen habt. Sind wir schon in Kontakt mit den Leuten, die sie fahren?«

»Du denkst uns doch immer einen Schritt voraus«, sagte der Weiße. »Du bist ein cleverer Bursche!«

Das bin ich nicht. Hast du – selbst du – das bis jetzt noch nicht begriffen? Es ist doch schon so verdammt lange her.

Laut jedoch wiederholte Ngo Duy Thinh lediglich seine

---

* Die beiden Namen ließen sich im Deutschen wiedergeben mit den Redewendungen ›Was du nicht willst, das man dir tu, das füg' auch keinem andren zu‹ und ›Wie du mir, so ich dir‹ – *Anm. d. Red.*

Frage. Es dauerte bis zwanzig Uhr zwanzig, bis die ersten Tanks der Dritten Division der US-Streitkräfte im Schritttempo die Houston Street entlangrasselten, flankiert von Männern in Helmen, die Karabiner mit vollen Magazinen trugen.

The Oldest Glass

The references invoked are to Ausonius, Epigrammata LXV, and the Arabic legend of Plato and Aristotele – Aflatun and Aristu

Mirrors have always been a threat to men
– and women, worse; you know once for all
Lais renounced hers to the goddess. Water,
though, must be the oldest glass. Very long
before history the pattern was set:
some man stared down, and the same man stared back

– magic! His fear, which caused him zu cringe back,
shamed his descendants. That is why some men
are hypnotised by oceans, and spend all
their lives fighting the terror of the water
which may show them themselves. They partly long
for, partly fear, that truth. Their course is set

for epochs where night, sunrise, sunset,
moon, stars, wind, seem more real. They travel back
along the common heritage of men ...
which blunts the sting. It's said that out of all
those who have dared the mirror of the water
just two have looked into it bravely long.

The Greek port's quay was crowded right along
with sightseers, so absolutely set
on watching the departure, none looked back
at the arrival: two sick, shaggy men
aboard a rotten hulk, it's rigging all
crusted with salt, riding low in the water.

Much had been done: provisions, wine, sweet water
were stored below. They had dreamed for so long
of this adventure. Both their hearts were set
on circling the globe and coming back.
(Their crew were less keen. Indeed, what sane men
would let philosophers command them all?)

They saw it, that sad hulk, and knew it all
must happen; on the mirror of the water
they saw themselves return after a long
voyage, grizzled and ancient. So they set
their sails for sea. All mirrors must give back
the truth. You may add nothing but ›amen‹
to this tale of two men who travelled all
the world-wide water, let their beards grow long,
and watched themselves set out as they came back.

Der älteste Spiegel

Die hier angeführten Referenzen beziehen sich auf Ausonius, Epigrammata LXV und die arabischen Legenden von Plato und Aristoteles – Aflatun und Aristu

Spiegel waren schon immer eine Bedrohung für Männer
– und noch mehr für Frauen; man weiß, daß Lais den ihren
ein für alle Mal der Göttin überlassen hat. Wasser
jedoch muß der älteste Spiegel sein. Schon lange
vor Beginn der Geschichte war die Methode festgelegt:
irgendein Mann starrte nach unten, und der gleiche Mann
starrte zurück

– Magie! Seine Angst, die ihn zurückfahren ließ,
beschämte seine Nachkommen. Deshalb sind manche
Männer
von den Meeren hypnotisiert, und verbringen ihr ganzes
Leben damit, den Schrecken des Wassers zu bekämpfen,
der sich ihnen zeigen mag. Teilweise sehnen sie sich
nach dieser Wahrheit, teilweise fürchten sie sie. Ihr
Kurs ist festgelegt

für Epochen, wo Nacht, Tag, Sonnenaufgang, Sonnenuntergang,
Mond, Sterne, Wind realer erscheinen. Sie reisen zurück
entlang dem gemeinsamen Erbe des Menschen …
was den Stachel abschwächt. Man sagte, daß von all denen,
die es wagten, den Spiegel des Wassers herauszufordern,
nur zwei tapfer lange hineingeblickt haben.

Der Kai des griechischen Hafens war in ganzer Länge
mit Schaulustigen vollgestellt, die fest entschlossen waren,

die Abreise zu sehen, und niemand hatte einen Blick für die, welche zurückkamen: zwei kranke, abgerissene Männer auf einem halb verfaulten Wrack, dessen Tauwerk völlig mit Salz verkrustet war, und das tief im Wasser lag.

Viel war getan worden: Nahrung, Wein, Süßwasser
waren im Rumpf verstaut. Sie hatten so lange
von diesem Abenteuer geträumt. Beider Herzen waren entschlossen,
die Erde zu umfahren und zurückzukommen.
(Ihre Mannschaft war weniger darauf versessen. Denn welcher geistig normale Mann will,
daß er von Philosophen kommandiert würde?

Sie sahen es, das traurige Wrack, und wußten, daß alles
geschehen mußte; auf dem Spiegel des Wassers
sahen sie sich selbst nach langer Reise
zurückkehren, grau und alt geworden. Also setzten sie
die Segel, um in See zu stechen. Und Spiegel müssen
die Wahrheit wiedergeben. Man darf nichts anderes als
›Amen‹ hinzusetzen, zu dieser Geschichte von zwei Männern,
die über das ganze, weltweite Wasser zogen, und ihre Bärte lang wachsen ließen,
und sich selbst aufbrechen sahen, als sie zurückkamen.